不完美女兒

I Am Not Your Perfect Mexican Daughter

艾莉卡・桑切斯——著　　陳佳琳——譯
Erika L. Sanchez

一個真誠而動人的故事！

本書帶點懸疑、浪漫，也關於內在的追求。在《不完美女兒》中，充滿活力的青少年努力證明自己「不是什麼樣的人」，也在這段旅程中，慢慢了解自己「應該是什麼樣的人」。她比自己所想像的更強大、更勇敢，也更值得愛。作者勇敢發聲，帶領我們對家庭、悲傷和文化進行了一次驚人的探索，提醒我們，每個人都有缺陷，正是這些缺陷讓我們變得無價。

——國家圖書獎評審團

作者本身來自移民家庭，也曾是一個有雄心壯志的孩子。她以自己的青春期經驗創造了胡莉亞這個角色……她貼近真實的文字使這本書甫出版即大受讀者歡迎，也入圍國家圖書獎。

——《時代》雜誌

一個真誠而動人的故事！

——《書單》

講述了一個非常複雜、有趣的角色故事。

——《洛杉磯書評》

如果你想了解移民生活的嚴酷真相，這就是你需要閱讀的書。

——《*Bustle*》

目次

獻給我的父母

第一章

我望著過世的姊姊，令人最訝異的莫過於她臉上那抹流連不去的詭譎微笑。蒼白的嘴唇微微上揚，還有人拿了黑色鉛筆將她稀疏的眉毛畫得更黑。她上半部的臉龐怒氣沖沖，彷彿拿了小刀隨時準備捅人；下半部看起來卻沾沾自喜。這可不是我認識的奧嘉。奧嘉理應像隻溫和怯弱的雛鳥才對。

我希望她能穿那件不會掩飾好身材的美麗紫洋裝，但媽挑上的是飾有粉紅小花的亮黃色洋裝，我很討厭它，如此過氣古板，正符合奧嘉本人的風格。如今的她看起來究竟是四歲或八十歲呢？這下子很難確定她的歲數了。她的髮型就跟洋裝一樣糟。老氣的捲度讓我聯想到貴婦養的貴賓狗。怎麼可以讓她用這副模樣見人呢？這真是太殘忍了。她臉頰的瘀青與傷口被厚厚的廉價粉底蓋過，令她看起來更為憔悴，雖然儘管她也才（只活了）二十二歲。遺體不是都會被注入某種奇怪的化學物，免得皮膚過度鬆垮發皺，讓死者看起來不會像戴了橡膠面具的假人嗎？這家禮儀公司究竟是哪裡找來的？跳蚤市場？

我可憐的姊姊擁有讓自己變得毫無魅力的獨特天賦。她很瘦，身材不錯，但穿著打扮總是像一袋馬鈴薯。她的臉龐蒼白，五官平淡，從來不化妝。這可真是浪費。當然，我也算不上什麼時尚偶像啦——我差得可遠了。但我強烈反對走長輩風格，結果現在她連踏進墳墓前也要如此對待自己，可是，這次完全不能算是她的錯。

奧嘉的長相或舉止都不像正常的二十二歲年輕女子。這有時讓我很火大。她明明是成年女人了，每天卻只是工作，跟爸媽窩在家裡，然後每學期到社區大學上一堂課。偶爾她會陪媽逛街，或者跟她的超級好閨密安姬去看電影，她們老是看可怕的浪漫喜劇：紐約的無腦金髮正妹愛上建築師帥哥。這是什麼人生？她難道沒有其他抱負嗎？她不會想走出家門，勇敢闖蕩世界嗎？從我會寫字以來，只想成為大名鼎鼎的作家。我要成功，我要讓人們在街上攔住我，問道：「哦！天啊，妳是胡莉亞．雷耶斯，對不對？地球上最厲害的大作家！」我只知道等到高中畢業，我就要收拾行囊，然後向眾人大聲宣示：「我先閃了，你們這些死賤爛貨！」

但奧嘉不會做這種事。奧嘉是大聖人，完美的墨西哥女兒。有時我好想對她尖聲大叫，讓她大腦轉過來。但我自始至終只問過她一次，為什麼不乾脆搬出去，也不去上真正的大學，當時她只叫我閉嘴，聲音虛弱顫抖，我再也不會想問她了。如今，我永遠也不能知道奧嘉未來的模樣了。搞不好她本來能讓大家全都跌破眼鏡呢。

腦子裡全是關於死去姊姊的可怕想法。讓自己憤怒會好過些，畢竟如果我不再生氣，恐怕會就地崩潰，整個人癱在地上再也起不來。

我瞪著自己短到不能再短的指甲，坐進塌陷的綠沙發，此時，我聽見媽的哀號。她真的整個人彷彿快倒塌。「心肝女兒！我的女兒！」她尖叫，幾乎爬進棺材。爸甚至不打算將她拉出來。我不怪他，因為幾小時前，他試圖要媽冷靜時，她拳打腳踢，甚至還揍了他眼睛一拳。我想他也打算放手不管了。等一下她就會哭到累垮，小嬰兒就是這樣。

爸整天都坐在小房間最後面，拒絕和任何人說話，跟平常一樣茫然地瞪視遠方。有時我感覺自己看見他的黑色鬍鬚在顫抖，但他的眼睛如玻璃般乾燥清澈。

我想擁抱媽，告訴她一切都會沒事，當然，無論是現在與未來都不可能安然無事的，畢竟我覺得自己也快癱瘓了，身體就像裝了鉛塊，重重沉入水底，我張開嘴，卻什麼話也說不出口。而且，我從小就不懂如何與媽相處。我們並不會擁抱彼此，告訴對方「我愛妳」，像電視上那些住兩層樓洋房的無聊白人家庭，更遑論分享彼此的心情。媽與奧嘉才是最好的朋友，我則是落單的小女兒。這些年來，我們總是爭執不休，早已漸行漸遠。我花很多時間在躲她，因為我們總是為了愚蠢瑣碎的小事爭吵。例如，我們曾經為了蛋黃吵架。真的。

整個家族只有爸與我一滴眼淚也沒流。他一直低著頭，跟石頭一樣沉默。我們大概是哪裡不對勁吧？也或許我們早已心緒混亂，完全哭不出來了。雖然我沒有流淚，但感覺自己身體的每一個細胞都已經被悲傷啃咬出小洞，有時候我甚至認為自己就要窒息了，所有內臟彷彿都被塞進一顆緊繃的小皮球。我已經快四天沒大便了，但我才不打算告訴媽。就讓它們慢慢累積，直到我像皮納塔彩偶那樣爆炸開花吧。

就連現在，媽也比奧嘉更美，雖然她的雙眼已經浮腫，膚色也不均勻。媽的名字也優雅許多：安珀若．孟特．雷耶斯。母親不應該比女兒更漂亮動人，女兒也不應該先於母親提前離開人世。媽比多數女人更有魅力，她幾乎沒有皺紋，雙眼又大又圓，但眼神總是哀傷悲悽。她的長髮厚實烏黑，身型依舊苗條，不像附近其他媽媽的身材早已走樣如變形的水梨。只要我與媽走在街上，仍然會有男人對她吹口哨按喇叭，讓我暗自希望自己隨身帶了彈弓。

媽輕撫奧嘉的臉頰，默默哭泣。這不會持續太久的。她會安靜幾分鐘，然後突如其來發出一聲足以讓靈魂在體內翻轉的痛苦呻吟。葛卡阿姨摸摸媽的背，告訴她，奧嘉已經與耶穌同在了，她已經安息了。

可是，奧嘉哪需要「安息」？這種與耶穌同在的說法簡直就是鬼話連篇。人死了就是死了。對我而言，詩人惠特曼對死亡的解釋更有意義：「在你的皮靴底下找我吧。」奧嘉的身體會變成泥土，會滋養大樹成長茁壯，然後未來的人類會一腳踩到大樹的落葉。世上沒有天堂。只有大地、天空與能量的轉換。假使這一切沒有可怕得猶如惡夢一場，這麼解釋死亡其實滿美的。

兩位女士排隊等著瞻仰奧嘉，她們開始哭泣。我這輩子從沒見過她們。其中一位女士穿了褪色的黑色蓬裙，另一位女士的裙子鬆得像舊窗簾。她們緊握對方的手腕低語。

奧嘉與我沒什麼共同點，但我們確實深愛彼此。有好幾疊相片可以證明這一點。媽的最愛是一張奧嘉替我綁麻花辮的相片。媽說，奧嘉小時候喜歡把我當成小寶寶。她會將我放進她的玩具娃娃車，對我哼唱小丑西皮林的歌。這傢伙長得像個強暴犯，真不知道為什麼大家都愛聽他的歌。

我願意付出自己的所有，重回她去世當天，做一些與原本不一樣的事，好讓奧嘉別搭那輛公車。我早已在腦海一遍又一遍重複那一天，甚至寫下每一個細節，但仍然找不到任何預兆。每次有人過世，人們就會說曾經出現某種徵兆或預感，或某種下沉感，讓人知道可怕之事即將來臨。但我什麼感應也沒有。

那天就跟平日沒什麼兩樣：無聊、無趣、無事。那天下午體育課要游泳。我很討厭泡在那個噁心的培養皿，一想到裡面都是大家的尿液——可能還參雜別的分泌物——就足以讓我恐慌症發作，而且漂白水會讓我皮膚發癢，眼睛刺痛。我總是費盡心機說謊，或隨便編個理由逃避。那一次，我告訴嘴唇薄到不行的科瓦斯基太太我那個又來了（連續第八天）。她說她不相信，我的經期怎麼可能這麼長？我當然是在撒謊啊，但她算哪根蔥，竟敢質疑我的月經週期？這很失禮耶。

「不然妳想檢查嗎？」我問，「如果妳願意，我很樂意當場為妳提供實質證據，但我認為妳是在侵犯我的基本人權。」話一說出口，我就後悔了。我可能有病吧，每次想什麼就講什麼，完全不經大腦思考。結果說出口的話難聽至極，讓別人想忽略都不行。這次是太過分了，連我自己都這麼覺得。但那天我心情特別低落，完全不想應付任何人。我的情緒向來起起伏伏，奧嘉還沒死時就是這樣。前一分鐘可能感覺很好，但一秒後，能量就有可能無來由地直線墜落。這很難解釋。

當然，科瓦斯基太太立刻把我送到校長室，而且就跟平常一樣，在父母來接我之前，校方不准我自行回家。去年就發生過很多次這種情況，校長室職員全都認識我了，畢竟我造訪的次數比幫派小鬼還要多，而且每次都是因為說了不該說的話。只要我一走進辦公室，祕書瑪多納太太就會翻白眼，發出嘖嘖聲。

通常是媽與校長波特先生面談，他會告訴她我是如何不懂尊師重道。聽了我的行為後，媽總是深吸一口氣，說道：「胡莉亞，妳怎麼可以沒大沒小？」然後用她破碎的英語一遍又一遍向他道歉。她常常對白人說抱歉，這讓我很尷尬，也為自己感到羞愧。

依行為的嚴重性，媽會懲罰我一、兩週，但過了幾個月後，我又會重蹈覆轍。就像剛才說的，我就是不知道如何控制好自己那張嘴。媽問：「妳難道要這樣一直惹麻煩嗎？」我想想也對，我總是惹禍上身。其實，我原本是資優生，還曾經跳過三年級沒念，結果現在成了超級闖禍鬼。

奧嘉那天搭公車，因為她的車進維修廠換煞車。媽本來應該去接她的，可是因為臨時得處理我的事被叫去學校，所以沒去接奧嘉。假使我乖乖閉嘴，這一切就會有不一樣的結局，但我怎麼可能預先知道？當奧嘉下了公車，準備過馬路轉搭另一班公車，她沒有看見對向車道早已經換了綠燈，因為她在看手機。公車司機猛按喇叭警告她，但為時已晚。奧嘉在錯誤的時間踏上繁忙的大街。她被聯結車迎頭撞上，不只是撞。整個人輾得**粉身碎骨**。

一想到姊姊被壓碎的器官，我就想在一片花叢中尖叫到聲音嘶啞。

兩位目擊者說，車禍發生前，她臉上堆滿了微笑。她的臉竟能保持完整，讓大家瞻仰遺容，可真是奇蹟。救護車趕到時，她已經斷氣了。

肇事司機不可能看見她，因為她被公車擋住了，而且也是綠燈，更何況，奧嘉本來就不該在穿越芝加哥最繁忙的街道時看手機，但媽仍然好好詛咒了司機一頓，直到自己完全失聲。她很有創意。平常我說「該死」就會被她碎念，而且這個字眼甚至沒那麼髒，結果她自己就在我面前，叫司機和上帝去幹他們的老母，我在旁邊看得目瞪口呆。

我們都知道這不是司機的錯，但媽需要找對象發洩指責。她沒有直接怪我，可是她每次看著我時，我都能從她悲傷的大眼睛看出她的心情。

愛管閒事的阿姨們正在我背後竊竊私語。我能感覺她們的眼神緊緊鎖在我的後腦勺。我知道她們在說這是我的錯。她們從來就不喜歡我，因為她們認為我是麻煩精。那次我將自己的頭髮用亮藍色挑染，這群小題大作的女人幾乎得立刻送上擔架就醫。她們甚至將我視為邪靈，因為我不愛上教堂，寧可看書也不想跟她們交流。這哪算罪過？真是無聊透頂，此外，她們根本不知道我有多愛我姊。

我受夠她們的指指點點，回頭狠狠瞪了她們一眼。謝天謝地，就在此時蘿芮娜正好走進來。她是唯一能讓我心情好轉的人。

大家都盯著她那雙離譜的高跟鞋、緊身黑裙與誇張的妝容。蘿芮娜向來能吸引眾人注意，讓大家有八卦可聊。她緊緊擁抱我，差點弄斷我的肋骨。她身上廉價的櫻桃味香水充斥了我的鼻孔及嘴巴。

媽不喜歡蘿芮娜，覺得她狂野放蕩，這一點並不完全錯誤，可是我從八歲就跟蘿芮娜是好朋友，她比我認識的其他人都忠誠可靠。我低聲告訴她，阿姨們正在批評我，怪我害了奧嘉，這讓我非常憤怒，只想徒手打破窗戶。

「幹這群愛管閒事的老母豬。」蘿芮娜說，誇張地揮舞手臂，犀利地看了她們一眼。我轉頭確定她們是否還在瞪我，注意到後面有一位皮膚黝黑的男子拿著一條手帕拭淚，安靜啜泣。他身穿灰色西裝，手上戴了閃亮金錶。此人很眼熟，但我沒看清楚他的臉。也許是我叔叔或舅舅之類的吧。我父母經常介紹我認識一堆據說是親戚的陌生人。今天現場我沒見過的臉孔加起來也有好幾十位。再定睛一看，那個人卻不見了，反而是奧嘉的好友安姬衝了進來，她看起來也像被聯結車輾過。她很美，可是，靠，她哭起來超嚇人的。她的皮膚就像是一條被人用力擰乾的粉紅色抹布。她一看見奧嘉就開始嚎啕大哭，比媽更大聲。真希望我能說出一些得體的話安慰她，但我沒有。我向來就不懂得該如何適切地措辭。

第二章

葬禮結束後，媽整整兩週沒起床。她只起來上廁所、喝水，偶爾吃幾片味道像保麗龍的墨西哥餅乾。她從頭到尾都穿一件寬鬆的睡袍，我很確定她這段期間也完全沒洗澡，這很恐怖，因為媽是我認識最愛乾淨的人類。她每天都洗頭髮，辮子紮得俐落，衣服雖然都舊了，也都必須補好、熨好，不可以出現污點皺摺。我七歲時，有一次讓媽發現我五天沒洗澡，她立刻把我塞入滿是滾燙熱水的浴缸，用刷子將我上下好好刷了一番，直到我渾身疼痛。她告訴我，女生如果不好好洗澡，「那個地方」會感染可怕的病，所以我再也不敢略過洗澡這個步驟。如今看來輪到我把媽丟進浴缸了。

爸整天都在工作，下班後就跟平常一樣，拿了一罐啤酒坐上沙發。他最近根本以沙發為床，簡直融為一體了。他最近沒怎麼跟我說話，其實他向來如此，有時候我們甚至連招呼都不打。難道連爸爸也討厭我？他對奧嘉也沒什麼特別感情，儘管她努力嘗試過。爸從工廠下班後，她會替他洗腳。她會跪在地上，輕輕將他的腳放進臉盆按摩。這是他們每天會進行的儀式，但過程中一句話也不會說。我無法想像自己可以這樣碰他。

我家彷彿經歷了一場大浩劫，平常只有媽與奧嘉負責打掃。家裡有蟑螂，可是因為媽每天都會拖地板，所以沒那麼噁心。現在髒盤子堆得很高，廚房餐桌都是麵包屑，這會讓蟑螂很開心。廁所則應該即刻被夷為平地。我知道我應該打掃，但當我看到這團亂，心想何必呢？一切都再也沒有任何意義了。

我不想打擾我的父母，他們該擔憂的事已經夠多了，但我快餓死了，早已厭倦了玉米餅與雞蛋。幾天前想煮豆子來吃，可是整整燉了三小時，它們完全沒有變軟。我的牙齒還差點咬到碎掉，於是我把整鍋都扔了，這對媽而言簡直是滔天大罪，真希望阿姨可以再多帶點食物來。此時此刻我最希望的，莫過於自己曾跟媽學做飯，但我痛恨她緊盯我的一舉一動，批評這批評那的。寧可流落街頭，也不要當唯命是從的墨西哥老婆，成天只能忙著做飯打掃。

爸也沒怎麼吃東西。前幾天他帶了一塊奇瓦瓦乳酪和一疊玉米餅回家，我們吃了幾天，但現在也吃光了。昨天我走投無路，煮了幾顆放了很久的馬鈴薯，只在上面撒了鹽和胡椒粉就吃下肚。家裡連奶油都沒有，現在我整個人餓到開始做起跳舞漢堡的白日夢，如果看見一片披薩，甚至有可能喜極而泣。

我站在門口偷偷朝爸媽房間看，一股酸味當場襲來，讓我倒地。那氣味混合了久未洗的頭髮、屁味與汗臭。

「媽。」我低聲呼喚。沒有回答。

「媽。」我又叫了一次，這次更大聲，但還是沒有回應。

終於，我走進房間，裡面的味道實在難聞，我得用嘴巴呼吸。媽還能回去工作嗎？如果那些有錢的混帳因為她體味太重，決定不再雇她打掃，到時該怎麼辦？奧嘉已經死了，沒辦法替她代班，我們又會有什麼下場？我的年紀還不能找工作啊。

「媽！」我終於扯開喉嚨大喊，順手打開燈。

她倒抽一口氣，「怎麼了？妳要幹麼？」她問，聲音因為沉睡而模模糊糊。她用雙手摀住眼睛。

「妳沒事吧？」

「嗯，我很好。拜託讓我一個人獨處。我想休息。」

「妳已經很久很久沒吃東西，也沒洗澡了。」

「妳又知道了？難道妳每小時都在這裡監視我？妳阿姨昨天有拿湯給我。我很好。」

「房間很臭。我也開始擔心了。妳怎麼過得下去？」

「唉呦，我這懶惰的小女兒竟然開始關心環境衛生了。這倒是很新鮮。」媽對我的個人衛生總是非常有意見，可是她變得不一樣了。「奧嘉才愛乾淨。」她接著說，彷彿剛才那一段話還不夠傷人。這輩子每一天她都拿我與姊姊比較，如今姊姊死了，我何必指望情況會有所改變呢？

「奧嘉死了。妳只剩下我了，真是抱歉。」

房間陷入靜默。

我想要媽說她愛我，告訴我，我們可以共渡難關，但她什麼也沒做。我傻傻站在原地，等她說一些能讓我感覺美好的話。終於，我確定她不打算這麼做，於是走到梳妝台翻她的皮夾，抽走一張五元鈔票，砰一聲摔上門。

我沒放過自己房間每一處縫隙，終於又湊到了四塊七毛五的銅板，應該夠買三個塔可餅及一大杯歐恰塔漿了。儘管不多，總是吃得飽。如果再吃玉米餅或水煮馬鈴薯，我發誓我絕對當場爆哭。我從後門溜出去，不想碰見在客廳的爸，當然不是因為他會問我去哪裡，他可能完全不會注意到我。現在我有一位幽靈爸爸以及陰魂不散的姊姊了。

賣塔可餅的小店燈光亮得刺眼，聞起來極度油膩，還夾雜松木清潔劑的味道。我從未獨自在餐廳用餐，因此很緊張，總覺得人人的眼神都在我身上。他們或許認為唯有遜咖才會自己一個人吃飯吧。女服務生也丟給我意味深長的一眼。我敢說她認定我沒錢給她小費，但我會證明她錯了。我或許年輕，但並不笨。

我點了兩個烤玉米餅與橙汁烤豬肉餅。烤洋蔥與炸肉塊的香氣讓我口水直流。玉米餅送到我面前時，我原本打算細嚼慢嚥，結果還是匆匆囫圇下肚。我不僅不擅烹飪，就連挨餓也做不來。我相信一旦自己的胃開始發牢騷，我就會暈倒。每咬一口玉米餅，全身就會傳遍一陣快感。裝了歐恰塔漿的紙杯跟水桶差不多大，我照樣灌下，直到自己感覺快吐出來為止。

我回家時，媽頭上纏了一條毛巾坐在廚房喝茶。她剛洗好澡，聞起來就像假玫瑰花。她終於丟開睡袍，穿上白色睡衣了。突然看見她一身清爽乾淨，恢復原來的模樣，讓我害怕了起來。她沒問我去了哪裡，這可是破天荒第一遭。因為她總是會質問我剛才去了哪裡、跟誰在一起。她會追問我朋友父母的背景，問好幾百個問題，例如：他們來自墨西哥哪個地區，上哪間教堂，在哪裡工作……但她今天什麼也沒問。我不確定她是否聞到我衣服和頭髮上的肉味與洋蔥味了。

通常我可以預測媽準備說的話，但現在一點頭緒也沒有。她大口喝茶——每次她這樣，我總是心驚膽戰——接著告訴我，她要替我辦成年禮。

我的心跳停了。「什麼？妳說什麼？」

「派對啊。妳不喜歡派對嗎？」

「姊姊才剛去世，妳竟然要替我辦派對？我十五歲生日早就過了！」我一定是在做夢。

「我沒有替奧嘉辦過十五歲的成年禮派對。這讓我後悔一輩子。」

「所以妳要利用我，讓妳自己好過一點？」

「欸，胡莉亞。妳究竟有什麼毛病？哪有小女孩不想慶祝自己的十五歲生日？妳真是很不懂得感激父母耶。」她搖搖頭。

我確實毛病很多，她也知道。

「但我不想要，妳不能逼我。」

媽拉緊她的睡衣。「那太可惜了。」

「這很浪費錢。我敢說奧嘉也寧可妳把錢省下來，讓我去上大學。」

「妳才不知道奧嘉想要什麼。」她回我，又喝了一口茶。爸在客廳看新聞。我聽見主播說墨西哥似乎發現了一處萬人塚。每次媽跟我吵架，爸就會將電視音量調高，應該是想用聲音淹死我們兩個。

「辦派對沒有意義啊。我生日早就過了，有誰會做這種事啊？」我開始扯頭髮，只要我不知所措就會這樣。

「五月時，找一天就在教會地下室辦吧。我已經打電話給牧師了。那時正好有空場地。」她開始討論起實際的細節。

「五月？妳在開玩笑嗎？我七月就滿十六歲了。妳為什麼要這樣？這根本不能算什麼成年禮。」我開始踱步，快喘不過氣了。

「反正那時妳還算十五歲，不是嗎？」

「沒錯，但那不是重點。這太瞎了啦。」我搖頭看著地板。

「重點是妳與妳的家人可以開心享受派對。」

「但我家人根本不喜歡我，我也不想穿一件又蓬又醜的大禮服……還得跳舞。天啊，還得跳舞。」想到要在我那些白痴表兄弟姊妹前繞圈圈就讓我想離家出走，加入馬戲團。

「妳胡說什麼？大家都很愛妳。說話不要這麼誇張。」

「哪有，他們才不愛我。大家都覺得我是怪咖，妳明明就知道。」我盯著櫥櫃旁邊廉價的《最後的晚餐》複製畫。它實在太舊了，耶穌與門徒已經開始褪成模糊的黃綠色。

「才不是這樣。」媽深深皺眉。

「總之無論如何，那都不算是十五歲的成年禮。」

「我想怎麼叫就怎麼叫，而且這是傳統。」媽繃緊下巴，瞇起雙眼，我知道這次我贏不了了。

「妳哪來的錢？」

「這妳不用擔心。」

「我怎麼能不擔心？妳一天到晚掛在嘴上。」

「我說了，這不是妳的問題，懂了沒？」媽的聲音越來越低，這比她對我大吼大叫更恐怖。

「幹，真的很雞掰耶。」我說，用力踢了爐台一腳，平底鍋都動了。

「小心妳那張嘴，否則我一巴掌打到妳牙齒掉下來。」

不知為何，我感覺她可不是在虛張聲勢。

以往只要我睡不著，就會爬上奧嘉的床。上週媽才告訴我，永遠永遠不准再進奧嘉的房間，但我忍不住。爸媽睡著後，我就會溜進去，然後在他們睡醒前跑出來。媽大概是想把房間保留下來，就跟奧嘉離開前一樣，原封不動。媽可能還想假裝奧嘉仍然活著，而且或許有一天下班之後，奧嘉便會走進家門，一切都終將恢復正常。如果媽知道我碰了奧嘉的任何東西，可能永遠無法原諒我。或許還有可能把我送回墨西哥。她最喜歡這樣威脅我了，彷彿這麼做就足以解決我所有的問題。

姊姊的床鋪還留著她的味道。衣物柔軟精、薰衣草乳液以及某種難以形容、溫暖甜美的人類氣息。奧嘉不會打扮，身上卻總是有著青草的芬芳。我輾轉反側，怎麼樣都睡不著，看來我的腦子今天也打算熬夜不睡了。我一直想到今天考壞的化學：二十四分，這應該是我有史以來的最低分。就連一隻弱智的猴子也可能考得比我好。我超討厭化學，而且自從奧嘉死了之後，我便無法集中精神。有時看著課本與考卷，上面的文字全都糊成一片，甚至開始旋轉。如果繼續這樣下去，我永遠也上不了大學。最後，我就要變成女工，嫁給一個窩囊廢，替他生一窩醜小孩。

在床上躺了幾小時後，我打開檯燈想看書。凱特．蕭邦的《覺醒》我已經看過上百萬次了，但還是覺得它很療癒。我最喜歡的角色就是到處跟著埃德娜與羅伯特的黑衣女士。我之所以愛這本書，是因為我認為自己與埃德娜很像——任何事都無法令我滿意開心。我對人生要求太多了，只想將它握在手中，用盡全身氣力擠壓扭擰，而且怎麼做都嫌不夠。

我一遍又一遍讀著同一個句子，然後將書放在肚子上。我瞪著淺紫色牆壁，回憶與姊姊最初曾擁有的快樂時光；後來幾年，我們朝不同方向發展，飛得離彼此越來越遠。她的梳妝台貼了一張我倆在墨西哥的合照。以前爸媽每年暑假都會送我們回墨西哥，不過我們也好多年沒回去了。爸媽一直回不去，因為他們仍算非法移民。相片裡的我們站在哈絲塔外婆家外面，在燦爛陽光下瞇著雙眼微笑，奧嘉的手臂緊緊摟著我的脖子，快把我掐死了。我清楚記得那一天。我們在河裡游了好幾個小時，然後在公園附近的餐車點了夏威夷漢堡吃。

我的童年過得很糟，但在墨西哥的暑假卻截然不同，可以整晚不睡，在街上踢鐵罐，玩到全身髒兮兮，累到不能動。在美國，只要走上街頭，就有可能被流彈擊中。有時我們會騎舅公豢養的美麗大黑馬，外婆還會用美食寵壞我們，我們想吃任何垃圾食物都沒問題。有一次，她甚至為我們做了披薩，上面撒滿了臭氣熏天的牧場乳酪。

我們相片後面是一張瑪哪樂團的海報，我很討厭這個墨西哥搖滾樂團，因為他們所有歌曲的內容都離不開哭泣天使之類的遜咖。另外一面牆則是她的高中畢業照。奧嘉是好學生，所以我一直不懂她為什麼不想上真正的大學。我從小就夢想要當大學生。我知道我很聰明。所以他們才讓我跳級，因為上課內容真是快讓我無聊死了。但現在我大多拿八十幾分，偶爾還有七十幾分的，只除了英文。我英文都是九十分起跳。大部分的時間，我的思緒總是迷失在數不盡的擔憂與煩惱之中。

我看著這間臥室，突然不太確定姊姊究竟是什麼樣的人了。我這輩子都與她朝夕相處，卻覺得自己好像完全不認識她。奧嘉是完美的女兒，會煮飯、打掃，而且從來不徹夜未歸。有時我猜她可能會像《巧克力情人》裡面的泰塔，一輩子永遠與爸媽同住。嗯，真是可怕的小說。

雖然奧嘉只是個櫃台小姐，她依然十分熱愛自己的工作。但是，每天將資料歸檔、接電話，真的可以讓人有成就感嗎？

梳妝台上的填充玩偶讓我心痛。我知道它們是沒有生命的物體（我又不是白痴），但我想它們應該都很憂鬱，一心只想要我姊回來。奧嘉很愛小寶寶，最喜歡粉紅色，還愛吃花生醬餅乾。她大笑時總會摀住嘴，因為她有一顆暴牙。她是最棒的傾聽者。她絕對不會像我，總愛打斷人家說話。同時奧嘉也是很出色的廚師。老實說，她的辣椒做得比媽還要好，只是我從來沒有直接稱讚她。

我知道媽愛我，永遠都會愛我，但奧嘉才是她最喜歡的女兒。我從小就會質疑身邊的一切，什麼問題都要問，也讓爸媽快抓狂了。就算我努力表現乖巧，也總是半吊子，什麼都做不到。看來我應該是對世俗規矩過敏，根本無法乖乖奉行。隨著年齡增長，狀況越來越糟，例如性別歧視的議題就會讓我暴怒。有一年我真的就毀了感恩節，因為聽到有人說女人得在廚房忙一整天，讓男人在客廳閒扯抓屁股什麼的，我大發雷霆。媽後來說我在家人面前讓她無地自容，她說我無法改變人類長久以來的習性。過一段時間後，我或許會默認這些行為，但我堅持自己的信念與言行。

媽和我也會吵宗教議題。我告訴她，天主教會討厭女人，希望我們軟弱無知。那一次，我們的牧師說，女人應該服從她們的丈夫。我向上帝發誓，他真的用了「服從」二字。這讓我驚喘出聲，完全無法置信。我環顧四周，想看看是否還有其他人與我同樣不服氣，但是當然沒有，現場只有我這麼認為。我戳戳奧嘉的肋骨，低聲說：「妳相信這種屁話？」但奧嘉只叫我閉嘴，乖乖聽道。媽說我是不懂得尊重別人的小鬼，我們如此崇敬瓜達露佩聖母，教會怎麼可能厭惡女人？我根本講不贏她，所以何必替自己找麻煩呢？

各式各樣的爭論讓我們憎惡彼此，而奧嘉總是站在媽那一邊。她們也長得很像，兩人同樣蒼白清瘦，一頭黑色直髮，我則跟爸一樣矮胖黝黑。我不是超級胖啦，只是腿很粗，而且小腹肯定不是平的。哦，還有，我的胸部以我的身材比例而言也過度豐滿了。我從十三歲起，就得在胸前掛著這對沉重的負擔。我也是家裡唯一戴眼鏡的人。我幾乎算是瞎子。要是沒戴眼鏡走出門，有可能被人當場搶劫、被車子壓死，要不就是被動物咬傷。

我又看了一會書才強迫自己入睡，但怎麼樣都睡不著。眼睛睜得老大，就這樣持續了好幾個小時。等到小鳥開始啼叫時，我生氣了，扯著被單，一次次拍打枕頭，總覺得裡面有東西一直抵著我的臉頰。有那麼一秒鐘，我覺得那是羽毛，後來才想到自己又不是生活在十九世紀。我在枕頭套裡摸索，拉出一張折起來的小紙條。那是一張便利貼，上面寫著處方藥物的名字：立普方。奧嘉應該是從常造訪她診所的藥廠人員那裡拿到的。後面寫著：「我愛妳。」我盯著那行字一分鐘，完全無法理解。這東西怎麼會出現在我姊姊的枕頭裡？

我的心思在跳躍，腦子裡有幾個念頭不斷翻筋斗。就我所知，奧嘉只有過一位男朋友佩德羅，是一個瘦小的傢伙，長得很像土豚，但那是好幾年前的事了。我不知道她看上他哪一點，因為他不只醜，個性還跟煮熟的馬鈴薯一樣平淡無味。雖然我當年只有十歲，但就連我也常常不確定他那小腦袋瓜究竟在想什麼。

佩德羅跟奧嘉一樣害羞，我也不知道他們是否有共同話題。他來參加我們的家庭聚會時，舅舅們總是喜歡整他，讓他看起來就像個十足的笨蛋。我記得卡耶塔諾舅舅有一次想塞給他一杯龍舌蘭，佩德羅一直搖頭拒絕。他多半在週五晚上帶奧嘉出門吃晚餐，兩人最喜歡的餐廳就是「紅龍蝦」。有一次，他們甚至跑到大美國購物中心約會，想不到吧！他們約會了一年，後來他與家人就搬回墨西哥了（我的天啊，誰會做這種事啊？）。這是我對奧嘉感情世界的唯一理解了。

我踮著腳尖，走近她的衣櫃，開始盡可能安靜地亂翻她的東西。有個盒子裝滿了學校照片，多半是奧嘉參加科展、校外教學或生日派對與朋友的合照。她參加學校的自然科學研究社，不知道為什麼，她用相片記錄下來大大小小的所有事情，其中甚至還有一張她拿著顯微鏡的照片。天啊，我姊姊真是無趣。我在箱子裡翻找，摸到一些衣服。我完全無法接受自己拉出來的東西：五件絲綢蕾絲丁字內褲，還有性感內衣，而且是高級妓女會買的那一種。在箱子最底層，我找到很小件的內衣，但我不知道該怎麼稱呼它。肚兜？薄紗裝？透視內衣？這些蠢名字都是拿來裝性感的。她為什麼在衣櫥收了這些？她連男朋友都沒有啊。難道她參加銀髮族合唱團時，底下就穿這些嗎？奧嘉實在太厲害了，還能找時間偷偷清洗它們。萬一媽在洗衣籃發現這些東西，絕對會氣到翻過去。

我一定要找出她的筆電。再過兩小時，爸媽就要起床了。

什麼地方都翻過了，甚至重複搜索已經找過的地方，到最後我實在太累了，正準備放棄時，想起有個最重要的地方還沒檢查。她的床墊底下，沒錯，就在那裡。這也太容易了吧。

我知道應該不可能猜中密碼，但還是得試試看。我嘗試了幾組：她喜歡的食物、我爸媽的家鄉洛斯奧霍斯、我家地址、她的生日，甚至還有12345——只有真正的傻瓜會用這密碼吧？別鬧了，根本不可能猜中的。

我回頭翻她的化妝台。裡面一定還藏了別的東西。她的抽屜放了一大堆筆、迴紋針、紙屑、收據、舊筆記本。完全不有趣。我考慮回去睡覺時，在一堆記事卡下面發現了一個信封，摸起來裡面是一張信用卡，但不是。那是飯店房卡。上面寫著「洲際飯店」。除了去墨西哥，奧嘉從來沒有在其他地方外宿過。她為什麼需要房卡？安姬在飯店工作，但那間飯店叫別的名字……「天際線」之類的。

我聽見有人開門，也許是媽或爸起床尿尿，因此盡快關上燈，動也不動，也不敢呼吸。如果被媽抓到，我就再也不能進來這裡了。

接下來我只知道，自己被廚房的聲響吵醒。枕頭濕了——我一定是還來不及在手機設定鬧鐘前就睡著了。天啊，媽絕對會殺了我。我盡可能迅速鋪好奧嘉的床，然後用耳朵抵著門板，打算確保附近沒人才偷偷溜回房間。

媽一定是穿了忍者鞋，因為我打開房門時，她雙手扠腰站在我面前。

第三章

我還以為家中氣氛已經降到冰點，沒有惡化的空間，但我錯了。家裡的氛圍就像費德里科．加西亞．洛爾卡的《籠中的女兒》，只是更加無趣。媽就像劇本中那位發狂傷心的母親，將屋內所有百葉窗和窗簾全都拉上，原本就擁擠的公寓感覺更為悶熱頹喪。

由於我擅自闖進奧嘉房間，媽處罰我只能看書、畫畫及寫日記，同時沒收了我的手機。只要我一關上臥室門，就會被媽打開。當我告訴她我需要一點隱私，她大笑說我被美國人洗腦了。「隱私！我小時候根本不認識這兩個字！你們這些在這裡長大的小孩，還以為自己可以為所欲為呢！」她說。

我不知道她認為我獨自在房裡可能做些什麼，畢竟她整天對我大吼大叫，時時窺伺我的一舉一動，我連自慰都不可能。我也懶得觀察戶外，因為也只能看見隔壁的建築物。我進不了奧嘉的房間，就連晚上我爸媽睡覺後也不行，因為媽裝了門鎖，我也找不到鑰匙——到處都找過了。只要我能逃家，絕對要去洲際飯店，看看能不能找到關於奧嘉的任何線索。我從家裡大概打了上百萬通電話給安姬，但她一直沒回電。她一定知道什麼蛛絲馬跡。

我通常會躲進衣櫃偷哭，不讓爸媽聽見。其他時候則是躺在床上瞪著天花板，想像自己年紀大一點之後會過著哪種人生。我彷彿能看見自己登上艾菲爾鐵塔，爬上埃及金字塔，在西班牙的街頭歡樂起舞，搭著威尼斯的水上小舟，以及漫步在中國的萬里長城。在這些白日夢中，我成了一位全球知名的作家，打扮入時新潮，戴著浮誇華麗的圍巾，足跡踏遍世界各地，往來盡是好玩有趣的人類。不會有人強迫我。我想去哪就去哪，高興做什麼就做什麼。但到頭來，我知道自己仍然困在狹隘窄小的臥室，連走出房門都不可能。這簡直生不如死。我幾乎要嫉妒起奧嘉了，但這種想法實在萬萬要不得啊！

假使我跟媽抱怨自己無聊得發慌，她會叫我去拿拖把開始打掃。她根本不相信世界上存在「無聊」這兩個字，畢竟有這麼多家務要做，對她而言，打掃公寓與在海灘消磨一天同樣有意思。每次她這樣回我，我體內便彷彿湧起無數憤怒泡泡。有時我很愛她，有時我很恨她。但多數時間，我感受到的是一股愛恨交織的情緒。我知道人不應該憎恨自己的父母。特別是姊姊已經死了，但我實在沒辦法，於是我默默忍耐，這股沉沉的哀怨如雜草在我體內蔓生蓬勃。我原以為遭逢死亡會讓人緊緊相依，但說到底，這種狀況大概只有在電視上才看得到吧。

我不知道別人是否也與我有同感。我曾經問過蘿芮娜，但她回答：「不會啊，我怎麼可能恨我媽？」那我究竟是怎麼回事？或許是因為她媽總讓她為所欲為吧。

我不喜歡我的老師，他們大部分都跟石頭一樣沉悶無趣，但瑛曼老師的英文課向來很好玩。我一見到瑛曼老師就喜歡上他了。他像是住在郊區的古板老爹，可是眼神非常友善，笑聲奇特高亢，還滿搞笑的。他把我們當大人看待，誠心誠意關切我們的想法與感受。其他老師很愛教訓我們，認定我們是一群不成熟的傻瓜，什麼都搞不清楚，腦袋空空。我不知道有沒有人告訴瑛曼老師我姊姊過世了，不過他對待我的態度，不像是把我當成需要人同情的小可憐。

今天一坐定，瑛曼老師就要我們寫下自己最喜歡的字詞，再向全班同學解釋選擇它的原因。

我學會閱讀之後，就熱愛文字，但從來沒想過自己最喜歡哪一個詞，怎麼可能只能選一個呢？如此簡單的任務竟然也會讓我焦慮萬分，過了好幾分鐘，我才開始思考，思緒一開始，就停不下來了。

暮色（Dusk）
靜謐（Serenity）
血肉（Flesh）
遺忘（Oblivious）
夜禱（Vespers）
機緣（Serendipitous）
萬花筒（Kaleidoscope）

炫目（Dazzle）
紫藤（Wisteria）
象形文字（Hieroglyphics）
噴濺（Sputter）

輪到我之前，我就決定要選「紫藤」了。

「妳選了什麼啊，胡莉亞？」瑛曼老師對我點頭。他向來能精準說出我的名字，用西班牙文發音。

「欸，嗯……我寫了很多，但最後我選了『紫藤』。」

「這個字對妳有什麼魔力？」瑛曼老師坐在自己的書桌上，身體向前傾。

「我不知道耶，它是一種花，但是……感覺很優雅。還有，它的發音跟『歇斯底里（Hysteria）』很接近，我覺得這還滿酷的。而且，雖然聽起來有點怪，但我還滿喜歡它在我嘴裡的感覺。」

男生聽了最後一句話都笑了，我很後悔，早該知道他們會這樣。

瑛曼老師搖搖頭說：「好了，你們男生要尊重胡莉亞。上我的課，我希望大家都能和平相處，如果做不到，就給我出去，聽懂沒？」

班上頓時安靜下來，等到大家都發表結束，瑛曼老師問我們知不知道選字的用意。有些人聳聳肩，但沒人知道答案。

「你選擇的字詞會透漏很多關於你自己的事情。」他解釋道：「在課堂上，我希望大家學會欣賞……不對，我更正，我希望你們熱愛語言。我期待大家能閱讀困難的文本，學習以聰明又突破性的角度來解析，我更希望你們能學到數百個新字彙。大家懂了嗎？我教你們的是標準英文，它是代表權力的語言——這是什麼意思？」瑛曼老師揚起眉毛，環顧四周，「有誰知道？」

教室一片死寂。我想回答，但我太害羞了。我看見一旁的賴斯莉在傻笑。真是白痴。她總是一臉剛聞過髒尿布的表情。

「這代表著，你們要學習用一種讓你深具權威的方式說話與寫作。這是不是表示，你們在社區說話的方式是錯的？俚語不好嗎？或是你們跟同學之間的說話方式是錯的？絕對不是。大家日常說話方式反而更有趣，很新潮，也非常有創意，但你求職面試時，可以這樣對主管說話嗎？對你有幫助嗎？很可惜沒有。我希望大家能好好思考這一點。希望你們離開這間教室時，能帶著足以與其他中產階級家庭孩子競爭的利器，因為你們絕對都有這個本事，也跟他們一樣聰明。」

瑛曼老師為我們上了一小段「美國文學重要性」的課後，鐘聲響起。這絕對是我最喜歡的一堂課了。

週六上午，媽做了玉米餅。我在臥室醒來時，就聞到麵團味，聽見擀麵棍的聲音。媽近來有時整天臥床，有時則陷入瘋狂做飯打掃的循環，很難預測她下一步會做什麼。我知道她會強迫我幫她，於是直接躺在床上看書，直到她叫我起床。

「起來，懶叫鬼！」我聽見她在隔壁吼叫。媽總是稱我「懶叫鬼」。她說我沒有權利感到疲累，畢竟我又不像她，成天得替人打掃。我想，她這麼說也是很有道理，但說真的，這樣叫一個小女生也太奇怪了。「懶叫」是指「蛋蛋」，用在叫人起床時，甚至可以延伸解釋成「你的蛋蛋太大，所以無法動彈」，也才會因此懶散成性。說一個女生有巨大的蛋蛋不是很怪嗎？但我從未針對這一點提出質疑，我知道她會爆氣。

刷好牙洗完臉之後，我走進廚房。餐桌與流理台已經鋪滿了一張張玉米餅。媽正彎身在餐桌旁，將一小球麵團擀成完美的圓。

「去穿圍裙，把這些加熱。」媽指著廚房到處可見的玉米餅。

「要怎麼知道它們已經熟了？」

「就是會知道啊。」

「什麼叫做『就是會知道』？」

「哪有女孩子不知道玉米餅熟了沒？」她看起來已經開始要不爽了。

「我啊。我就不知道。拜託告訴我嘛。」

「妳到時看了就懂了。這是常識好嗎？」

我研究正在鑄鐵鍋內加熱的玉米餅，想在燒焦前翻好面。我翻過第一張時，發現已經加熱過久，玉米餅有一面幾乎完全焦黑了。媽告訴我第二張餅還不夠熟，要放久一點，結果當我照做，它又變得太酥脆了。等到我徹底燒焦第三張玉米餅，媽嘆了口氣，要我將小麵團擀成玉米餅，她來加熱就好。我接過擀麵棍，盡我最大的努力將小球變成完美的圓圈。但無論如何用心，所有玉米餅都成了奇形怪狀。

「那一張餅看起來像壓扁的舊拖鞋。」媽看著最糟糕的那個說。

「它是不完美，但哪裡像拖鞋？拜託。」我覺得自己越來越沮喪，用力深呼吸。我不想跟她吵架，因為昨晚聽見她在房間哭。

「它們一定要完美無瑕啊。」

「為什麼？反正都是要吃下肚的。不夠圓又有什麼關係？」

「想做，就要做得好，否則就拉倒。」媽回頭注意爐子，「奧嘉做出來的餅就會又圓又美。」

「我才不管奧嘉會做什麼形狀的玉米餅。」我扯下圍裙丟在一旁。我受夠了。「我不在乎這堆莫名其妙的規矩。如果可以用買的，我們何必自找麻煩？」

「妳給我回來。」媽在我後面大吼：「如果連玉米餅都做不好，還算是女人嗎？」

經過兩週沒電視沒手機沒出門的人生，媽說她今天或許會考慮結束對我的懲罰，渾然不知我早就準備今天放學後就去洲際飯店。我根本厭倦讓大人同意哪裡可去，哪裡不能去，而且，奧嘉的祕密快把我逼瘋了。也許我可以說服蘿芮娜和我一起去。

我塗上鮮紅色的唇膏，穿了最喜歡的黑色連衣裙，紅色網襪，腳上是黑色高筒匡威帆布鞋，再用直髮棒熨平頭髮，讓它平順落在背後。我不介意自己有點胖，也不管下巴冒出來的大粉刺。我要極盡所能，讓自己今天過得開開心心——好吧，妳姊姊過世，妳也覺得自己隨時都可能失去理智，這時只要盡力放鬆就對了。

媽看見我走出房間時，在胸口畫了個十字架，但什麼話也沒說。只要她痛恨我的打扮或我說出什麼古怪的評論時，就會這麼做。

我將奧嘉耶誕節送給我的皮革日記本放進背包。這是我收過最貼心的禮物。我猜儘管外表看不出來，但奧嘉其實總是默默關心我的。

媽開車送我去學校，下車前，她吻了我的臉頰，提醒我該準備成年禮派對要穿的禮服了，她還說我不能在派對上穿得像是崇拜撒旦的虔誠信徒。

我與蘿芮娜在我的儲物櫃前見了面，她在上課前給了我一個大大的擁抱。有時候我不太確定自己為何與蘿芮娜成為超級好朋友。我們個性完全相反，外型更是天差地遠。大家看到我們在一起都覺得很有意思。她喜歡緊身衣褲，熱愛鮮明亮麗的圖案與色彩。緊身褲就是她的標準配備，我則喜歡寬鬆的T恤、牛仔褲與深色洋裝。我衣櫃的衣服大多是黑、灰或紅色。我開始聽新浪潮、獨立音樂時，蘿芮娜也進入了嘻哈樂與節奏藍調的世界。我們對音樂總是爭論不休。當然還有其他話題啦。我已經認識她一輩子，我們了解彼此，雖然原因不明，但她只需看我一眼，就知道我的心思。蘿芮娜講話大聲，有點不良少女的味道，有時還超無知，但我愛她。如果有人欺負我、把我當笑話，她會跟對方拚命。（有一次，我們從小學就認識的女孩芳薇拉嘲笑我穿的褲子，蘿芮娜當場翻桌，說她看起來就像一隻嚇壞的吉娃娃。）還來不及問蘿芮娜放學要不要跟我一起進城，上課鐘聲就響了。我趕緊跑進代數教室，還好沒遲到。我全身每一個細胞都討厭數學，而且我更懷疑我的老師西蒙斯先生是有種族歧視的共和黨員。證據諸如：他留著翹八字鬍，書桌貼滿美國國旗，甚至還收藏了一面南軍旗幟，他以為我們不會注意。但什麼樣的人會蒐集這種東西？他還在牆上貼了一小段雷根總統針對雷根糖說過的蠢話：「從這傢伙吃雷根糖的方式，就看得出他的個性了。」這是什麼鬼話啊？人們怎麼可能用不同的方式吃雷根糖呢？這句話哪裡深奧了？其他同學大概沒多想也不在乎吧。我曾經想跟蘿芮娜討論這件事，但她只是聳聳肩，「白人都這樣。」

西蒙斯先生滔滔不絕解釋整數時，我在日記上寫了一首詩。日記本只剩下幾頁了。

紅絲帶隨我的混亂噪音鬆開
一道光芒躍動如鼓面
我張開翅膀
在溫暖狂喜的美夢游泳

感覺雙手緊貼臉龐
我歡迎一段瘋狂的舞蹈
瞬間爆裂成為全新的星座
美夢對肉體太溫暖了
對指尖的柔軟撫觸又過於粗糙
它全然掌握專屬我的小宇宙
一切墜落入土，成了湛藍色彩
唯有日暮如季風般滴滴如雨

當我描繪充滿唯美畫面的白日夢，西蒙斯先生點了我的名字，當然囉，他一定是感受到我對他的仇恨正躍動著。

「茱莉亞，第四題的答案是什麼？」他摘下眼鏡，對我瞇起雙眼。他念錯了我的名字。我曾經糾正他，要用正確的發音叫我。媽從來就不讓我用英文念自己的名字。她說名字是她取的，其他人不准為了自己方便，就隨便亂叫。至少就這點而言，我們的立場是一致的。而且本來這幾個字就不難發音。

「對不起，我不知道。」我告訴西蒙斯先生。

「妳有在專心上課嗎？」

「沒有，抱歉。」

「為什麼？」

我的臉頰很燙，其他人就像禿鷹一樣，等著我遭受污辱指責。他為什麼不閃邊去？「我已經說對不起了。我不知道我還能說什麼。」

西蒙斯先生真的很火大了。「我要妳到黑板前把答案算出來。」他用手指著我。大概從來沒有人教過他用手指著人很沒禮貌吧。

我超想豁出去，告訴他老娘就是不要，但是我知道自己不能這麼做，最近惹的麻煩已經夠多了。但他為什麼就是要挑上我？他不知道我姊死了嗎？我的心跳好快，左臉頰甚至開始隨之抽動，搞不好我的臉已經扭曲不成形了。

「我不要。」

「妳說什麼？」

「我說不要。」

西蒙斯先生整個人氣成了一條粉紅色的火腿。他雙手扠在臀部，看起來很想將我碎屍萬段。在他開口說話前，我迅速收拾桌上東西塞進背包，衝出教室。今天我實在沒法應付這傢伙。

「小姐，妳現在就給我回來！」他在我後面大吼，但我腳步沒停，聽見全班尖叫大笑，我衝出門時甚至響起熱烈掌聲。

「靠，爽！」我聽到馬可叫道。

「人家不要嘛，她已經告訴你了啊！」我猜那是荷黑在說話，我幾乎要因此原諒他後腦勺留的那條老鼠尾髮辮了。

天空晴朗無雲，而且是美麗無比的寶藍色，如果直視天空，甚至可能刺痛雙眼。也許我該待到放學，看看能否說服蘿芮娜陪我，但現在不可能回頭了。鳥兒繼續歌唱，街上有炸雞的香味，還有汽車喇叭聲。推車攤販在賣水果和玉米。墨西哥音樂從四面八方響起。我通常很討厭在自家社區散步，因為黑道兄弟或其他男生會從車上吹口哨，但今天甚至沒有人盯著我瞧。

我知道自己不應該逃學，但媽老是嘮叨浪費這個那個是犯下滔天大罪——沒錯，如果我浪費這樣的一天，就真的是罪孽了。現在不用等到下午就能去洲際飯店了。

我走近公車站，望著一架直升機飛往市區，直到它消失成一個小黑點。我可以看見遠方霧濛濛的天際線。只要能找到西爾斯大樓就不會迷路。

一顆綠氣球飄過電線桿，卡在樹上。我記得一年級時看過一部電影，有一顆紅氣球在巴黎街頭追逐一位法國小男孩。我也想像這顆氣球能掙脫大樹，在芝加哥的街道追著一位墨西哥小女孩。

我走進整座城市最讓人提不起胃口的小餐館。櫃台檯面是酪梨綠，圓凳座墊幾乎全都破爛不堪，就連窗戶看起來也油膩得不得了。我感覺自己彷彿踏入時光機，還聯想到愛德華·

霍普《夜遊者》那幅畫，只是眼前景象更令人鬱悶。我不太確定自己人在哪裡。應該靠近南環附近吧。我在櫃台旁坐下來，女服務生問我要吃什麼，她的口音很重，應該是歐洲來的，也許是波蘭人或其他東歐國家，這我就不確定了。她看起來很累，但長得很美，也許她不太希望人家過度注意自己的長相，所以沒把自己打扮成「嘿！大家看我！」的模樣。

我口袋只有八塊五毛八，還得搭公車或火車回去，所以必須小心選擇。我真正想點的是一道叫「霍波」的套餐，有雞蛋、薯餅、乳酪與培根，全都是我的最愛。但這要七塊九毛九。如果選了它就會沒錢搭車回家。我點了一個乳酪丹麥麵包和一杯咖啡，光是聞到培根香味就讓我口水直流。

我一面喝咖啡，一面讀著放在櫃台的報紙。咖啡難喝到無法下嚥，喝起來像是有人把自己的髒襪子丟進咖啡壺，但無論如何，我還是勉強喝了下去，我才不要浪費兩塊錢。當然，丹麥麵包也很硬。我早該知道的。我用手指挖出乳酪，舔得一乾二淨。

「妳不是應該在學校嗎？」女服務生一邊替我加咖啡，一邊開口問我。

「是啊，我應該在學校，但早上有一堂課的老師是個大混蛋。」

「喔？」她揚起眉毛，看來很懷疑我的說法。

「真的，我發誓。」

「他做了什麼？」

「他叫我算黑板的數學題。我不知道答案，但他一直堅持。真的很丟臉。」我大聲解釋事情始末時，才發現聽起來有多蠢。

「好像沒有很嚴重啊。」她說。

「也是，好像沒那麼誇張，對吧？」我們兩人一起大笑。

「我覺得妳應該回去耶，免得惹上更大的麻煩。」她對我微笑。

「我姊姊死了。」我脫口而出。

「什麼？」她問，以為自己聽錯了。

「她上個月過世了。我不能專心。我想這是我逃學的主要原因吧。」

「哦，不。」她說，美麗的臉龐悲傷嚴肅。我幹麼告訴她這麼多？這又不是她的問題。

「妳這可憐的孩子，很遺憾，真是抱歉。」

「謝謝妳。」我說，還是不知道自己為何對她提起奧嘉。她捏捏我的手，然後走到後面的桌子服務其他客人。

我在日記寫了一些東西，想決定等會該做什麼。既然要去市區，不如好好把握這一天吧。只是無論做什麼，都一定要是免費的，或只能花一點點錢，否則就得走路回家了。經過一番腦力激盪，手上忙著塗鴉之後，我決定要去藝術博物館，那是我全世界最喜歡的地方之一。嗯，至少在芝加哥啦。我其實對這個世界還認識不深。博物館建議我們可不限金額捐獻，但我從不付錢。關鍵字：建議。

我請女服務生給我帳單時，她告訴我有人已經替我付錢了。

「什麼？誰？等等，我不懂。」

「坐在那邊的一位先生。」她指著櫃台盡頭的一張空凳子。「他聽到妳今天過得不順。」什麼？竟然有人會不求回報做這種善事？他甚至不是被我煞到，也沒盯著我的胸部，更沒有等我好好感謝他。我跑上街找他，為時已晚。他已經離開了。

我拿出筆記本，瞪著洲際飯店的地址。我沒什麼方向感，但我猜應該不用看地圖就可以找得到。朝西北方走——如果知道湖的方向就不會那麼困難了。建築物擋住了陽光，我開始覺得有點冷，真希望自己帶了外套。

一位沒了雙腿的街友在星巴克門前尖叫。他大概喝醉了，因為我聽不懂他在說什麼。跟駱馬有關嗎？一對母女從我身旁匆匆走過，她們提了兩個巨大的「美國娃娃」提袋。聽說那些娃娃一個造價好幾百元。我真等不及賺大錢了，到時，老娘想買什麼就買什麼，完全不用擔心。但我可絕對不會把錢浪費在洋娃娃這種笨玩具上。

洲際飯店規模不大，華麗精緻，藍白相間的擺設裝潢，這就是所謂的「精品旅館」，真不知道那究竟是什麼意思。我走近櫃台的女人時，她立刻掛上電話。「有什麼可以幫忙的嗎？小姐？」她的頭髮紮成俐落緊繃的馬尾，要弄成這樣，頭皮一定很痛吧？還有，她的香水聞起來就像夏日傍晚一朵覆滿沙塵的鮮花。

「請問有沒有見過這位女孩？她是我姊姊。」我給她一張奧嘉在葛卡阿姨家烤肉宴拍的相片，那是她死前約一個月拍的。照片上她端著一盤食物，閉著眼睛微笑——我認為拿最近的照片比較合適。

「對不起，但我們不得提供關於客人的任何資訊。」她對我抱歉地笑了笑。我甚至看見她牙齒上有一小抹粉紅色唇膏。

「可是她已經死了。」

她瑟縮了一下，又搖搖頭。「真的很抱歉。」

「妳能不能至少告訴我，有沒有在這裡見過她？」

「我真的對府上的遭遇深感遺憾，真的。但是我沒辦法告訴妳什麼。這違反我們飯店的規定，親愛的。」

「她人都死了，還需要遵守什麼規定？可以就麻煩妳查她的名字好嗎？奧嘉・雷耶斯。求求妳。」

「我們只能提供資訊給警方。」

「幹。」我無聲咒罵。我知道這不是她的錯，但我好沮喪。

「好吧，那麼，能否至少告訴我，這家飯店是否與天際飯店有關係？它們屬於同一家公司嗎？」

「是的，都隸屬同一個集團。妳為什麼這麼問？」

「謝了。」我走出大門，也不想再多解釋了。

進博物館前，我先在外面的花園散步。人人都拚命地想留住陽光，在冬天為這城市帶來冰冷灰暗的悲慘氣氛前，好好享受這意外的和煦與溫暖。

儘管樹木已經開始轉換顏色，但鮮花依舊綻放，蜜蜂四處亂舞。一切都太美好了，真希望我能將眼前的畫面收進玻璃罐。有位身穿碎花洋裝的年輕媽媽正在餵寶寶喝奶。一位灰白長髮的男子躺在長凳上，頭倚著妻子的大腿。一對情侶正靠著樹幹親熱。有那麼一秒鐘，我的思緒糊弄我，讓我相信那位女孩就是奧嘉，因為她們都一樣綁著長長的馬尾，身材細瘦，臀部扁平，但女孩一轉身，我就知道那絕對不可能是我姊。

我告訴坐在櫃台後方的女人，說我不會按照建議捐錢時，她目不轉睛地盯著我，似乎把我當成犯人。

「人人都有欣賞藝術的權利，不是嗎？難道妳想阻止我接受美學教育？我會說這非常『布爾喬亞』喔。」這是我去年在歷史課學到的新詞，每次只要時機恰當，我就會用它，因為瑛曼老師總是教導我們，語言就是力量。

女人嘆了一口氣，翻翻白眼，將入場券遞給我。她可能很討厭自己的工作吧。如果是我，我一定不喜歡。

我走到最喜歡的作品《朱迪斯斬殺赫羅弗尼斯》前。去年，我們在美術課認識了義大利畫家愛特米西亞．根蒂萊斯奇的生平。我的老師施瓦小姐告訴我們，這位畫家曾經經歷不好的遭遇，卻不願告訴我們怎麼回事，後來我下課查了一下。原來，根蒂萊斯奇的繪畫老師在她十七歲時強暴了她。真是人渣。

我們在美術課學過文藝復興與巴洛克的繪畫作品，幾乎清一色都與耶穌寶寶有關，這實在很沒意思，因此，發現根蒂萊斯奇的作品都是聖經裡的女子殺死渣男時，我的心都雀躍到顫抖了。她真是太強了。每次我看《朱迪斯斬殺赫羅弗尼斯》都會發現一些新鮮之處。藝術與詩歌的偉大就在這裡。正當你自認「懂了」，絕對會再發現其他亮點，而且還能找出上百萬個寓意。我之所以熱愛這幅畫，是因為朱迪斯與女僕正在砍斷男子頭顱，但她們毫無畏懼，甚至一派自然輕鬆，彷彿只是在洗碗或做家事，這也讓我猜測現實場面究竟是如何發生的。

施瓦老師說博物館也收藏了她的一幅作品，我一聽就決定一定得看看真跡。這已經是我今年第四次造訪博物館了。我對藝術的熱愛幾乎等同於我對書本的喜愛。很難解釋自己看到偉大畫作的感受，綜合了恐懼、快樂、興奮與哀傷，這些感受會轉化成一道光芒，在幾秒鐘內照亮我的胸口及腹部，有時甚至會讓人喘不過氣來，直到我站在這幅畫面前，才知道自己的感受都是真切存在的。我曾經認為這只是流行歌曲中，那些熱戀的傻瓜才會有的經驗；我讀愛蜜莉・狄金森的詩時，也曾經有類似的感覺。我激動到將書丟到房間牆上。因為它是如此完美無瑕，讓我幾乎要生氣了。然而假如向人們解釋自己的心情，大家可能會把我當瘋子，所以我從來就不提。

我蹲下仔細檢視畫作下半部，之前我從來沒有注意到，但鮮血滴在潔白的床單上，絲綢的細部精緻細膩，幾乎無法相信它們不是真的。

這個地方永遠看不完，我可以待在這裡一輩子，觀賞所有藝術精品，還能在浮誇華麗的大理石迴旋階梯來回走動。我也喜歡索恩袖珍品收藏室，總是幻想自己可以入住那些可愛的小房子。不過，我總是一個人來博物館，因為沒有人要陪我。我曾經想拖蘿芮娜一起來，但她只是大笑，說我是書呆子，讓人無法反駁。我也問過奧嘉，但那天她跟安姬逛街去了。

四處遊蕩時，我發現一幅以前從未注意的作品：《安娜瑪麗亞達什伍德，後來的伊利侯爵夫人》，畫家為湯瑪士．勞倫斯爵士。看到那女人的臉時，我驚呼出聲，因為望見姊姊的雙眼盯著我。從沒見過那種神情。不是開心，也不是陰沉，她似乎想對我透露一些事情。

我亂走亂晃，忘記了時間，我還看了自己最喜歡的畫作——畢卡索的《老吉他手》、達利的《龍蝦電話》，以及秀拉獨特的圓點印象派作品。每次看到它，我就向自己保證有一天一定要去巴黎，獨自在城裡漫步，狂吃乳酪直到自己爆炸為止。

我搭上回家的火車時已經是下班的尖峰時刻。這時間的公車太不可靠了。穿西裝的男男女女早已汗流浹背，疲憊不堪。如果我最終成了上班族，只能穿西裝長褲，還得換白色運動鞋，才能一路從火車站走回家，我絕對會從摩天大樓一躍而下。

車廂擠滿了人，但我發現有個靠窗向後的座位，旁邊是一個外套髒兮兮的男人，我坐下時，他對我微笑，說道：「妳好。」他身上有濃濃的尿味，但至少他很有禮貌。我拿出日記寫了一些筆記。我喜歡從上方俯瞰城市。工廠的塗鴉、狂按喇叭的汽車、窗戶破碎的舊建築，大家都在趕路，看到這些動作與能量，讓我興奮不已。儘管我總是想搬得遠遠的，但這種時刻會讓我無可救藥地再度愛上芝加哥。

車門附近有幾個黑人小孩開始玩起口技，隔壁一個男人皺眉搖頭。可是我覺得他們很厲害啊。真不知道他們怎麼能用嘴唇創造出那種節奏。聽起來就像電腦做的。

我拿出自己在西蒙斯老師課堂寫的詩，一位臉被燒傷的女子穿過擁擠的走道，請大家施捨她一點零錢。當她走近，我看見她的綠色T恤寫著：上帝對我太好了！那些字母如此顯眼明亮，感覺像在對大家吶喊。她在我面前伸出手心，我將手伸進背包，掏出剩餘的零錢。今天餐廳的神祕男替我付了午餐錢，我何不也做點好事呢？

「祝妳有美好的一天。」她對我微笑，「耶穌愛妳。」

祂不愛我，但我仍然回以微笑。

我看向窗外，天邊被夕陽映得火紅，建築物反射出令人眼花繚亂的橙紅色光芒，如果你仔細端詳，大樓彷彿都著火了。

學校想必已經打電話給我爸媽，我又惹麻煩了，但這很值得。我打開日記，找到空白頁，寫上：上帝對我太好了！免得我忘記。

第四章

週六下午，我告訴媽要去圖書館，其實是去安姬家。我大概打了上百萬次電話給她，她完全沒回電。這讓我很惱怒。雖然不知道見到她時該說什麼，但我真的需要和她談談。我一直忘不了奧嘉的性感內褲、飯店房卡，以及她死時臉上的奇特微笑。幾週來，我一直感覺自己的後腦勺被扎了許多小針。也許安姬可以告訴我一些姊姊不為人知的祕密。

天氣開始變冷了。空氣聞起來有樹葉的味道，也有隱隱約約的雨水味。每年最討厭的就是這個時候。只要天色開始提早暗下，我就感覺自己比平時更鬱悶。唯一想做的就是用滾燙熱水淋浴，躺在床上看書直到沉沉睡去。漫長黑暗的日子就像永無止盡的黑絲帶。今年一定更糟，因為奧嘉死了。

安姬與奧嘉從幼稚園就是好朋友，也等於我認識安姬很久了。我曾經很崇拜她，因為她很時髦，又很正，她有一頭狂亂的鬈髮和大大的碧綠雙眸。高中時，她畫過幾張充滿異國風情的作品，奧嘉將它們貼在牆壁上。雖然安姬家跟我們家一樣窮，但安姬深具敏銳的時尚感，總是懂得以獨特方式讓對比強烈的色彩與圖案融合。從跳蚤市場買來的二手服裝在她身上向來和諧不突兀。她帶有香草氣息，笑聲猶如風鈴。我一直以為安姬長大後會很有成就，例如成為設計師或表演工作者，但事實證明，她不過是另一位不想離家的墨西哥女兒罷了。

她在市區工作，還與父母同住。

安姬的媽媽拉蒙娜太太應了門，朝我的臉頰印了一個濕吻。雖然我從小就認識她，但每次看見她，我還是很震驚，她看起來很蒼老，幾乎可以當安姬的奶奶了。我猜，她很高齡才生下安姬，而且絕對歷盡滄桑。「沒用了。」媽總是這麼說，讓我聯想到髒髒舊舊的洗碗海綿——拉蒙娜太太永遠穿著圍裙，她可能還穿著圍裙上教堂。

屋子裡很熱，有烤辣椒的味道。眼鏡都起霧了，我開始流眼淚，還狂咳嗽，每次媽做某種口味的莎莎醬，我也會這樣。

「哎呀，真是的，小寶貝，這麼脆弱啊？」拉蒙娜太太用西班牙文說。她拍拍我的背，「我叫安姬出來，順便拿水給妳。」大家都喜歡提醒我，我有多麼敏感，彷彿我不知道。「妳這幾天都還好嗎？」她從廚房喊道：「安姬很難接受，可憐的寶貝。」

「我好多了，謝謝。」

我想安姬家可能是地球上最後一群會為沙發裹塑膠套的人類。除此之外，屋內每一處檯面都放了站在蕾絲花墊上的小瓷偶。墨西哥女人熱愛在所有物品下面擺蕾絲花墊。電視、花瓶、沒啥用處的小東西，放眼望去，全部都是！太瞎了！這就是媽所說的「沒水準」。我家可能很窮，但至少我們沒這麼俗氣。

安姬終於走出房間，她穿了一件破舊的老鼠灰睡袍，頭髮壓得很扁，而且很油膩。她的眼睛布滿血絲，似乎哭了一整晚。奧嘉的意外已經發生好幾週了，但安姬看起來仍然很悲慘，而且見到我似乎不太高興。

安姬抱抱我，要我坐下。沙發塑膠套在我屁股下方發出尖銳的聲音。拉蒙娜太太遞給我一杯水，然後拖著腳步回廚房繼續煮飯。

「妳還好嗎？」我問，她看起來應該不太好。

「天啊，胡莉亞。妳覺得呢？」她回嘴。安姬通常對我很好，但我想奧嘉的死也讓她崩潰了。大家跟以前都不一樣了。

「對不起，我不是故意的。只是……我每天都失眠。看看我。我很恐怖吧。」她說。

安姬說得沒錯。她雙眼下方的深紫圈圈看起來像是被狠狠揍了一拳。「憔悴」——媽會這麼說。

「沒有啦，妳還好。」我撒謊，「就像往常一樣漂亮。」我勉強微笑，但實在太虛假，我的臉頰都發痛了。

安姬瞪我一眼，接著寂靜彷彿蜘蛛網，將我倆團團圍住。廚房傳來油炸的沙沙聲，聽起來像是雨滴。時鐘不斷滴答滴答。在這樣的時刻，時間的概念向來令我困惑，一分鐘就像一小時。

「我們可以到妳房間嗎？」我終於低語：「我想私下問妳一些事情。」

安姬看起來很困惑，但她回答，好啊，然後帶我走上走廊。

我看得出來安姬沒穿胸罩，我盡量不要盯著她，但透過睡袍能看到她的乳頭，這讓我想起七歲時曾經撞見她在摸奧嘉的胸部。她們一看到我開門，奧嘉就拉下襯衫，低頭看著地板。我只記得當時她似乎很羞愧，她的胸部又小又挺。

我坐在安姬凌亂的床上，床單聞起來似乎好幾週都沒洗了，地板到處都是衣服。牆壁與化妝台貼滿了她與奧嘉的合照：公園、大頭貼機器、小學、高中畢業舞會、畢業典禮、吃晚餐……她的床頭櫃還放了訃聞與葬禮程序，上面印了一位天使，以及幾段愚蠢的禱文。我早就將我那一份丟了，因為我無法忍受看見它。

「妳很想她，對吧？」我問。

「是啊，當然囉。」安姬瞪著她與奧嘉穿著畢業服的合照。「妳要問我什麼？」

「妳為什麼不回我電話？」

安姬嘆氣了，「這幾天我不想跟任何人說話。」

「呃，我也不太想跟別人說話，但我是她妹，妳至少可以回電啊。」

安姬盯著她的照片，什麼也沒說。

「她死之前是妳發簡訊給她嗎？」

「什麼？」

「是妳嗎？」

「我不知道，好嗎？」安姬揉眼睛打哈欠。「這重要嗎？她都死了。」

「是或不是，沒那麼複雜。她在五點半左右被車撞死。妳只要看手機就能確定。我姊根本沒什麼朋友。」

「妳到底想找什麼，胡莉亞？」

「我只是覺得好像有些事情我不知道。」

「像什麼？」

「我不知道。所以我才想找出來。」我很惱怒。也許這是個錯誤。我又能告訴安姬什麼？例如我翻了奧嘉的房間，發現放蕩的內褲與飯店房卡？還是直到我姊死前，我都對她沒什麼興趣，因為我是個可怕又自私的小孩？

安姬抬頭望向天花板，似乎想忍住不哭。這動作我做過上百萬次。我是把眼淚留在淚管的專家。

「我發現了幾件奇怪的內褲和一張飯店房卡。」我說：「洲際飯店。」

安姬拉緊睡袍，低頭看著她龜裂的粉紅色腳趾甲，「然後呢？」

「什麼然後呢？妳可以說我瘋了，但真的很奇怪。」

「胡莉亞，妳老是小題大做。我不知道妳說『奇怪』的內褲是什麼意思。」

「就是幾乎等於『妓女』的奇怪。」我開始失去耐心，「還有飯店房卡。奧嘉怎麼會去那種地方？她為什麼會有那些東西？」

「我怎麼知道？」安姬翻了白眼，我很不爽。

「因為妳是她最好的朋友啊！拜託。」

「妳知道嗎？胡莉亞，妳老是在製造麻煩，替妳家人製造麻煩。現在她死了，突然間，妳又想知道關於她的一切？妳幾乎不跟她說話。她活著的時候，妳為什麼不多問她一點？這樣妳就不必在這裡，質問我她的感情生活。」

「感情生活？所以妳是說的確在跟人約會？」

「錯了，我才沒有這個意思。是妳引導我這麼說的。」

「但妳剛才說……」

「胡莉亞，妳該走了。我還有別的事要忙。」安姬站起來，打開大門。

如果我的皮膚不是那麼黝黑，現在臉色應該紅得發亮了。感覺就像是有人朝我頭上倒了一桶滾水。安姬根本不明白與家人對話對我來說有多麼困難。多年來，家中氣氛沉默緊張，大家都快窒息了。我在家裡就等同於長了三顆頭的外星人。而且，安姬為什麼防衛心這麼強？這實在不太對勁，但我也不知道該如何處理，我能質問她什麼？只能坐在這骯髒的房間，喉頭盡是辣椒味，讓內疚與憤怒如熔漿蔓延到全身。

「好吧，沒有結論。」我說：「謝囉，謝謝妳這麼有禮貌，又那麼挺我喔。」

「胡莉亞，夠了，妳不要這樣。我很抱歉。但這對我也很不容易。我覺得自己快崩潰了。」安姬將頭埋進手中。

「妳失去了最好的朋友，但我也失去了姊姊。妳可能把我當成自私自戀的小鬼，但我現在的人生見鬼的爛透了。每天晚上我都希望奧嘉回家，但她沒有。我只能像個傻瓜一直瞪著大門看。」

安姬沒有回應。我離開她房間時，拉蒙娜太太朝我衝過來，她的拖鞋在漆布地板啪答作響，那絕對是我聽過最煩人的噪音之一。

「妳不留下來吃點東西嗎？親愛的？來，坐下，我在炸酥餅。」她堅持。

「不用了，謝謝，我不餓。」

她蒼老的棕色臉龐因憂慮而皺了起來。「怎麼回事，小東西？妳在哭嗎？」

「沒有啦，只是被辣椒嗆到眼睛。」我撒謊。

第五章

放學後，蘿芮娜和我一起到她家上網。我打電話給媽，告訴她我會很晚才回家，因為我們要做報告。一開始媽不准，她還在氣我逃學的事情，但我向她解釋我（想像中的）小組作業明天就要交，她讓步了。除非我有具體的原因，否則媽哪裡都不讓我去。如果告訴她我想跟朋友出去，她就會問我去做什麼，還說她不想要我進到別人家的廚房，真的很蠢。首先，我不明白她為何認為進了別人家的廚房很丟臉，其次，大多數的時間，我們根本不會去廚房。我們都待在客廳。

媽沒朋友，也不覺得女人需要有朋友。她說，女人只需要家庭。根據她的論點，只有孤兒和妓女才會在街上亂晃。不用上班，不需要上超市，不做飯打掃時，媽總會跟我阿姨們或她的超級死黨兼表妹璜妮塔在一起。對了，週末她會上教堂。媽幾乎寸步不離我們社區，我認為她的世界很小，可是，她就想要這樣。或許是遺傳吧，因為奧嘉也是如此。至於爸，他最喜歡的地方，就是我家沙發了。

我從來不會想說服媽，告訴她我其實很需要出門，跟自己毫無血緣關係的人們說說話，相反地，我常假裝自己有作業要做。有時候她信了，有時候也會踢到鐵板。

蘿芮娜把我們在街角小店買的辣薯片倒進一個大碗，擠上檸檬汁，直到薯片完全濕透。

我們吃得很快，彷彿在比賽吃薯片，結束之後，我們的手指都染紅了，鼻涕狂流。儘管我吃了大半包，但還想吃更多。我問蘿芮娜她家裡還有沒有其他零食，但她說沒了。我的胃開始咕嚕作響。

我只能偷偷吃垃圾食物，因為在家不准吃。這實在很諷刺，我爸就在糖果廠工作。媽說，美國人吃的都是垃圾，所以人人又胖又醜，她的身材很完美，也期待大家都跟她一樣幸運。她從來不帶我們去麥當勞，一次都沒有，但大家都不相信我。我放學回家時，偶爾會在路上買一塊錢的乳酪漢堡，抵達家門前連續三口解決。也許這就是我胖嘟嘟的原因吧。我的胸部越來越沉，有時候連背部都因此感到痠痛了。媽說我們家已經有豆子和玉米餅，因此不需要漢堡和薯條。每次我問她能不能叫外送披薩或中國菜回家吃，她就說我被寵壞了，要我自己去弄薄餅吃，或是捏捏我肚子的肥肉，讓我無言以對。

「妳到底想找什麼？」蘿芮娜從冰箱拿出一壺水。

「說真的，我不確定。我還沒有告訴妳，但我那天搜了她的東西。」

「然後呢？」

「我發現幾件內褲。真的是妓女穿的那一種喔。」

「妳在說什麼啊？」蘿芮娜不太耐煩，她每次都說我把事情講得很誇張。

「就是很色情的東西啊，丁字褲、還有蕾絲內衣。」

「欸，我也會穿丁字褲啊。」蘿芮娜白眼以對。

「但我們在討論的是奧嘉耶，她連髒話都不罵，如果媽發現了，一定會崩潰。她討厭那種東西，她甚至不喜歡女人穿短褲。」

「奧嘉如果偶爾想性感一下又怎樣？她是成年女人了。」

「好吧，那又該如何解釋我發現的飯店房卡？」我從背包拿出房卡扔到桌上。

「不知道啦，可能，她把它拿來當書籤啊。安姬不是在飯店工作嗎？」

「對，但不是這一間，一定有問題，我說真的。」

「我認為妳應該是在浪費時間。」蘿芮娜走進房間，將筆電搬出來，那肯定有一百磅重。這是她表姊用過的二手電腦，老到可以進墳墓了。

「所以妳要怎麼找？」

「我不知道。臉書吧，但我連奧嘉有沒有在用都搞不清楚。我告訴妳，她就是被困在二十二歲青春肉體的老靈魂。」

「妳自己也沒用臉書啊。」

「就是啊，因為它蠢爆了。現實人生已經夠無聊了，不需要再上網看那些無趣人們的生活點滴。而且，我又沒網路，何必呢？我才不要跑到圖書館上網。」蘿芮娜搖搖頭，輸入密碼。

我尋找奧嘉的名字，一共出現十二位奧嘉．雷耶斯。每一個都點進去看，沒有一位是我姊姊。

「還是她用了另一個名字？」

「我怎麼可能知道她用什麼名字？」

「不知道啦。不然妳去看看安姬的臉書，也許可以找到奧嘉，或是搜尋安姬的相簿之類的？」

我們找到安姬，但點擊她的個人資料時，完全沒有顯示內容，只看得見她將她與奧嘉小時候的合照拿來當封面照片，標題寫著：我好想妳，我的好友。

「可惡，安姬這裡行不通。」

「她有沒有其他同事或朋友？」

「真的沒有。之前她偶爾會跟一個女孩子吃午餐，好像叫作丹尼絲。但我不知道她姓什麼。」我垂頭喪氣地闔上電腦。

蘿芮娜開始玩手機，播放她那些可怕又充滿性別歧視意味的饒舌歌，我走到她媽放在客廳角落的祭壇。每次我來，都喜歡觀察它哪裡又變得不一樣了。蘿芮娜的媽媽信仰恐怖的骷髏死亡聖神，如果媽知道這件事，絕對不會讓我再見到蘿芮娜。她已經不喜歡她媽媽了，因為媽認為她化妝太濃，把自己打扮得跟少女一樣。這一點，我也認同我媽。蘿芮娜她媽的眼影色彩太深，眼線從眼角捲起，看起來有點像埃及豔后居家版。而且她總是穿著緊身洋裝，讓她的身體看起來就像軟趴趴的霜淇淋。我這可不是在稱讚她喔。

蘿芮娜在化妝這方面完全遺傳了她媽。她會染髮和挑染，所以她那顆頭綜合了黃、橙與紅色，每次看見都讓我想起火焰，如果她將頭髮紮成馬尾，整個人看起來簡直如同火把。她本來的黑髮其實最美，但她不聽我的，說我根本不知道自己在講什麼，還說我自己明明穿得跟無家可歸的女同性戀一樣，所以她何必聽我的建議。她也不理我針對她淡褐色隱形眼鏡的評論，總而言之，只要是跟外表有關的一切，蘿芮娜與她媽實在不怎麼在行。媽向來認為有必要指出這問題，就怕我沒注意——「那老太婆真不應該打扮得跟十五歲少女一樣，還敢大搖大擺，真是一點羞恥心都沒有。」媽對我竊竊私語。儘管蘿芮娜的母親並不是什麼模範母親，而且看起來有點瘋又胖胖的，但對我很好，每次她看到我，就會拿餅乾或蛋糕餵我。奧嘉去世後幾天，她還帶蘿芮娜和我出門吃冰淇淋。

今天死亡聖神穿了一件鮮紅色的緞面洋裝，上一次我見到祂時，祂披了一件黑色斗篷，看起來比較不嚇人，畢竟骷髏還能穿什麼呢？神偶前面還有三根新點的蠟燭、一包便宜香菸、一罐打開的墨西哥啤酒、一碗蘋果，以及一朵花瓣開始泛黃的白玫瑰。另外，壇上還放了一張蘿芮娜爸爸騎在棕馬背上的全新裱框相片。蘿芮娜笑起來跟他一模一樣。儘管蘿芮娜的媽媽已經跟男友何塞·路易交往幾年了，她仍然在家中各處掛著先夫的遺照。奧嘉去世時，蘿芮娜媽媽也跟我要了一張她的照片，好讓她為奧嘉的靈魂祈禱，但我覺得這太詭異了，所以假裝忘記。

蘿芮娜從不談論她爸爸，我也從不多問，因為這真的不關我的事。如果她想說，她就會說。我不喜歡刺探。我之所以知道他遭遇的唯一原因，是因為幾個月前，我跟她在放學後喝得爛醉，結果她爸的死因就像一袋掉落地上的豆子，撒得到處都是。

大概四杯她表姊替我們買的香甜酒下肚後，蘿芮娜莫名其妙地哭了起來。可能是因為收音機正傳來街頭樂隊娓娓吟唱的歌曲，伴隨著哀傷的小喇叭樂聲吧。我真的不知道。我問她怎麼回事，她一面啜泣，一面大口喝下甜甜的酒精，告訴我她很想念爸爸。她哭得好厲害，我幾乎聽不懂她在講什麼。她的睫毛膏流下臉頰，看起來就像怪誕的小丑。在其他情況下，這本來是很好笑的，就像上一次我們淋雨，她的妝跟柏油路面的油漬一樣糊成髒髒的彩虹，逼得我們不得不跑回家處理。

我不知道該說什麼，只能不斷撫摩她的背，替她順順頭髮。等她冷靜一點後，她便告訴我那段往事，但有些片段我還是沒聽懂，因為她是邊哭邊說的。蘿芮娜說她七歲時，她爸不顧大家勸阻，回墨西哥參加奶奶的葬禮。當時他已經在芝加哥定居十年，還是沒有身分證件。為了重回美國，他一定得找蛇頭幫他越過邊境，就像他第一次來美國那樣。蘿芮娜的媽媽在他離開的前一晚做了夢——她知道絕對會發生不測。在夢裡，他無助地坐在荒漠中，看著一隻老鷹不斷啄咬自己的心臟。她懇求他不要去，說他一定會送命，但他不聽。他說他太愛自己的媽媽了。

母親葬禮結束後，蘿芮娜的爸爸從格雷羅搭上巴士，一路前往亞利桑那州邊境，在那裡他找上一位大家都推薦的同鄉蛇頭，結果這傢伙拿走大家的錢，在穿越沙漠之際拋棄了大家。他們迷路了兩天，最後，總共七名偷渡客，其中包括一名嬰兒，因口渴而喪命沙漠。邊境巡邏隊在他們應該抵達美國的兩週後才發現遺體，將腐爛的屍體送回他在墨西哥的家鄉，由那裡的親人埋葬。蘿芮娜與媽媽完全見不到他最後一面，那時我才開始明白蘿芮娜的生活為何如此不順遂。我爸媽也是找蛇頭才能越過美墨邊境，一路上甚至還被人搶劫，但至少他們保住小命抵達美國。

我在客廳研究她爸爸的照片時，蘿芮娜開始在廚房桌上捲大麻。她比我厲害，基本上已經成為大麻能手。

「妳在幹麼？」她問我，連頭也沒抬，「為什麼一直盯著我爸的照片？」

我不知道該怎麼回答，也不確定為什麼。我想是出自好奇吧。

「這些照片還掛在家裡，何塞．路易不會覺得很奇怪嗎？」我終於問了。

「我才不在乎那混蛋怎麼想。」蘿芮娜說，舔了舔菸管。「妳想抽嗎？」她把菸遞給我。

我到目前為止總共抽了五次吧，每一次都有最壞的打算。上次我們抽大麻時，我還以為警察在敲門。上上次，蘿芮娜拿起手機，我深信她一定是在發簡訊跟別人說我的壞話。但我沒停下來，因為我總希望大麻會讓我感覺美好，我會像大家描述的那樣，飄飄欲仙，內心平靜自在。

「不知道奧嘉有沒有抽過大麻。」我說。

「奧嘉？妳不是在開玩笑吧？不可能。她根本就是修女吧。」

「是嗎？我現在可不太確定了。」我抽了一大口，結果嗆到咳嗽，連眼淚都流出來了，只好跑到廚房喝水。蘿芮娜大笑，我走回客廳時，她朝我臉上丟抱枕，結果差點打翻我手上的水杯。我也笑了，將剩下的水倒在她頭上。

「妳這個臭婊子！」蘿芮娜尖叫：「妳把沙發弄濕了！」但她臉上還有微笑，我知道她不是真的在生氣。

「是妳先開始的！」

蘿芮娜走進自己的房間，換了另一件襯衫，將音樂改成了毒梟民謠，這種可怕的墨西哥歌曲總是在描述毒販買鑲鑽手槍，然後把彼此的頭砍斷。

第一首歌結束時，那種感覺突然打開了——一切成了慢動作，我的身體輕若羽毛，卻又重如鉛塊，我從來沒有過這種體驗。我不慌張，只是有點困惑，無法集中注意力。我的隱形眼鏡變得好乾，讓我無法睜開眼睛。

蘿芮娜又抽了好幾口，然後再把菸傳回給我。我搖頭拒絕。

「這樣就夠了？」

「我不行了。」

「妳不會已經嗨了吧？」

「我是啊，不要管我了，如果我現在就回家，我媽一定會馬上把我送回墨西哥，讓我在那裡度過下半輩子……可惡，什麼生日派對。真是討厭。」

「拜託喔，妳也幫幫忙好嗎，我都希望我可以有成年禮派對耶，可是我媽窮到脫褲子了。」

「我根本不知道他們要從哪裡弄到錢。他們成天只會抱怨我們家有多窮。還想假裝我們過得很好，明明就只是演給家裡其他人看。」

「我無法想像妳穿那種洋裝的模樣。」蘿芮娜狂笑。「不知道妳媽到底在想什麼。她是不了解妳嗎？還是她根本不在乎？」

「沒錯，派對不是替我辦的，是替我姊辦的。而且那甚至根本不是我的生日。妳相信嗎？」

「不要氣了啦，我們來看洋裝好了。也許真的可以找到妳喜歡的喔。」她說，伸手要拿她的電腦。

「我才不信。」

蘿芮娜叫出一些網站，開始瀏覽洋裝，看起來全都很驚世駭俗，有幾件甚至是七彩的，我們看到一件有瓢蟲圖案的洋裝時，我受不了了，真的不行。這種衣服應該歸類為害蟲才對，理應送上法庭受審。「夠了，拜託停下來，不然我的薯片都要吐出來了。」

蘿芮娜嘆口氣，開始在一面小鏡子前拔眉毛。我閉上眼，感覺過了好幾分鐘，等到再睜開雙眼，我被她緊身褲的獵豹圖案催眠了，剛才我竟然完全沒看到。此時的我早已飄飄然，越認真環顧四周，便看見越多圖案：人臉、汽車、花朵、大樹、嬰兒、小丑……然後，不知什麼原因，我開始想像蘿芮娜變成一隻在森林奔跑的獵豹。頭還是她的，但有著獵豹的身體。我抽的一定是頂級大麻，笑得太開心，簡直說不出話來。我竟然終於可以大笑了，感覺真棒，雖然我的心也好痛。

「怎麼了？妳在笑什麼？」蘿芮娜很困惑。我想解釋，又喘不過氣。淚水順著臉頰流下。「妳究竟怎麼了？」

我很想解釋清楚，但說不出話來。我的臉好燙，胃部肌肉也隱隱作痛。肌肉也在疼痛。「妳變成獵豹了！」我終於把這幾個字說出口，大口喘氣。

「什麼？」

「獵豹！」

「我不知道妳在說什麼！」

「獵豹！」我說。

也許笑會傳染吧，要不就是蘿芮娜現在也很嗨，因為她爆笑出聲。我努力去想一些不好玩的東西，像是襪子、癌症、運動、種族滅絕、我死去的姊姊……只要能讓我不要笑到尿失禁，可以冷靜下來的事情都好。蘿芮娜把枕頭蓋在臉上克制自己，壓住笑聲，可是沒有用。她安靜了一會兒，結果又爆出一個響亮的笑聲，惹得我也受不了了。我用力交叉雙腿。希望能忍到廁所。我需要上洗手間。

就在這時，我們聽見大門打開了。

蘿芮娜說她媽去上班了，何塞．路易應該還好幾小時才會回家，因為他又多接了一段班次，但他出現了，我們正癱在沙發嗑大麻，他就這麼走了進來。蘿芮娜看起來快殺人了。

「你回家幹麼？我以為你要上班。」蘿芮娜似乎不介意我們正在抽大麻，只是很不爽他回家了。

「沒什麼生意，老闆叫我回家。」何塞．路易慢條斯理，如吟唱般解釋。他是「奇蘭戈」，這綽號專屬來自墨西哥城的人，也表示他的口音超級煩人。

「妳們兩個小女生在幹麼？」他問道，彷彿我們理應與他分享祕密，這讓我覺得更噁心。

我們根本懶得回答。

何塞．路易已經當蘿芮娜的繼父（繼男友）四年了。她說，他認識她媽時，才剛偷渡過來，所以算是新鮮菜鳥。何塞．路易在泰勒街的幾家餐廳當泊車小弟，一天到晚在講義大利人的壞話，說這些人有多低級。他與蘿芮娜的媽媽是全世界最不匹配的情侶，因為他比她小十五歲，而只比蘿芮娜大十歲。超怪的。如果他不是那麼邋遢頹廢，其實看起來還算是個帥哥。只要我知道他在家，就會穿最寬鬆的上衣，才不會讓他對我的胸部虎視眈眈。我有時會覺得他在用眼睛將我們的衣服剝光。

何塞．路易老是穿內衣褲在家裡晃來晃去，一面聽諾戴妞音樂，一面擦亮他尖尖的鱷魚皮靴。他不會像正常的爸爸讓我們自己玩，反而每次都要找我們問一些關於音樂、學校及男生的蠢問題。我好希望他閉嘴不要管我們。我知道何塞．路易是討厭鬼，因為去年蘿芮娜告訴我，有一次他看見她在半夜上廁所，還將她壓在牆上親吻她。她說，他用力將舌頭塞進她嘴裡，真的超噁的，而且她還能感覺他那根頂著她的大腿。

「要我就會把他的蛋蛋割了。」那時我說，但蘿芮娜看起來非常鬱悶，而不是憤怒，而且她也沒回答我。第二天蘿芮娜將發生的事情告訴她媽，但她媽說蘿芮娜只是在做夢，就轉頭繼續煮飯了。

何塞．路易替自己弄了三明治，然後走回他的臥室。蘿芮娜和我看了一齣紐約有錢小孩的實境秀。內容超無腦的，但為了蘿芮娜，我勉強一起看完。我對這些人其實也很好奇，因為我想搬到紐約上大學。我從小就想像自己住在曼哈頓市中心的公寓，一直寫作到深夜。

節目中有個金髮女孩哭了，因為她媽媽不願意買給她一雙比我這輩子擁有的所有物品加起來還要昂貴的鞋子。看到這裡我實在是受不了，感覺自己的精神層面受到玷污了。

「這是垃圾。」我告訴蘿芮娜，「難道沒有其他具啟發性的節目嗎？公共電視在演什麼？有沒有紀錄片？」她不理我。

節目結束後，蘿芮娜進了廁所好長一段時間，我則完全無法保持清醒，我閉上雙眼，過了幾分鐘後，我感覺到身邊有東西。可能是她家的貓奇穆拉終於決定從床底出來了。但當我睜開眼睛，卻看見何塞．路易蹲在我面前。他看起來似乎正拿手機在做什麼動作，但我不太確定。這是我的想像嗎？我真的嗑了那麼多大麻嗎？我不知道怎麼回事，只是交叉雙腿，拉下裙子，再睜開眼睛，又只剩下我一個人了。

每週六晚上，媽與奧嘉都會到教堂地下室參加祈禱小組。這主要就是一群墨西哥女人圍坐成圈，抱怨自己的人生，也討論上帝將如何協助她們逆來順受，容忍一切。我只去過幾次，每次都無聊到讓人只想拔光頭髮。我們會在那裡待三小時，到最後我快受不了時，就會問媽可不可以拿書出來看。但她說這很沒禮貌。輪到她發言時，媽便會告訴這群人自己有多麼想念墨西哥、她的母親以及她過世的父親。她常常會在這時激動哭泣，讓我為了自己平常抱怨連連感到內疚。奧嘉會握住她的手，勸她一切都會好轉，我則像傻瓜呆坐原地，不知道該怎麼辦才好。

媽總想強迫我與爸一起參加，但我們拒絕了。誰會想在週六晚上討論上帝啊？她每週日早上拖著我們做彌撒已經夠慘的了。追著我們好幾年後，她終於放棄了。某個週六晚上，爸還讓我點中國菜外送，那真是一頓美味油膩的大餐。後來我們得將紙盒丟進暗巷才不會被媽發現。我們還對她撒謊，說晚餐吃了蛋。

奧嘉死後，媽就沒去過祈禱小組了。我不可能跟著去，但我很高興媽今晚決定參加，她終於踏出家門了。她休假時總是臥床好幾個小時，我非常擔心她可能再也不起床了。

媽一離開，我就問爸我可不可以出門，他通常都會聳聳肩，告訴我萬一被媽發現了，她絕對會很生氣，我猜這表示同意。他還沒來得及抗議，我就跑出去了。

蘿芮娜和她最近搭上的男生卡洛斯，跟我約了七點半要來接我。她答應讓卡洛斯帶我們去他表哥李奧家，因為李奧是芝加哥警察，或許有辦法為我解開奧嘉的謎團。我準備問他該怎麼做，才能得到更多奧嘉去過洲際飯店的資訊。

卡洛斯今年十七歲，開一輛破舊紅車，改裝過的銀框大車輪閃閃發亮，我覺得很荒謬，這輛車都快散了，何必還花大錢搞輪圈？但我不是在抱怨啦，有人載就不錯了。

走近時才注意後座有人。是個男生。蘿芮娜沒告訴我還有人要來。我很緊張，用力扯著自己的馬尾。我沒有化妝，我的帽T很舊，褪色得厲害。我整個人連「清純」的邊都搆不上。

蘿芮娜丟給我一個抱歉的微笑。「計畫改變了。李奧要工作。他說他幫不上忙。我們問過了，我向上帝發誓。胡莉亞，這位是拉米羅，卡洛斯的表弟，從墨西哥來的。他很可愛，對不對？」

「不會吧，蘿芮娜，可惡耶，妳有時候真的是很讓人傻眼。」我告訴她，然後轉向拉米羅打招呼。畢竟這不是他的錯。

「很高興認識妳。」他用西班牙文說，用墨西哥人的方式親吻我的臉頰。

拉米羅有一頭長長的鬈髮，我不喜歡，但他長得還可以。我也盡量不去注意他身上那條便宜皮褲。他似乎下了一番功夫打扮，這實在是太窘了。

他只說西班牙文，這讓我很緊張。當然我可以說得很流利，但我講英文時感覺聰明了十倍。我的西班牙文詞彙量沒那麼多，有時還會卡住。真希望他不要覺得我是白痴，因為我根本不笨。

蘿芮娜與卡洛斯說我們要去湖邊。這完全不在計畫內，而且外面超冷的，所以也不是什麼好主意，但我沒有多加爭論，因為我不想惹毛蘿芮娜。

我們抵達北街海灘時，蘿芮娜和卡洛斯閃了，留我與拉米羅尷尬站在原地。拉米羅在掌間吹氣。我用外套將自己裹得緊緊。幾分鐘後，他開始玩手機，我望著湖面反射的絕美燈火，有點希望自己現在是獨自一人。

沉默變得幾乎令人難以忍受時，拉米羅問我最喜歡哪些音樂。我告訴他我最喜歡新浪潮與獨立搖滾。他沒聽過，可是我又很難用西班牙文解釋。

「你從來沒聽說過『歡樂分隊』嗎？」

他搖搖頭。

「『新秩序』呢？」

「沒有。」

「『中性牛奶飯店』？『俏妞的死亡計程車』？『席格若斯』？」

他搖頭微笑。

「那你喜歡什麼？」

「西班牙搖滾。我最喜歡的樂隊是『三色軍』。」他說，解開夾克拉鍊，給我看他的T恤。

「啊？真的假的？我寧可聽狗叫十個小時，也不要聽他們唱五分鐘。這竟然是你最喜歡的樂團。」天哪，真是掃興。

「喔喔。那，好吧。」他轉身走開，望著天際線。

蘿芮娜說我每次都因為大嘴巴，跟男生相處不來。她認為我需要給男生一點機會，不要老是那麼機車。我想她是對的，我似乎傷了拉米羅的心。

「對不起啦，我太粗魯了。」我說：「『三色軍』是地位很崇高的樂團。雖然他們不是我的菜，但他們很有天賦。有時候我就是不知道怎麼好好說話。這是一種毛病，還有人說這算是不治之症，就像愛滋病。」

這讓他笑了。「那希望大家繼續努力，找到治療的方法。」他說。

「沒錯，我也這麼希望。」

我們沒有說話，默默看著水面好幾分鐘。浪花聲很能讓人放鬆，有那麼一會兒，我什麼都忘了。忘記自己跟誰在一起，叫什麼名字，或住在哪裡。腦子只有浪花獨特的聲音。我想這應該算是冥思吧。記得曾經在書上看過。我完全享受這種恍惚狀態，直到一輛救護車沿著湖岸大道開到我們後面。我尋找蘿芮娜和卡洛斯的蹤影，可是沒看到他們。我打賭他們應該是找地方做愛做的事，不顧這種嚴寒的天氣，也很可能沒戴套。雖然我已經告訴蘿芮娜好幾百萬次，不戴套真的是瘋子。

「蘿芮娜告訴我妳姊過世了。」拉米羅突然開口：「一定很難熬。」

「還好啦。」我說，儘管當然不是如此，但大家似乎就期待聽到：我很好！我很好！我很好！

「是怎麼發生的？如果妳不介意我問的話。」

我很介意，但我還是告訴他了。「她被聯結車撞了。正好從她身上輾過去。她過馬路時沒注意。」

「靠，真的很抱歉。」拉米羅看來真心後悔問我這個問題。

每次我想到姊姊，就感覺有東西緊緊攫住胸口，讓我吸不到空氣。他為什麼一定要提起她？蘿芮娜幹麼告訴他？

當我轉頭望著建築物時，遠方突然出現一個男人。

「那傢伙快把我嚇死了。」我告訴拉米羅。

「誰？那個傢伙？」他指向那個人的方向。「他不會怎樣的啦。」

「你怎麼知道？」

「嗯……我也不知道。」他大笑。我再次回頭，那個人走遠了。「如果我說我能保護妳呢？」

這回答挺瞎的，可是很貼心。我不知道該說什麼，於是喃喃回答：「好吧。」然後聳聳肩。接著，拉米羅將手放在我的後腦勺，朝我靠過來。我從來沒想過自己的初吻會是這樣，搞不好更糟吧。我到底什麼時候才能找到自己真正喜歡的人？或許永遠不會。我打賭我上大學前還會是處女。

拉米羅的呼吸有一絲薄荷味，一開始很輕柔，感覺很不錯，過了一會兒，他開始將舌頭鑽進來，這簡直讓我想吐。人們真的都這樣接吻嗎？我總覺得自己的嘴唇被惡意攻擊了。就在我打算抽身時，蘿芮娜和卡洛斯朝我們走來，一面鬼叫，一面吹口哨。我好尷尬，只想把自己當鴕鳥，一頭埋進沙子。

「靠，妹子，也該是時候了。」蘿芮娜對我微笑。我懶得回應。

卡洛斯與拉米羅擊拳叫好，還說：「幹得好，兄弟。」這讓我很不爽。又不是說他贏了一個他媽的獎品什麼的。

第六章

今天是我的小表弟維多七歲生日，我的鬍子舅舅（而且是八字鬍）要替他辦一場盛大的生日派對。我真心覺得這只是舅舅想喝得爛醉的藉口。媽在廁所梳頭髮時，我說她看起來很美，問她我能不能待在家裡。我很想回去搜搜奧嘉的房間。鑰匙一定藏在家裡某處。但媽頭也不抬就回答不行。她可能認為如果她留我獨處，我就會組織什麼異教團體，要不就嗑海洛因。我不知道她為什麼完全不信任我。我不斷對她強調，自己絕對不會跟表姊凡妮莎一樣未婚懷孕，但她根本不理我。

就算沒找到鑰匙，待在家裡至少可以獨處。我最近完全無法一個人，只要我在家，媽就會管東管西不肯放過我。有時爸媽睡著後，我會將家裡窗戶全部打開。媽最討厭讓微風吹動窗簾了，但我好喜歡傾聽深夜的車聲，儘管偶爾會被突如其來的槍聲干擾。

我決定持續懇求，「媽，拜託啦，我只想在家裡看書。我討厭派對。我只想一個人靜靜坐著，不想跟人講話。」

「哪有女生不愛派對？」

「我這種女生啊。」我指著自己，「妳知道的嘛。」

舅舅家每次都有腐爛水果與淋濕小狗的味道，真不知道為什麼，明明小皮三年前就掛了。音響正大聲播放「羅布其」樂團的歌曲，尖叫玩耍的小朋友到處跑來跑去。我真的很討厭小孩，而派對最讓我討厭的，就是抵達及離開的時刻。如果沒有跟每一位親戚（有人我根本不認識）親吻打招呼及道別，媽就會罵我，說我是沒家教的女兒。「妳真的想像那些被寵壞的白鬼一樣嗎？」媽每次都這麼質問我。如果真要我當場回答，我會說，是的，我就是想當那種沒教養的白人，但我只是緊閉雙唇，因為不值得跟她在那裡大小聲。

我跟屋內每一個人親吻打招呼，包括卡耶塔諾舅舅，我實在受不了他。小時候，他曾經趁沒人注意時，將手指插進我嘴裡。上一次他這麼做是在凡妮莎的聖餐派對，那時我十二歲。我在廁所，其他人都在後院。我一走出來，他就把手指戳進我喉嚨，比之前每一次都要深，於是我一口咬下去，我緊緊闔上牙齒不放，我覺得應該咬到見骨了。

「真的是妳媽的女兒！」他大喊。我終於放開他的手指時，他走回外面，一面甩著手，血都滴到地板了。他告訴大家自己被狗咬了，離開時，手上裹著一張紙巾。那天晚上我獨自坐在角落，汽水一杯接著一杯下肚，只想去掉嘴裡他鮮血那股金屬鹹味。我納悶他是否也曾這樣騷擾奧嘉。

鬍子舅舅的太太帕挪瑪在我們跟每個人打完招呼後，便忙著替大家張羅食物。帕挪瑪舅媽很壯，走路時不只肚子垂下來，而且身上每個部位都隨之晃動。每次我看見她，就猜想她與舅舅不知道是怎麼做愛的。或也許甚至不做了，因為我們都聽說舅舅找了小三。媽說舅媽有甲狀腺的毛病，我覺得她很可憐，但我也看過她一口吃下三個墨西哥漢堡。最好是有甲狀腺的問題啦。

吃完之後，我整個人感覺好撐，褲子緊得幾乎切斷了我的血液循環。不管我如何變換姿勢或坐下來，都覺得渾身不舒服。我幾乎想躺下來讓食物流出來，真不知道我為什麼這麼做。有時候我連不餓的時候也猛吃，只是為了讓體內某種怪物不要繼續慘叫。我暗自祈禱長大以後不要變得跟帕挪瑪舅媽一樣龐大。

「胃口很好嘛。」蜜拉阿姨盯著我的乾淨盤子說道。通常這種評論不會冒犯我，因為墨西哥人總是會這麼形容小孩，這是在讚美。「胃口好」的人什麼都不忌口，也不挑嘴，什麼都吃，對食物充滿熱情。但今天，我知道這可不是在稱讚我，因為蜜拉阿姨向來屁話連篇。小時候我很喜歡她，但隨著年歲漸長，她已經變成刻薄尖酸的老女人。她老公許久之前為了一個年齡小她一半的女人離開她，從此以後她就沒說過好話。而且大家很難把她認真當一回事，她頭髮染成紅棕色，瀏海款式停留在八〇年代，但她把我當成自己冷漠攻擊的靶心，這仍然讓人非常不高興。我身上有一些讓她討厭的特質，她對我的穿著打扮以及體重都很有意見。雖然她整個人根本就像是塞滿衣物的洗衣袋。不過，她很愛奧嘉。大家都愛奧嘉。

我注意到凡妮莎表姊正在餵女兒吃豆子泥。她才十六歲，卻已經當媽了。這大概是我見過最悲慘的下場，但凡妮莎似乎很自得其樂。她總是在親吻奧麗薇，告訴她自己有多愛她。不知道凡妮莎究竟能不能從高中畢業。如果妳必須跟爸媽住，還得照顧寶寶，還能有什麼人生？奧麗薇真的很可愛，但我向來不知如何應付小寶寶。

我走到室外，看見我表哥的表哥佛瑞以及妻子艾莉西剛到，兩人正在安裝皮納塔彩偶。我很欣賞他們。佛瑞畢業於伊利諾大學，在市區當工程師，艾莉西在帝博大學主修戲劇，目前在荒原狼劇院工作。他們的衣著打扮總是彷彿剛走下伸展台。艾莉西的穿著最獨特有趣，有著鮮明狂亂的質料與色彩，加上簡直可以陳列在博物館的耳環。今天她戴了一對白銀手掌耳環。佛瑞則穿著一襲暗色牛仔褲與黑色獵裝外套。我家族沒有人跟他們一樣。沒人上過真正的大學。我總是有數不盡的問題想問他們。

「嘿，你們好嗎？最近如何？」每次跟他們說話，我就覺得自己像個宇宙超級大傻瓜，因為他們世故聰明，這讓我很害羞。

「不錯啊。」佛瑞莊重地說：「可是很遺憾妳姊姊過世了，我們人在泰國，趕不及參加葬禮。」

屋內所有人都跑出來想玩彩偶。維多突然哭了起來，因為它還沒裝好。老天爺啊，真幼稚。

「是啊，真的真的很遺憾。」艾莉西牽起我的手。大家每次都這麼說。對不起。遺憾。抱歉。

我都不知道該如何回應。難道「謝謝」是標準答案嗎？

「泰國！很酷啊。那裡是什麼樣子啊？」我真的不想再討論我姊了。

「泰國很美。」佛瑞微笑。

我看見帕挪瑪舅媽用袖子替維多擦眼淚。他已經哭到歇斯底里了。

「是啊，我們還騎大象。」艾莉西也說：「超好玩的。」

「妳大學想過要去哪裡沒？」佛瑞看起來不太自在。或許他發現自己不應該再提起奧嘉了。大概每次有人提到她，我就明顯瑟縮吧。

「我不太確定耶。有點想要去紐約。只要有不錯的文學系都好。但我最近成績不太行，所以有點擔心。我的分數一定得再提升一點，否則我就完了。」想到最近一次代數考了七十幾分，就彷彿好幾條小蛇在我肚子破殼而出，不斷蠕動。

「這樣好了，如果申請大學時需要幫忙，或是有其他問題，一定要來找我們。美國大學需要有更多像妳這種人。」佛瑞說。

「真的。」艾莉西點頭，那對銀手掌不斷搖擺。「等到妳年紀大一點，我或許可以替妳在我們劇團安排暑假實習的機會，對申請大學會很有幫助。」

「謝了。」我說。我不太確定佛瑞說像我這種人是什麼意思……我是哪種人？又有誰在乎我上不上大學呢？

這裡沒有其他我想聊天的對象，於是我回客廳看《麥田捕手》，我將書偷偷放在背包，因為媽每次都抱怨我在派對看書。她總是問我，為什麼不懂得尊重大家？為什麼就不能好好對待親戚？但是我大部分時間都不想說話，而且，今天大家都問起了我的成年禮派對。表弟表妹忙著打破彩偶，暫時不會有人發現我不見了吧？我只希望卡耶塔諾舅舅不會在我獨處時突然出現。

幸好我整整看了半小時的書才被人打斷。當我看到霍登摔破他妹妹的唱片時，我爸與舅舅們全都湧進餐廳，忙著從酒櫃搬出最貴的龍舌蘭。我早該知道的。每次開派對，他們就會這樣。

今天鬍子舅舅拿出來的龍舌蘭酒，瓶身是翠綠色，酒瓶還做成槍的形狀。他們跟之前一樣坐在餐桌旁，遞龍舌蘭給彼此，討論家鄉洛斯奧霍斯有多棒。

「哎啊，好想念我以前住的小城。」奧塔韋歐舅舅閉上雙眼，搖搖頭，彷彿在思念舊情人。

「記得我們以前蹺課，跳進河裡游泳嗎？」卡耶塔諾舅舅邊問大家，一面替自己再倒一杯。

「真希望我們沒離開。」爸輕聲說。

我不懂，如果他們這麼愛自己的家鄉，為什麼不回去定居？一天到晚哭哭啼啼想念墨西哥，彷彿那是地球上最棒的地方。

我回頭看自己的書，但鬍子舅舅要我過去。「過來，小女孩。」

我走到桌邊，離他一段距離，但他把我拉過去，用手圈住我的脖子。他聞起來有龍舌蘭、香菸以及某種更濃郁，讓人作嘔的味道。我緩緩後退想要抽身，可是沒有用。他的手臂緊緊攫住我。我希望爸能救我，但他只是低頭看著杯中液體。

「妳一個人在客廳幹麼？」

「我想把書看完。」我解釋。

「帶書來派對做什麼？」他譏笑，「家人是生命中最要緊的事物，小孩。去外面跟妳的表兄弟姊妹聊天。」

「但我喜歡看書。」

「為什麼？」

「我以後想當作家。我想寫書。」

鬍子舅舅喝了一大口酒。「妳期待自己的派對嗎？」

「大概吧？」

「什麼叫做大概吧？妳應該要很高興啊。爸媽為了妳犧牲這麼多。」

對啦，但我不想要他們犧牲啊。

「妳知道嗎？沒有家人，妳就不會有現在的人生。現在妳長大了，就要學習當一位好女人，跟妳姊姊一樣，願她安息。」舅舅戲劇化地點點頭，然後直視我雙眼，確保我聽懂他的論點。

「可是我想把書看完，舅舅。」我結結巴巴地用西班牙文說話，感覺臉好燙。

鬍子舅舅又喝了一口龍舌蘭，看見媽走進來時，放開了我的脖子。媽抿起嘴唇，彷彿剛咬了一口洋蔥，然後罵那群男人全是可悲的酒鬼。

「妳看這個小孩。」鬍子舅舅不理她，拿杯子對著我，「頭上有仙人掌，而且根本不會說西班牙文，老姊，這個國家把妳的小孩毀了。」他指著媽，然後從餐桌旁站起來。

大家都不知該說些什麼。爸還瞪著自己的酒杯，彷彿想在裡面找答案。媽交叉雙臂，怒視著鬍子舅舅走出客廳。卡耶塔諾舅舅替自己再倒一杯。這是第四杯了。我有在數。

大家陷入沉默，直到我們聽見浴室傳來強烈的作嘔聲。我摸摸前額，幻想自己真的戴了一株長了細刺的仙人掌，滿臉鮮血，就像耶穌。

那一晚，我夢見自己睡在媽的老房間，就在哈絲塔外婆的房子，結果房子失火了。我光腳衝到街上，身上是寶藍色的睡袍，結果連它也燒光了。我站在那裡望著被燒垮、夷平的房子，腳下是冷冰冰的泥巴。突然間，媽媽過世的爸爸，也就是菲力西外公就站在我後面，手裡抱著一隻死羊，牠的頭只靠一條細細長長的神經掛在脖子上。外公的臉與衣服上到處都濺滿鮮血。

夢境一向是如此，一切都不對勁。房子比我印象中寬敞，而且放眼望去到處都是橡樹。某些事物全都上下顛倒了，例如，我還夢見一輛倒著開的汽車。我知道自己人在洛斯奧霍斯，但看起來很不一樣，完全廢棄了。對街的屋子消失，變成了一片向日葵花田。

「外婆呢？」我對外公尖叫，可是他沒回答。他想把手上那隻癱軟的山羊交給我。我不斷尖叫、尖叫，他仍然站在原地對我眨眼。我不知道哈絲塔外婆是生是死。

火勢開始蔓延，我朝河邊跑去，感覺後面不斷捲來陣陣熱浪，燒灼我的髮梢，石頭割破了腳底。那是晚上，但天空依舊明亮。蟋蟀的叫聲幾乎讓人快耳聾了。空氣有潮濕泥土的味道。

火舌碰到我時，我一躍跳進水裡，一群美人魚朝我游過來，她們身上有好多糾結的垃圾與海草，長髮纏繞著她們的臉龐。她們的魚尾綻放七色虹彩，卻又閃耀著碧綠光芒，大家都裸著上身，露出小小的乳房。中間那一位對我揮揮手。那是奧嘉，她臉上露出那一抹死前的詭異微笑，她的肌膚發亮，彷彿體內有東西散發光芒。

「奧嘉！」我大喊，肺部灌滿了混濁河水。「奧嘉！拜託妳回來！」其他美人魚溫柔地將她帶走，我想朝她們游過去，但雙腿不聽使喚，彷彿被鏈條固定在河底。我哭著驚醒，喘著氣用力呼吸。

第七章

蘿芮娜在學校認識了一個新朋友，這傢伙是個同志，整個人宛若披了彩虹毛皮的獨角獸。她是在排隊等午餐時認識他的，因為他對她綠到刺眼的高跟鞋讚譽有加。他們開始討論衣服、化妝以及名人慘烈的服飾品味，然後就這樣——成了超級大閨密！他對她描述自己與一群變裝皇后同好參加的瘋狂派對，這可讓蘿芮娜眼界大開，躍躍欲試。她最愛的就是派對。所以現在他們無所不聊，甚至還手牽手在學校走廊嘰哩呱啦講個不停。

蘿芮娜告訴我他的名字時，我拒絕相信，因為聽起來實在太蠢了。這傢伙叫璜加西亞，但大家都叫他璜加。竟然與墨西哥舉國上下最喜愛的歌手同名！歌手璜加西亞也是同志，卻從來沒有正式出櫃。他怎麼敢拿自己跟璜加比？根本就像是叫自己耶穌或貞德啊。當然我立刻討厭起這個人。不能否認，我這是在嫉妒。蘿芮娜跟我從一開始就像連體嬰。這位璜加最好給我注意一點。

歷史老師今天請病假，所以有一堂自習課。代課老師布蘭先生呼吸聲很大，身上那件螢光綠毛衣至少小了兩個尺寸。每次他舉起手臂，我就能看見他毛茸茸的肥肚腩。真不知道學校哪裡找來這些老師，我們之前有個代課老師就是口吃，還掛了霹靂腰包。

老師沒有繼續讓我們報告，而是放了一部二次大戰的紀錄片給大家看，我們早就看過了。影片才開始不到十分鐘，布蘭先生就睡著了，打鼾打得起勁。全班緩緩起了騷動。有人用手機聽音樂。荷黑與大衛還在教室丟小足球玩，達利歐爬到書桌上跳舞，搔首弄姿。每次有老師離開教室他就會來場表演。他移動的方式讓我聯想到火鶴。

「我們一定要去參加璜加請我去的變裝舞會啦。」蘿芮娜轉頭跟我說，雙眼睜得好大。「每一個人，真的是每、個、人喔，都要過去。就在西環一間挑高公寓。」

光聽到他的名字就讓我惱怒。「什麼叫『每個人』？妳就知道我不愛跟人打交道啊。而且，我媽一定會爆炸的。不可能啦。」有一部分的我對這場派對很好奇，但剩下的那一部分則完全不想要跟璜加鬼混。他根本算不上我的勁敵，況且我也不想跟他當朋友。

「哎呦，我的天啊，妳就跟妳媽說謊嘛，白痴耶。妳真的永遠學不會喔，對不對？就告訴她我們要去參觀大學，所以得在外面過夜。」

「靠，這根本說不過去啊，我們還是高二吔，妳記得吧？她怎麼可能相信？」

影片突如其來的砲彈爆炸聲讓布蘭先生驚醒約半秒鐘。

「給妳，拿這張給妳家那個難搞的老媽。」蘿芮娜遞給我一張紙。「我已經準備好了。我們就是一定要去參加。」

根據那張表格的說法，我們要去密西根大學體驗學生生活。我們會住在學生宿舍，在學校餐廳吃飯，看一場戲，也會有校園巡禮。蘿芮娜把內容翻成西班牙文寫在後面。她甚至還找了有大學校徽的信紙。

我佩服得五體投地。「妳這從哪裡弄來的？」

「妳就不用問了。」蘿芮娜微笑。

「真的啦，這很厲害耶。我都不知道妳有這麼聰明。」

「臭婊子！」

「到底怎樣啊？」

「好啦好啦，我從祖尼加老師的書桌偷來的，其他都是我編的。」

「所以妳都在裝瘋賣傻囉？」我想拍拍她的頭，但她閃到一邊，撥開我的手。

「錯過派對，妳肯定會後悔的。」

放學後，我把同意書拿給媽，她連正眼都沒瞧我一眼，就直接說不行。她每次都這樣，彷彿我不值得讓她看上一眼。我當然也不意外，早有心理準備了，甚至先寫好小抄，幫助堅定立場。我說盡好話拜託她，告訴她我有多想上大學，這會是多棒的機會，我需要參加這次體驗活動，提昇心靈與智慧層面。大約十分鐘苦苦哀求後，她完全不買帳。

「我的女兒不可以露宿街頭。」

「街頭？沒有啊，我要睡在宿舍。」

「妳還以為自己成年了？妳才十五歲。妳連玉米餅都不會做。」

我醞釀的火氣快爆發了。媽真的很扯。有時候我只想尖叫逃家，再也不要回頭。我不知道玉米餅跟整件事有什麼關係。「這太荒謬了。我就是要上大學。我就是要出去看看這個世界。不然我永遠無法脫離這個可悲的社區。」我的下唇顫抖，幾乎也要相信這個漫天大謊是真的了。

「妳也可以住在家裡上大學，妳知道嗎？奧嘉就是這樣。」

「絕對不要。永遠不可能。我寧可睡在木桶也不要待在這裡上社區大學。」奧嘉上了四年社區大學，卻沒有畢業。我不太確定她念什麼，跟商業有關的吧。

「奧嘉為什麼從來就不覺得有必要跟吉普賽人一樣睡在馬路旁呢？她與家人相處很自在。真是我的好寶貝。」媽望著天花板，像是想跟在天堂的奧嘉說話。

「她不是寶貝，她是成年人了！」不知道為什麼這些話讓我火冒三丈。我跑進房間摔上門。我討厭讓媽看見我哭。

變裝派對當晚，我逼自己在客廳看書，但一點都無法專心，坐立難安。只要等我爸媽睡著，我就可以溜出家了。他們週五大多在九點準時上床睡覺，真是悲慘人生，兩人慢慢變老變醜，週末不幹點好玩事。未來這絕對不會是我的人生選項。我永遠不要結婚生小孩，太令人嫌惡了。

他們進房間半小時後，我踮腳走近房門傾聽。我向上帝祈禱絕對不要聽見他們在做愛，如果真讓我聽見了，我可能會想將耳朵塞滿毒藥。但也許他們已經不再做愛了。誰知道？還好，我聽見的只是打呼聲。真不知道媽怎麼可以在爸的恐怖鼾聲中沉沉入睡。

我溜回房間，用枕頭與一條額外的毯子鋪好我的床，還拿了一個舊娃娃，將它放在我的頭本來的位置。我將它整個蓋住，只拉出它的幾綹黑髮，讓畫面看來更寫實。我對自己竟然如此聰明沾沾自喜。假使媽開了門，卻沒有打開燈，一切絕對會安全過關。有幾個晚上我曾經逮到媽偷看我。她真的很歇斯底里。萬一出於某種原因，她臨時決定掀開毯子，我也留下一張紙條，解釋我與蘿芮娜在一起——因為她遇到了意外，我很快就會回家，不用擔心。我懷疑這張紙條會起多大作用，但有總比沒有好。

我穿好自己唯一可以看的黑色洋裝，就發簡訊要蘿芮娜來接我，她回覆我說她與璜加五分鐘內就會到。我盡可能安靜走到大門，連眨眼都不敢，轉動門把時，我感覺彷彿過了永恆，因為我不想發出任何噪音。關上門的那一霎那，我拚命祈禱爸媽不會驚醒。

我得在大冷天時站在階梯上等他們抵達。我家公寓外的人行道早已失修多年，從來沒人想要整理。街上的幾棵樹瘦巴巴的，葉子也掉得差不多了。我希望不會有人在這個時候走過去，我已經受夠附近變態的騷擾了。這些人只看得見胸部，就算不是人類也不介意。我不斷看錶，默默咒罵蘿芮娜竟敢告訴我只需要等五分鐘。萬一媽醒過來，撞見我站在外面怎麼辦？假使有人發現我，抖出我的下落呢？我家隔壁鄰居約瑟法太太一天到晚盯著窗外，也是我畢生所見的最強大的八卦中心。我一直設想最糟糕的情況，感覺自己成了一場以擔憂為中心的龍捲風，我甚至考慮回家睡覺。這場派對最好夠好玩。

終於，我看見車停下來了。

結果璜加根本沒有駕照，但他還是「借了」他爸的車。

「別擔心啦，妹子，我又不會把妳殺了。」看見我焦慮的表情，他笑得東倒西歪，跟瘋子一樣。

我們的車停在市區以西一處大倉庫外面。這條街很黑，建築物非常老舊，應該廢棄很久了。我深信我們等會絕對被人強暴要不就是被殺死，但我什麼也沒說，因為不想烏鴉嘴。這裡唯一聊表安慰的是外面停了很多車，而且都是好車。我們進倉庫前，璜加遞給我們兩個面具。我的面具有孔雀羽毛與水鑽，這真的不是我的風格，但我勉強接受了。

我完全誤解這棟公寓了。裡面根本不像犯罪現場。事實上，我大開眼界了，我從來沒有看過這種畫面。我想知道這些人靠什麼維生，因為這裡的擺設簡直只有在居家雜誌才看得到——雅緻的中國燈籠，藝術真品，加上設計繁複精美的地毯。天哪，我超想自己一個人住在這種地方。我真的等不及要脫離我那間破敗的公寓了。

大家轉身看著我們。雖然我們戴著面具，但或許大家都看出來我們是最年輕的一群小鬼。經過幾分鐘的困窘後，一位穿緊身皮衣，戴紅色面具的高大女子朝我們跑過來。

「嘿，妹子！」她跟璜加打招呼，親吻他臉頰。

「嘿！」璜加尖叫，轉頭對我們說道。「這位是梅莉貝，最美麗的女主人。」

「不敢當！」梅莉貝對我們誇張行禮。她的低胸洋裝讓我擔心她乳房隨時會蹦出來。

「你們當自己家就好。不要害羞。餐廳有飲料可以拿。」

我們走近酒精區。璜加與蘿芮娜不知替自己倒了什麼。我拒絕了，因為還記得上次和蘿芮娜一起喝伏特加時猛乾嘔，酒甚至從鼻孔噴出來。我打開一罐啤酒，但馬上就後悔了。尿液加膽汁應該就是這個味道吧。我上一次喝啤酒是十二歲時，趁爸在浴室，偷喝了一口「老式」啤酒。當時就覺得味道很噁，現在也一樣。我喝得很快，憋住氣沒有呼吸。

面具卡在我的眼鏡上很不舒服，把我弄得流汗發癢。應該戴隱形眼鏡的，但是用完了。我怕自己會長痘痘，於是把面具摘了下來。當一位戴著《歌劇魅影》面具的男人將我拉上舞池，我正出神望著天際線。我不知道他是誰，但不需要擔心，因為這裡每個人都是同志或跨性別者。很高興不用跟什麼怪咖肥宅打交道。

DJ放詹姆斯布朗的歌曲，大家都玩嗨了，拍打雙臂，尖聲唱著歌詞。我跳舞不太在行，但很喜歡這首歌的節拍。而且，我不會比隔壁這個男人更糟糕，他跳舞的樣子就像手舞足蹈的暴龍。幾首歌後，我開始放鬆了，學著那些變裝皇后抖動肩膀，大家笑著鼓掌。這裡的女人讓我很著迷。即使她們很胖，但是她們舉手投足自信十足。真希望我也能這樣。

我繞著一位穿著緊身衣的女士跳舞，有人拍拍我的肩膀。一位戴著銀白色面具的嬌小女子歪頭看我，似乎在想認出我。

「妳是誰？」

「等等，妳是奧嘉的妹妹嗎？胡莉亞？」她用蓋過音樂的音量大叫。

「什麼？妳又是誰？」我喊回去，斜斜看了她一眼，完全想不起來她是誰。

「妳不記得我了嗎？」她拿下面具。

「我一定是忘了。」

「我是潔絲敏啊，記得嗎？奧嘉的高中同學。妳看！妳長好大了！」

我想起來了——暴牙又眼角下垂的潔絲敏。而且名字拼法很好笑。雖然當時年紀小，我也記得自己有點受不了她。「有點印象啦。」我愛理不理的，不太想跟她說話。我不想多做解釋。

「妳參加這種聚會還太小了吧？妳幾歲？」顯然不管我走到哪裡都會遇到愛刺探他人隱私的人。

我假裝沒聽見。

「哇，我以前常常在妳家混呢。奧嘉、安姬還有我，我們三個人高二時總是黏在一起。我記得妳好敏感。常常為了小事情哭哭啼啼。」

我翻了白眼。為什麼大家都要提醒我小時候的呆樣？

「妳知道嗎？我好幾年沒有看過奧嘉了。幾年前逛街時有遇到她。她嘰哩呱啦一直在講她的男朋友。她好開心。我從來沒有見過她這麼高興。」

音樂越來越響亮，我甚至感覺自己的身體隨著低音節奏振動。「什麼？妳是說土豚佩德羅？還是另有其人？」

「誰？」潔絲敏的手彎成杯狀，放在耳後。

「那個傢伙長得像土豚！佩德羅！」我用我的手做成土豚的口鼻形狀，怕她聽不懂，但她仍然滿臉困惑。潔絲敏靠得更近。我能感覺到她呼在我臉上的熱氣。「奧嘉都好嗎？我搬到德州後，我們就沒聯絡了。我偶爾會回來。這是我表妹辦的派對。」她指著對我們飛吻的梅莉貝。

「她死了。」我拒絕說「過世」兩個字，其他人都愛這麼說。為什麼人們就不能坦白說出口？

「什麼？」潔絲敏更糊塗了。

「我說，她死了！」我感覺啤酒在我的胃部晃動。房間也在旋轉了。

「我不相信……我們、我們是好朋友。」她看起來隨時要哭了。也許我不該告訴她的。

「怎麼會這樣？她這麼年輕。哦，天啊。」

「她被聯結車撞死了。是九月的事。」

看來，我到哪都得討論我死去的姊姊了。每次我這麼做，我都以為自己會當場昏倒或嘔吐。潔絲敏淚流滿面。

我留她站在原地，自己跑到廁所。彎身對著馬桶，卻什麼都吐不出來。我將冷水濺到臉上，眼線與睫毛膏都糊了。我想用衛生紙擦掉化妝，結果反而讓自己成了小丑。我把面具戴上就沒事了。在走回去之前，我深呼吸好幾次。我不太能用正常的速率呼吸，我的身體好像突然忘記該如何運作了。也許潔絲敏提到的男人並不是佩德羅。我衝出去到處找她，甚至檢查戶外，但她一定是離開了。我發現璜加和蘿芮娜還在廚房灌酒。

「來，拿去。妳需要的。」蘿芮娜遞給我一杯，那氣味讓我的胃翻轉，但我仍然乾了它。酒精灼傷了我的喉嚨，讓我全身都是愉悅溫暖的感覺。我的肌肉開始癱軟。難怪這麼多人都成了酒鬼。

璜加與蘿芮娜準備回家時，我已經喝得爛醉。我不知道璜加究竟喝了幾杯酒，但我百分之百確定他絕對不該開車。但我哪裡有什麼選擇？不然我要怎麼回家？

我幾乎睜不開眼睛，但我能感覺璜加在高速公路蜿蜒蛇行，我們開出交流道時，他用力猛踩煞車，我的頭差點撞到蘿芮娜的座椅。

「抱歉，抱歉，抱歉。」他口齒不清地說道。

我希望璜加不會讓我送掉小命，不然媽真的會發瘋。現在已經是大家差不多要清醒的時刻，新的一天又要開始了。天空仍然很黑，但天際已經開始發亮。湖面上閃耀著美麗微弱的橙光，彷彿裂開了。

我想起潔絲敏，以及我告訴她關於奧嘉的遭遇時，她臉上的表情。無論我走到哪裡，我姊姊總是陰魂不散。

第八章

媽請我今天陪她一起去幫人打掃房子。更正。她強迫我今天陪她一起去幫人打掃房子。平常與她搭檔的太太背部肌肉拉傷，無法起床。不僅如此，媽說我應該要賺我的成年禮開銷，但我寧可吃一碗阿米巴原蟲，也不想開什麼派對。媽說我算是年輕女人，也該學會負點責任了，這不是我想度過週日的最佳方式，但別無選擇。我還能說什麼？「妳自己去打掃那些見鬼的豪宅。我想寫作和睡午覺！」說出這種話，應該是天理難容吧，而且，我純潔完美如天使的姊姊原本是我媽最可靠的好幫手。

我們要打掃的房子都位於林肯公園，芝加哥最富有的社區之一。第一棟房子屋主不在，早就一塵不染了，所以我們只花了一小時工作。簡單嘛。人們確實會把錢花在最笨的小事上耶。

第二棟房子就在幾個街區外，屋主是一位緊張兮兮的律師，從頭到尾都盯著我們，用她可怕的高中程度西班牙文與我們對談，我保證我的英語比她的西班牙文好太多了。我一開始就厭惡她與她的米白色家具，但我就順應情況，假裝我不會說英文。媽說，除非必要，否則最好不要與雇主說話。我們一共花了三小時才完成工作，因為連衣服也要洗。真不知道律師為什麼不能自己洗衣服，她一直都在場啊。有些人就是這麼懶惰。

最後一個地方是帝博大學附近的一棟兩層樓褐石建築。屋主告訴我們他是人類學教授，其實我們根本懶得管。這傢伙根本就是個假貨。他說自己是謝因伯格博士，還用了「吉兆」這個詞。我當然知道它的意思——我有讀書，好嗎？——但你何必對來家裡打掃的墨西哥清潔婦講這種形容詞？正如瑛曼老師曾經強調的，一個人必須「了解你的聽眾」。

謝因伯格博士告訴我們，他三個半小時後就會回來。當他說「再會」而不是「再見」時，我超想直接戳他的喉嚨，但我只是微笑揮手。

他的房子看起來像博物館，裡面擺滿了五顏六色的地毯、棕黑色的非洲面具，還有以奇特體位交媾的男女雕像。所有的東西看起來都花了好幾千元，而且理應收在玻璃櫃。室內乍看很乾淨，但仔細一瞧，到處都是麵包屑和髒污——灰塵堆積得像兔子那麼大。

「純潔的瑪利亞啊。」媽喃喃自語，在胸口畫了個十字架。她可能認為他是撒旦教徒。她總是假設人們全都是撒旦教徒。

媽說我們應該從屋內最噁心的地方開始，所以最先處理的就是浴室。主臥室的浴室地板是成堆的濕衣服與髒毛巾。洗手台沾滿一團團牙膏，還有很多細小的鬍碴。超級噁爛。我把地板的障礙物踢到一旁，朝馬桶走過去。從最糟糕的地點著手開始才有意義。我戴上媽給我的手套，拿起馬桶刷，屏住呼吸。

「下手吧。」媽說。

這就是我最害怕的。我可以處理髒污，但是馬桶……別人家的馬桶總會讓我退避三舍，有一次我因為找不到合適的廁所，忍了好幾小時不尿尿，結果泌尿道發炎。我們今天打掃的前兩間屋子很簡單，因為它們已經很乾淨了，但這裡的狀態完全不同。

我掀起馬桶蓋，比我想像的還要糟糕。而且糟糕透頂了：一條又粗又黑的屎。這是真的嗎？這是在開玩笑嗎？是不是什麼整人節目？我馬上往後跳，覺得反胃。眼睛瞬間盈滿淚水。這傢伙究竟吃了什麼？煤炭嗎？

「不要這麼嬌貴！就沖下去，然後開始刷。」媽翻了白眼，彷彿她每天都會經歷這類的生物浩劫。其實，也許真的如此。

我從頭到尾都用嘴巴呼吸，盡可能迅速刷洗。我們解決主臥室廁所後，就挪到客房浴室，相較之下，打掃客房浴室幾乎等同於在優雅的花園漫步了。真是謝天謝地。為什麼一個人需要一間以上的廁所？我真的沒概念。

原來很害怕主臥室到處都會是情趣用品，但我們看見最可怕的東西就只是床邊地板上皺巴巴的衛生紙團及衣櫃上的指甲。衣服與鞋子丟得到處都是。我還以為我已經夠亂了，但這傢伙是如假包換的野蠻人。

接下來是廚房。我刷爐台時，煙霧嗆著我的鼻孔，我納悶媽每天得接觸多少化學清潔劑。真希望我們能聽音樂，因為沉默讓我焦躁不安。我今天只不斷聽見尖銳的鋼刷聲、噴清潔劑與擦拭的聲音。媽怎麼可能從早到晚都這麼過？

「奧嘉喜歡跟妳一起打掃嗎？」我不知道該聊什麼，但我受不了這麼安靜。

「喜歡？誰會喜歡打掃？沒有人喜歡。這就是工作。」

「喔，好啦，抱歉當我沒問。」

媽似乎因為自己口氣刻薄有點不好意思。「沒關係，寶貝。」她似乎真的在認真思考該說些話，「學校最近如何？」

「還好。」我撒謊了。其實，上學很痛苦。我喜歡閱讀與學習，但無法忍受其他的一切。我的朋友不多，總是感覺孤單。奧嘉死後，情況變得更嚴重，我已經不知道該如何跟同學老師說話了。所以才想在書中迷失自己。「我喜歡上英文。瑛曼老師說我很會寫作。」

「嗯，那很好。」媽回答，但只是在敷衍。每次我說起學校的事，她總是沒什麼回應。她對學校認識不深，因為她八年級就不得不輟學幫助家計，爸則是七年級就輟學到田裡工作。不能與父母談論自己人生的重要環節真的很奇怪。

我瞪著餐廳一幅大屁股女人的畫像時，想到奧嘉的朋友潔絲敏，因為她臀部也很大。

「媽，妳記得奧嘉的朋友潔絲敏嗎？」

「我怎麼會忘記？她一天到晚待在我們家，一點都不想回家。快把我逼瘋了。怎麼了？為什麼問她？」

「我只是突然想起這個人而已。妳記得她姓什麼嗎？」

「怎麼了？妳遇到她了？」

我慌張了起來，有點擔心她從我腦海看見那場變裝派對。

「沒有，當然不是。她不是搬到德州了嗎？我怎麼可能見到她？」我聽起來一定很警覺。我刻意陷入沉默，暫停了一下。媽臉上帶著嫌惡的表情，替那些雕像撢塵。

「奧嘉有男朋友嗎？」我終於開口。

「她唯一的男朋友是佩德羅，真是個好孩子。」

如果媽口中的好，指的是又醜又無趣，那她肯定說對了。

「她後來都沒交過其他男朋友了？」

「當然沒有。這是什麼問題？妳見過她跟其他男孩來往嗎？」媽看起來很不高興，但我忍不住要問。

「好啦，好啦，對不起，只是……她二十二歲了，這麼多年都沒有男朋友，真的很奇怪。」

「一個年輕女孩，不隨便搞男女關係，喜歡跟家人待在家裡，有什麼奇怪的？這裡的女孩根本沒有道德標準。妳才奇怪，妳懂嗎？」媽的臉龐一陣紅一陣紫，她的大眼睛看起來腫腫的，我只能閉嘴，繼續打掃。

謝因伯格博士及時趕回家，我們正準備收尾。他把錢交到我們手上時，還用西班牙說了「謝謝」，然後雙手合掌，對我們鞠躬。我的老天爺啊，而且他不是在開玩笑耶。我不喜歡他說再見時，盯著媽的眼神。他身上有些特質，讓我感覺自己抹了某種可怕溫熱的污泥。難怪他還沒結婚。

天色黑了，地上蓋了一層白雪。一切看起來如此美麗沉靜，猶如照片美景，而非真實世界。冬天總是讓我悶悶不樂，但偶爾，這樣的時刻充滿了和諧愉悅：晶亮的冰柱、潔淨的白雪、寂靜一片。

我們搭上公車時，我的背已經開始痛了，我的雙手都裂了，眼睛也因為清潔劑刺痛。我聞起來像是漂白水與汗水的綜合體，我這輩子從來沒有這麼疲憊過。誰會知道有錢人也這麼噁心？現在我才明白，為什麼大家都把工作稱作苦勞，為什麼媽總是心情不好。我不知道她在別人家裡還看到了什麼，或是否有其他男人以謝因伯格博士那種眼神打量她。

第九章

我決定參加學校舞會，因為會派對後的聚會要在亞力塔佛耶家舉辦。他爸媽去墨西哥幾週，蘿芮娜告訴我，亞力的姊姊潔西卡也會在場，她之前是奧嘉的同學。也許一點意義沒有啦。我也不確定她們熟不熟，但也想不出其他辦法了。

媽竟然同意我參加舞會，這已經算得上是奇蹟了，但她要我不可以跟人打情罵俏。每次她說這種話，我就莫名地覺得難為情，而且我也不知道該怎麼做。

我得買一件新洋裝，媽說她會帶我去購物中心，我討厭逛街，可是毫無選擇，因為真的沒衣服可穿了。我只有三件洋裝，而且都已經破破爛爛，其中一件的腋下還破了大洞。媽說我穿起來像孤兒，應該把它丟了，但我覺得很合身。她還說我不能穿牛仔褲或她最不喜歡的樂團T恤，也不能穿高筒運動鞋。我得看起來像個「大家閨秀」。

拜我接下來的成年禮派對之賜，我的洋裝預算只有四十五元美金，根本等於沒有嘛。

舞會前的週日，媽與我開車到郊區暢貨中心，我們在大雪紛飛中往西開了一小時左右才到。我還以為我家那一區已經夠可悲了，但如果得住到郊區，我看還不如就地掛了吧。我才不在乎那些又大又貴的豪宅——每間看起來一模一樣，而且我只看到奇利斯美式餐廳跟橄欖園餐廳。

我們逛的第一間店裡面全是白人婦女，走進去時，大家都用奇特的眼神打量我們，這絕對是不好的預兆。我拿了一件超級粉紅的毛衣，瞄一眼標價，上面寫特價九十九塊美元，如果所謂的特價就是這樣，我想我們連這間店賣的襪子都買不起。不了，謝了。「我們走。」我說。

我們又繞了半小時，尋覓付得起的服裝店，我只想放棄，把臉埋進肉桂卷，雖然那味道每次都讓我想吐。我坐在一張長凳上，告訴媽這裡不會有我要的衣服，叫她自己去逛。

「來嘛。」媽說，拉著我的手臂，「一定可以找到適合的。不要這麼誇張。如果找不到，我們再去別的地方。」

「我寧可在這裡買最醜的洋裝，也不要再去其他地方逛了。趕緊把這件事搞定吧。」我說，帶著全新的勇氣與決心站起來。

在五間店試過大約二十件洋裝後，我終於找到自己想要的衣服。這是一件黑紅格子及膝裙，長度對我來說剛剛好，因為太長的洋裝會讓我整個人看起來矮胖到不行。在我的想像中，職業婦女下班後到酒吧喝杯酒輕鬆一下時，就會穿我身上這套。我敢打賭一定沒有同學會穿成這樣。而且運氣很好，因為很合身，又正好在清倉特賣，打了二五折，只需要三十九塊九毛九。

我從試衣間走出來，媽搖搖頭。

「怎麼了？」

「太緊了。」

「不會啦，剛剛好！」

「妳胸部露太多了。」媽整張臉皺了起來，彷彿聞到腐臭。媽討厭女生穿太暴露，但這件洋裝一點也算不上性感，連低領都沒有，也不會看見乳溝。每次我爸媽打開電視，就連主播都可能穿得像脫衣舞孃，那我何必為了露出一點胸部不好意思？我真的不懂。媽只要發現我刮腿毛，就開始歇斯底里。難道我得拿斗篷把自己包緊緊，披上暗色大衣嗎？

「我覺得我穿起來很好看耶。」我告訴媽：「我很喜歡，而且價錢很完美。」

「妳為什麼老是要穿黑色？沒想過要嘗試不一樣的顏色，好看一點的，像是黃色或綠色嗎？」

有位小姐正好捧了一大疊黑色長褲準備進試衣間。她丟給我詭異的微笑，似乎也能理解我正面臨的酷刑折磨。

「黃？綠？媽妳有沒有搞錯啊？那顏色都很噁爛。」

「這件不恰當，胡莉亞。妳沒聽懂嗎？我不會花錢買的。」

「所以妳的意思是，妳只肯買妳喜歡的衣服給我，不在乎我討不討厭？」我早該知道跟媽逛街根本就不對。

「沒錯，就是這樣。」

「太扯了。我不能想穿什麼就穿什麼嗎？我又沒穿迷你短褲或是透明內衣。」

「妳給我記得喔，這裡能作主的不是妳。妳為什麼要這麼難搞？從來就沒看妳開心過，我想帶妳來，跟妳一起逛逛，結果妳對我大小聲？我怎麼會養出妳這種不懂得心存感激的女兒？」媽非常擅長玩這種內疚把戲，她可以得金牌了。

「好啊，那妳就不用買給我了。」

我回到試衣間，眼裡已經充滿淚水，我想把它們擦掉，但它們不斷湧上。我感覺自己就要發出抽泣聲，但盡力壓抑自己。我好沮喪，不知道該怎麼辦。有時候，當我有這種感覺，我會想打破東西，想聽見碎裂聲。我的心跳得又快又重，讓我幾乎喘不過氣，真的不確定一切是否終將好轉。難道，這真的就會是我的人生？

我最後一次照鏡子。胸部大又不是我的錯，我該怎麼做？用繃帶壓扁胸部？我厭倦了人們總是告訴我該如何表現，又該如何打扮。我只剩一年半就可以離家了。到時候，誰都不准告訴我該怎麼穿，該怎麼做，誰都不准，永遠不准。

我必須跟蘿芮娜借衣服，會很難挑，因為她的衣櫃都是有古怪圖案的閃亮服裝。而且大部分都太小了。蘿芮娜和我一樣高，但她很瘦，有時甚至可以穿童裝。我最後挑了一件黑色有彈性的洋裝，就算真的不太合身也得勉強接受了。洋裝的側面有點開衩，我認為這樣看起來很優雅。還得借一雙黑色平底鞋，因為我認定高跟鞋是白痴在穿的。

蘿芮娜和我跟一群女孩同行參加舞會，而且不准帶男生。她告訴卡洛斯他不能來，至於璜加已經失蹤一週了，他勾搭上一位來自印地安那州的老頭。我不知道他會不會被退學。蘿芮娜告訴我他不會加入我們時，我盡量裝出失望的神情，但被她看穿了。

我們與平常一起上體育課的法蒂瑪、瑪姬及桑德拉約在入口。她們說話時的文法都很差勁，但人都很棒。此外，我也萬萬不應該因為別人說「恁」而不是「您」，或說「偶」不是說「我」就瞧不起人家。學校很多人都是這樣說話，是我應該克服這種心理障礙。蘿芮娜說我太正經了，所以才幾乎沒有朋友。

閃光燈與煙霧機讓人很難看清會場，等到我的雙眼終於適應時，我才注意到大家都貼著舞伴，靠得很近，幾乎像在磨蹭愛撫。今晚一定有人會中鏢懷孕的。

蘿芮娜與其他同學聽見一首我沒聽過的歌就開始發瘋，衝進舞池。我決定按兵不動，幾分鐘後，我開始擔心自己眼神該看哪裡，兩手又該怎麼放。如果我盯著某人看太久呢？假使我的手臂僵硬地掛在身側，會不會看起來很像科學怪人？我一個人站在這裡，大家會覺得我沒行情吧？這些愚蠢的想法在我的腦海東竄西跑時，克里斯戴著太陽眼鏡走了過來，他身上是一件《疤面煞星》的T恤，渾然不覺自己看起來有多呆。我從小學就認識他了，他一直是個讓人受不了的傻瓜。

「妳這樣穿很好看，終於懂得打扮了。」他看著我的洋裝說道，但眼神盯著我的胸部。

「這是在讚美嗎？」

「是啊。」

「你得好好學習該怎麼跟女生說話。」我轉身背對克里斯，但他話講個不停。

「妳，還算是女生？」他靠近我，拿起他的太陽眼鏡，似乎準備看個仔細，但我感覺自己像是等著他打量的特價牛肋條。「那妳幹麼每次穿那麼醜？」

「你講真的？你真是混蛋，克里斯。永遠永遠都不要再和我說話了。連看都不要看我，我向上帝發誓。」

「妳太自以為是了。這就是妳的毛病。妳還以為自己比每個人都強。自認聰明，講話跟白人女孩一樣，根本都是垃圾。」

「你以為你是誰啊？竟然敢這樣跟我說話？」我氣到雙手發抖。我想把他的太陽眼鏡從臉上打下來，但不值得。他可能到四十歲還住在他媽家的地下室。這種懲罰應該綽綽有餘了。

我發現女孩們跳舞的模樣彷彿今天就是世界末日，她們的手在空中飛舞，臀部來回晃動。大家圍成圓圈，對我搖屁股，這讓我大笑出聲。

燈終於打開後，蘿芮娜告訴我，我們可以走路到派對後聚會的場地，因為離這裡只有兩條街。

「妳確定他姊會來嗎？妳也知道我可能會因此惹上麻煩的，對吧？我沒有告訴我媽，因為她絕對不會讓我參加。」

「是亞力說的啊。她應該會在。」

我發簡訊告訴媽我會晚點回家。才不到三秒鐘就感覺手機在振動，但我沒接，因為我已經知道她要說什麼了。

大家都覺得亞力很酷，因為他個子高，又很會打籃球，所有女生都覺得他很性感，但我頂多只能給他打七十分。他的牙齒很整齊，除此之外沒什麼大不了的。

亞力家已經人山人海，我覺得自己犯了一個大錯。我不喜歡那麼多人。小時候我曾經參加遊行，結果嚇壞了，爸媽不得不帶著尖叫亂踢的我回家。有時我在擁擠的電梯也會覺得呼吸困難。

窗戶因室內人多、溫度高，早就起了霧氣，門口與走廊都是黑壓壓的人群，根本走不過去。有那麼一秒鐘，我想我可能是恐慌症發作了，但我讓自己冷靜下來，慢慢呼吸，告訴自己不會有事的。走過客廳的人群後，我們終於抵達廚房的飲料區。餐桌上有各種不同形狀、高度的玻璃瓶，水槽有個桶子。亞力跟其他籃球隊員在窗戶附近抽大麻。他問我們想不想一起抽，或是替我們倒杯飲料，這讓我感覺不錯，因為他可能連我是誰都不知道。

其他姊妹們都選擇了馬里布蘭姆酒，但我喜歡軒尼詩加可樂。我不太確定這兩種東西能不能加在一起，但喝起來還不錯，三口就乾杯了。但我想再要一杯時，蘿芮娜抓住我的手腕，要我慢一點。

我直接切入重點。「亞力他姊呢？」

「我不知道。我還沒看到她。但妳至少先放輕鬆吧。她會來的。」蘿芮娜走開了，在我還來不及跟上她時，她已經消失在人群。

我整晚都在找潔西卡，但真的不記得她的模樣。我猜她多少會跟亞力長得有點神似。蘿芮娜說她把頭髮染成了深紅色，但我沒有看到任何紅髮女孩。

我又喝了三杯後，開始感覺輕鬆多了，有時我的嘴巴雖然很大，但我發現自己卻很難與不認識的人聊天。我想這是我和奧嘉的共同點。排隊等洗手間時，我問前面那位帥哥他襯衫上那位看起來很搞笑的傢伙是誰，他只是喃喃地說了些話就離開了。媽總是說女生絕對不應該主動，我們應該要等男生搭訕追求，也許她說得對，因為我超糗的。

上完廁所，我看見瑪姬一個人待在客廳，於是問她知不知道蘿芮娜在哪裡。她聳聳肩說她也好一會兒沒看見蘿芮娜了。瑪姬人很可愛，但腦子實在不太行。不管你在說什麼，就算不是在問她問題，她臉上永遠都是困惑的表情，眼神也總是茫然空白。蘿芮娜不會這樣，她只是裝瘋賣傻。瑪姬的愚笨可是如假包換的。

「妳玩得開心嗎？」

「還好啦，我想。」瑪姬回答，一面整理她的馬尾。「可是沒有帥哥。」

「真的沒有。那邊那傢伙看起來像陰囊。」我指著癱在沙發上的戽斗禿頭哥。

瑪姬笑了。「妳真是瘋了。」

我點頭。「沒錯，真悲哀。」

我環顧派對現場，想要找到蘿芮娜時，從一處門縫發現有對情侶在亂搞，不僅是接吻喔，真的已經在搞了。

「哇。妳過來看。」我對瑪姬小聲說，將頭朝他們的方向一歪。女孩坐在男孩大腿上，雙腿纏著他的腰。或許她已經醉得神智不清，但我可沒注意到她有任何羞愧或尷尬的表情，這真讓我由衷佩服。他們的吻又深又慢，甚至可以看見兩人的舌頭在對方嘴裡進進出出。當那傢伙開始親吻她的脖子與胸部時，女孩開始對著他磨蹭。一旁的女孩被激怒了，說裡面那個女的是蕩婦、臭婊子、妓女，而且同時用上英文與西班牙，似乎曾經事先查過英西同義字典。一群男生擠過來要用手機偷拍，那對男女要不是沒注意，就是完全都不在乎。

「超噁的。」瑪姬說：「她真是太淫蕩了。」

「是啊，滿噁心的。」我說，不知道這輩子是否有人會這樣碰我。

大概上了好幾億次廁所之後，終於在後面門廊找到蘿芮娜，她身旁圍了一群超齡人士，這些人不太可能有資格參加高中舞會才對。或許他們也是我姊姊的同學吧。我並不驚訝，畢竟蘿芮娜熱愛男人的關注眼神，無論多老或多醜都沒關係。有哪種魯蛇會在畢業後（或退學後）跑來參加這種派對啊？

「潔西卡在哪？我整晚都在找她，這是我來的唯一原因。」

「我不知道。亞力明明說她會來的。」蘿芮娜聳聳肩，「妳放鬆點嘛，好嗎？」

「不要，我要回家。現在就要。」

「對嘛，寶貝，放鬆啦。」一位將棒球帽朝後戴的傢伙說。

「干你屁事，而且我不叫寶貝。」我回嘴，然後轉向蘿芮娜。「妳給我聽好，萬一我有麻煩了，那就完全是妳的錯。」

「再給我五分鐘。好了啦，不要這樣。」蘿芮娜一定是喝醉了。從她的嘴唇移動的方式我就看得出來，彷彿突然間，嘴唇對她的臉來說太重了。

屋內的人們開始變少了，我放棄了，在沙發找了一個位置躺下。

下一秒我只知道蘿芮娜猛烈搖晃我，要我快醒過來，說我們要趕快離開了，因為有人報警。我問她現在幾點，她說凌晨三點，當場我就知道我慘了。

我算過了，發現我從十三到十五歲，已經花了百分之四十五的時間在家禁足。說真的，這是什麼人生啊？我知道我有時會把事情搞砸，說話刻薄尖酸，是個徹底的混蛋，我知道我不是我爸媽想要的女兒，但媽簡直認為我萬劫不復了。

有時當我接受懲罰，媽甚至不讓我去圖書館，我認為這是最殘忍的酷刑。我怎麼可能呆坐房間好幾個小時？我告訴她，我不可能在圖書館懷孕，但這不重要。媽說我可以打掃、寫功課，如果她心情好，她說，她會讓我陪他們看連續劇，但我寧願學伊底帕斯挖出雙眼，也不要呆坐著看那種垃圾。這些人的動作僵硬勉強，總是很誇張地賞對方耳光。劇情也是千篇一律——窮人家的女兒克服逆境，嫁給了一個有錢的人渣，從此過著幸福快樂的生活。上流社會都是白人，佣人們則跟我一樣皮膚黝黑。

我本來就快樂不起來，如今感覺更不可能開心了。家裡的每個人都告訴我，比起奧嘉，我是很難帶的小寶寶。小時候的我很容易生氣，例如有人瞪我、餅乾掉了，或是臨時不能出門的時候。我也記得自己曾因為看見一條三條腿的小狗而啜泣。我不知道自己為什麼這樣，為何最細微的小事就會讓我痛心。我看過一首詩，標題是「這世界對我們太沉重了」，我想這就是我上述感覺的最佳形容——這世界對我來說，太沉重了。

也不是說我爸媽就過得很幸福。他們成天就是工作。兩人從不出門走走，回家後幾乎不對談。我不明白，為什麼大家就只是挑我的毛病。我又該怎麼做？說對不起？對不起，我不是正常的小孩？抱歉，我不是乖女兒？很抱歉我厭惡自己的人生？

有時候我感覺孤立無援，認定世上沒有人懂我。媽盯著我看的模樣彷彿我是從她體內鑽出來的突變種。我很感激蘿芮娜聽我說話，但她並不是真正聽得懂。她其實是科學天才，對文學或藝術卻毫無興趣。我想沒有人喜歡我喜歡的事物。我孤獨絕望，連自己都不知道該怎麼辦。通常我會封閉所有情感，等爸媽睡著後大哭一場，我知道這很悲哀。如果受不了，就乾脆在洗澡時大哭。這種情緒不斷累積，直衝喉嚨與胸口，有時我甚至感覺它爬上我的臉。

等到終於得以釋放，便徹底崩落了。

更麻煩的是，我總是睡不好，儘管精疲力竭，身體尖叫乞求著說要休息，但有些夜晚，我會直直瞪著天花板好幾個小時，或盯著時鐘，等到該準備上學，然後就起床。我聽著世界入睡然後轉醒：外面逐漸出現車聲、唱歌的鳥兒，發動引擎的車子，然後我爸媽開始煮咖啡。我什麼都嘗試了——數羊、數貓咪、喝熱牛奶、聽放鬆的音樂——完全沒用。等到我真的睡著了，又開始做起惡夢，夢到有人會在一棟顛倒屋謀殺我，或者對我做其他古怪的事情。但至少不再夢到奧嘉了。

到了早上，我幾乎不成人形，有時候我感覺自己還算像樣，但有些日子則完全是一灘爛泥，完全無法保持清醒，更不用說取得好成績，好及早離開這裡上大學。我只剩下一年半了，卻感覺度日如年，感覺宛若置身煉獄。

今天有進階英文課，這是我唯一喜歡的課，今天卻像永無止盡的負擔。瑛曼老師正在討論《哈克歷險記》，我已經看過三次了，所以無法專心。我望著窗外兩隻追來追去的松鼠，想著我們要去華倫沙丘的校外教學。有時候大自然會讓我自在一點，表現得比較像個正常人，與外界的人事物有點連結。其他時候我只想躺在樹下，就這麼人間蒸發，永遠歸於塵土。

瑛曼老師問全班同學密西西比河的象徵意義，雖然我知道標準答案，也沒有人願意回答，但我根本懶得舉手，我擔心自己如果開口，就會像個廢物一樣嚎啕大哭，而且一定停不下來。

下課後，瑛曼老師叫我過去。「妳還好嗎？胡莉亞？」

我點頭。

「妳確定？」他交叉雙臂。自從我告訴他姊姊過世的事，他每次都想看進我的靈魂。

「我很好。」我喃喃道。拜託不要哭。拜託不要哭。拜託不要哭。

「妳明明就不太好啊。妳看起來非常沮喪。我知道妳最愛《哈克歷險記》了，因為我們之前談過很多次。」他說。放學後我有時候會留下來跟瑛曼老師討論書與上大學的事情。他甚至讓我借走他的一些個人收藏，還給我一份他認為我應該申請的學校名單，所以我才最喜歡這位老師。「妳已經好幾週沒開什麼刻薄諷刺的玩笑了，老實說，這也是我最擔心的。」瑛曼老師的笑容很溫暖。我打賭他二十年前一定很帥。我只希望他不要這麼愛穿古板的毛衣。

「可能吧。」我逼自己露出禮貌的微笑，但怎麼樣都做不到。「我最近生理期來，總覺得有人在捅我子宮。」我做了個鬼臉，還用手假裝拿刀子刺自己的肚子。好幾年前我就學到，如果跟男老師提到生理期，妳幾乎可以全身而退。

瑛曼老師似乎有點不自在，但顯然他不打算放過我。「家裡發生什麼事了嗎？家人經過……嗯……妳姊姊的事情之後，一切都還好嗎？」

「沒事吧，我想。對我來說，就像海浪，一陣陣的海浪，而且是滔天巨浪。我的感覺……有點像是，自己漏掉了一些東西，有些事情我早該知道，卻一直沒搞懂。」我的聲音碎了。

「像是什麼？」

我當然不會告訴瑛曼老師內衣和飯店房卡的事情，因此只是聳肩說道：「我不太確定耶，有些東西就是不太對勁。」

「真的很抱歉。這對府上來說一定很困難。」他交叉雙臂低下頭。

「這一切還是很難接受……有時我覺得是我的錯。像是……假使我那天做點別的事呢？她會不會還活著？」

「妳不能這樣想。」

「為什麼不行？」

「因為這不是妳的錯。妳當然不想要姊姊過世。但人生就這樣，常常會發生鳥事。」瑛曼老師似乎因為自己說了粗話有點尷尬，但他沒有因此道歉。「我媽在我十歲那年過世了。心臟病。有一天上班時，就這麼倒地不起。那天早上我對她態度很差。我不爽自己的午餐菜色，還告訴她我恨她，然後她就死了。就這麼走了。」

「什麼？真是很抱歉聽到這件事。」我嚇傻了。不知道為什麼，但我一直以為瑛曼老師的人生愜意輕鬆，甚至想像他在樹屋長大。「那種感覺會消失嗎？」

「日子會越來越好過，但我每天都會思念她。」瑛曼老師嘆了口氣，望向窗外。我聞到一絲絲他刮鬍水的味道。那味道有種東西——男人的氣息。那讓人安心多了。

我回家時，爸坐在沙發泡腳。因為他整天都在包裝糖果，身體開始出現各種毛病——割傷、背痛、膠水灼傷與水腫，這只是其中幾樣而已。有時候他得工作十二個小時，回家時看起來就像被人用球棒狠狠揍過。他們也強迫他一週上幾次夜班。爸沒多說什麼，但他總是告訴我：「不要像我工作得跟驢子一樣辛苦。去當祕書，在有空調的體面辦公室上班。」我沒告訴他，我寧願刷馬桶也不要當男人的助理。一天到晚端咖啡，被一個穿西裝的混蛋使喚？不，謝了。有一次，我告訴爸我想當作家，但他只是說，我一定要賺很多錢，才可以不用住在蟑螂亂竄的公寓。後來我再也沒有提起這件事了。

我先癱在沙發上休息，才進房開始寫功課。爸在看《黃金衝擊》，這可怕的八卦節目報導千奇百怪的故事，像是連體嬰、驅魔、虐待兒童、鬼故事、畸形人。我不知道為什麼大家愛看。等到節目開始介紹一個吃蟑螂的寶寶時，我走進廚房喝水。媽彎腰在水槽邊刷平底鍋。真不知道整天打掃房子，回家還得繼續清理是什麼感覺。我討厭看到她這樣，因為這讓我很有罪惡感——內疚自己的存在，內疚於她得為我們辛勤工作。

「學校怎麼樣？」媽問道，吻吻我的臉頰。即使當我被她懲罰，就算我確信她不愛我，她仍然會親吻我的臉頰。

「還好。」

「妳看起來不太舒服。妳在學校吃垃圾食物嗎？」

「沒有。」

「妳在騙我？」媽總是有一大堆問題。我彷彿永遠在接受審問。

「我發誓我只吃三明治而已。」

「我不喜歡妳的臉色。」媽靠我很近。她聞起來像洗碗精。

「什麼？」

「妳看起來很蠟黃。」

「我是棕色的，絕對不是黃色。」我盯著我的手臂。

「反正，妳看起來怪怪的。我可能得帶妳去看醫生。如果要辦成年禮，就不可以這副模樣。妳到底懂不懂，為了家人，妳一定要漂漂亮亮的。如果姊姊從天堂看妳這樣子，她會怎麼想？」想到奧嘉坐在天空雲端望著我的愚蠢畫面，我簡直要笑出來了。媽真的相信她能看見我們？

「妳是不是有什麼事情沒告訴我？」她摸著我的額頭。

「真的沒有！我的天啊，不要管我好嗎？」我崩潰了，這讓我們都嚇到了。

「萬一有一天我不在了，妳肯定會後悔莫及，到時妳就知道。」媽轉回身面對水槽。她總是不斷提到她總有一天會死。媽媽都是這樣的嗎？之前我會因為這樣覺得很對不起她，現在聽她這麼說，反倒讓我更焦慮。

突然間，我感覺體內有什麼東西在蠢動醞釀，一種溫暖、伸展的疼痛，但不是胃在痛。我上廁所時，看見內褲沾了一小抹紅棕色的污漬。經期提前一週抵達，原來這就是我說謊的代價。

第十章

冬天終於結束了。耶誕節與新年來了又走，彷彿緩慢又痛苦的模糊傷痕。我們與家族其他成員一起到鬍子舅舅家過節。雖然我那些阿姨舅舅設法用響亮的音樂與烤山羊盛宴營造節慶氣氛，但奧嘉缺席的事實卻默默在我們身邊縈繞不去。沒有人提到她的名字，因為不想讓媽哭——但我們回家後，她還是痛快哭了一場。

每年春天，學校都會替各班安排一次校外教學。從奧嘉上高中起，他們就這麼做了，或甚至更早以前就有這個傳統。老師們應該是覺得我們很可悲，因為大家都住在城市，很少有出遊的機會。我們在城裡只有可能看見鴿子和老鼠，這兩種動物其實本質沒差多少。跟我一起上化學課的南西告訴我，兩年前她才第一次離開芝加哥，去了威斯康辛州一趟。我實在難以想像。

我想這些旅行是讓我們這群可憐小孩享受大自然的吧。去年他們帶我們到飢餓岩州立公園，那裡非常漂亮。我從頭到尾就坐在瀑布旁寫作。有些人一整天都躲在山洞親熱。另一群人只是圍在一起看手機，真是浪費人生。真不明白人們怎麼能忽視那般絕世美景。我看見了兔子、水狸、蟾蜍及五顏六色的鳥類。我甚至看見一隻老鷹，我還不知道牠真的存在地球上呢。當時的我開始期望自己有一天能跟亨利・大衛・梭羅一樣，離群索居住在小木屋，不過，大概住了幾天之後，我就會開始焦躁不安了吧。

今年，經過彷彿一世紀的車程後，我們終於抵達沙丘。陽光明媚，雖然天氣極冷，但眼前的一切讓人感覺春天就要來臨。大樹已經萌發嫩葉，有些花也開始發芽。以四月而言，還算滿舒服的。

洛佩絲小姐和瑛曼老師要我們下午兩點在校車旁集合。

「無論如何，都不准離開公園。聽懂了沒有？」洛佩絲小姐雙手放在臀部，努力裝出嚴肅強硬的樣子，但沒有用，因為她身高根本不到一百五。

大家隨便應了幾句，洛佩絲小姐就回頭與瑛曼老師打情罵俏了。剛才搭車過來時，我能清楚聽到她對他那些垃圾笑話咯咯地笑。我知道他們都離婚了，她看他的眼神，讓我猜測他們可能在交往。

蘿芮娜、璜加跟我在森林閒晃，直到午餐時間都還無法擺脫他呢。他與蘿芮娜根本難分難捨，我本以為他的魅力應該也消失得差不多了，可是並沒有。他一直抱怨自己手機沒訊號，我試圖忽略他，將注意力集中在大樹新芽、樹葉的清新氣息與鳥叫聲。但他實在太煩了，讓我無法專心。我終究得忍受他，因為還得請他透過他朋友梅莉貝，替我跟潔絲敏聯繫。我一直在想幾年前她在購物中心巧遇奧嘉時，奧嘉提到的那個男人。很難相信她是在說佩德羅。怎麼可能有人會覺得他有吸引力呢？

「噁爛耶，我討厭大自然。」璜加說。

「你怎麼會討厭大自然？」隨著每一分鐘過去，我對他越來越不耐煩了。
「就是討厭啊，超無聊。」
「那你喜歡做什麼有趣的事情？你對美的定義是什麼？」
「逛街、派對，還有……做愛。」他大笑。
「你就喜歡這些？沒有什麼心靈生活嗎？你究竟知不知道那是什麼？」
蘿芮娜怒視我，「天啊，胡莉亞。閉嘴好嗎？」
「很抱歉喔，但我不明白怎麼會有人說自己討厭自然。這等於說自己討厭幸福或歡樂。我不懂怎麼會有人如此乏味。」
「妳不要說我聽不懂的話啦，閉嘴就對了。」
璜加好像還想說話，但他走到離我們幾呎遠的地方，低頭望著湖面。
「好吧，好。我不說了。」我舉起雙手，表示我放棄了。
午餐時我們已經爬到了沙丘頂端。眼前景致獨特得令人難以置信。浪花飛濺，湛藍天空下的潔白沙丘極為超現實。我不知道離芝加哥這麼近的地方竟然就有這番美景。蘿芮娜替大家鋪好毯子。媽凡事都一定得跟墨西哥扯上關係——今天她替我準備了乳酪黑豆墨西哥捲餅。看來連上帝也不准我吃普通的三明治吧。
在我們開始吃之前，顯然對陰莖走火入魔的璜加，開始談論自己這輩子見識過的各種大小與形狀。最誇張的一次，他說，那傢伙的屌又長又尖，簡直在恐怖片才看得到。

「這聽起來很嚇人。」我說：「要我就會尖叫跑出房間，擔心自己的生命安危。」

「真是太險惡了。」璜加閉上雙眼，然後吃了一小口他手上臭氣沖天的鮪魚三明治。

「但那一次感覺欲仙欲死。」

我不寒而慄。

「這位小姐曾經以為男人的屌有長毛，不是蛋蛋那裡喔，是那一根。」蘿芮娜指著我大笑。

「什麼？」璜加差點嗆到。「怎麼可能？」

「我那時沒見過啊，只是猜測嘛。」我低頭望著冰冷的墨西哥捲。「女生那裡就有毛，對我來說很合理啊。」我沒有告訴他現實生活中，我仍然沒見過實品。

「就是啊，我得告訴她真相。」蘿芮娜說，璜加笑得起勁，幾乎把可樂吐出來。「她還是處女，你知道嗎？」

璜加呆住了。十五歲還是處女有這麼奇怪嗎？他一副蘿芮娜告訴他我長了第六根腳趾什麼的。她十四歲時就跟人上床，這下自以為是性愛專家了。

「那又怎樣？」我怒視她。我真不敢相信她竟然在這白痴面前讓我無地自容。我感覺肚子的墨西哥捲變得跟水泥塊一樣硬。

「我只是說，妳一天到晚笑妳姊是聖人，其實妳自己也差不多啊。妳那麼怕妳媽。」

「妳不會是認真的吧？我們現在又要說我姊了嗎？」

「本來我就是在說真話啊，不是嗎？」蘿芮娜突然咄咄逼人。這麼多年來，我們曾經為了各種莫名其妙的笨話題吵過好幾百萬次，但這次感覺不同。我們從來沒有在第三者面前爭執過。

「我又能找誰做愛？拜託妳告訴我，難道我隨便找個魯蛇上嗎？」

「我不是這個意思。」蘿芮娜看來很沮喪。

「那妳究竟想說什麼？」

「有時妳太高傲了。這也不該怪妳。因為妳媽就是這樣。」蘿芮娜知道這話說得很重，所以她看起來非常緊張。拿我跟我媽比，讓我真想狠狠揍蘿芮娜一拳，但我竭力控制自己。

「我很高傲，因為我不想和人上床？這麼說沒錯吧？」

「錯，根本扯不上關係。我不是這個意思。有時候，妳一副高高在上的模樣，彷彿一切都配不上妳。妳太苛刻了。」蘿芮娜沒有看我。

「就是因為一切真的都配不上我！妳覺得我喜歡這樣嗎？這很難受，真的很難受，有時候我都快崩潰了。」我揮動雙臂，胡亂揮舞。我很生氣，耳朵發燙彷彿著了火，「就因為妳只要有臭屌的生物都肯上，不表示妳比我好！」

蘿芮娜看起來很受傷，璜加假裝被手機分散注意力，但我相信他很享受每一秒鐘。

「算了，有時候我就是不能跟妳好好說話。」蘿芮娜說。

我把剩下的可悲捲餅扔進背包，沿著沙丘跑下去，差點滑倒。我確定璜加很希望看到我在眾人面前絆倒摔斷脖子。

我衝到沙丘底部，心情沮喪到極點，用力踢沙出氣，結果來了一陣大風，將沙子吹進我眼睛。我很氣蘿芮娜，對璜加的忍耐也到了極限。現在我連梅莉貝的電話都不想問了，甚至連看他們兩人一眼都不願意。我走到離大家更遠的地方，決定躺上沙子玩沙天使，看看是否能讓自己冷靜下來。我閉上雙眼。我向來喜歡沙子貼著肌膚的感覺。儘管大湖離我們家很近，我們卻很少到湖邊玩。那是少數幾次我看見爸開心快樂的時刻。他陪我們堆沙堡，在湖裡游泳直到天黑。他說，這讓他想起年輕時在家鄉洛斯奧霍斯的日子。

我睜開眼睛，看見帕斯卡俯瞰著我。看見他獐頭鼠目的棕色臉龐，幾乎讓我跳起來。

「搞屁啊你！幹麼啦？」

「看妳啊，廢話。」

「我看得出來，怪咖。」我站起來，拍掉衣服上的沙子。

「妳姊死了。」

「媽的，對啦。你怎麼知道？」

「大家都知道。妳想她嗎？」

帕斯卡看起來像書呆子，但他一點也不聰明，這滿令人失望的。每次他在課堂上說出來的話，都笨到令我震驚。他的衣服很呆，俗氣得讓人不適，他身上有地下室的霉臭味，總是穿著電玩遊戲的T恤，有時甚至與襪子和涼鞋都是同一系列。就連他的名字也不酷。帕斯卡，讓人想到坐在塵土飛揚的門廊談論自己走丟母雞的墨西哥老頭。

「我當然想她。她是我姊。」我不知道我何必費心回答。我應該叫他去吃大香腸，少來吵我才對。

「一定很難熬。」

我點頭。

「她跟妳一樣漂亮嗎？」

「齁，你夠了吧。真是的。」我用夾克把自己裹起來。一隻海鷗在我們頭上尖叫。我討厭這些鳥。牠們看起來總是不懷好意。

「妳連自己有多美都不知道。真悲哀。」

「閉嘴啦。不要吵我。」我朝湖邊走去。

「妳不應該這麼討厭自己。其實大家都一團糟，只是從表面看不出來而已。」

強風開始拂動水面，一片厚重烏黑的雲朝我們飄來。越過湖面，我能看見朦朧的芝加哥天際線。也許就要下起傾盆大雨，讓我今天過得更糟。帕斯卡朝我走過來，張嘴望著天空，彷彿他之前從來沒見過這種景象。

「你根本就不知道自己在說什麼。」我告訴他。

「我知道。而且妳知道我說得對。」帕斯卡將手插進口袋，踱步走開了。

我坐下來，拿出卡謬的《異鄉人》，逼自己認真看書，但仍因為剛才與蘿芮娜的爭執忿忿不平，無法專心。我只能瞪著湖水數浪花，數到一七六時，聽見背後有人叫我。是瑛曼老師。「嘿！」他說，坐在我旁邊，「妳在看什麼？」

我拿起書讓他看。

「原來，這就是所謂岸邊輕鬆閱讀的概念？」瑛曼老師笑了。

我點頭。「大概吧。」

「妳覺得好看嗎？」

「無代表有。無也是有意義的。我想這就是我多數時間的感受吧。有時我覺得一切都沒了意義。」

「存在主義的絕望，是嗎？」

「沒錯。」我微笑。

「我想確定妳還好嗎。妳一直告訴我妳很好，這讓我更擔心。」瑛曼老師用雙手挖沙子，想要做一個金字塔。

「我再也不知道『沒事』是什麼了。我也不知道什麼叫做正常。」我沒有告訴他的是，每天早上我都起不來，而且單是好好過完一天對我就是極度艱鉅的任務。

「我認為妳應該找人談談。妳當然可以隨時找我聊，但我認為妳需要的是專業人士。我可以替妳找找看有沒有免費的心理諮詢。」

「謝謝老師關心，但是不用了。我很好。非常好。真的。」我真是個可怕的大騙子，希望他不要發現。

「好吧。我就相信妳這一次。不要讓我失望。」

「不會的。」我擠出微笑。「我保證。」

第十一章

高二還沒過一半，我卻成天只想逃離這裡去上大學。我感覺前所未有地窒息與不安。我像是個上緊發條的玩具，卻動彈不得。

只要我獨自在家，便持續搜尋奧嘉房間鑰匙，但這種機會很少，爸或媽總是有一個人在家，可能都不相信我可以一個人獨處吧。每次他們出去買個東西，我就趕緊找鑰匙，甚至翻遍了他們的抽屜，還找到幾樣情趣用品。我在珠寶盒找到一把鑰匙，但打不開奧嘉房間，我也想到用工具破壞門鎖，又擔心會被他們逮個正著。

除此之外，我就不知道該如何知道奧嘉的祕密了。安姬死都不告訴我實情，這是肯定的。我想她大概很恨我吧，但我根本不知道為什麼。奧嘉沒有其他朋友，或許只有幾個我不太熟的高中同學。我很擔心媽如果進了奧嘉房間翻東翻西，可能會看見她的內衣，然後當場昏過去。她發現我在奧嘉房間那一天，我來不及把東西拿走就被趕出來了。

現在我只有三條路可走：第一，到奧嘉的工作場所；第二，到社區大學拿她的成績單；或第三，不顧尊嚴，求墳加替我向梅莉貝要潔絲敏的電話。

我越仔細推敲，覺得事情越有蹊蹺。奧嘉在社區大學這麼多年，卻一個學位也沒拿到。她究竟在念什麼？我問過她幾次，她說跟商業有關，因為我對這方面完全不熟，也沒有興趣，於是我就沒有追問。我這個人就是這樣。

放學後，我搭火車到位於南區的社區大學。建築的混凝土外觀沉悶冷漠，幾乎像一座監獄。所謂的窗戶不過是狹窄的縫隙罷了。假使媽認為我也該上這種學校，那她一定是瘋了。走廊的學生對著手機吼叫，要不就是大聲放音樂。在這種地方怎麼可能學到什麼知識？這可不是我為自己設想的未來。

我還沒走到註冊組，就在腦中不斷練習腳本。他們就跟飯店一樣，可能不會交出她的紀錄，但如果他們為我感到難過，或許有可能讓步。必須強調奧嘉意外身亡，讓我有多麼痛徹心扉。也許我該強迫自己哭出來。

「妳好，我的名字是胡莉亞．雷耶斯，我姊曾在這裡就讀。」我告訴櫃台的中年婦女。「希望妳可以給我她的成績單，她過世了。」

「她的緊急聯絡人是誰？」她聽起來彷彿我的要求讓她全身筋骨酸痛，臉臭到讓我懷疑她應該從小就沒有感受到母愛。

「不知道，應該是我媽。」

「她叫什麼名字？哪一年入學？過世多久了？」她在電腦輸入一些資料。

「奧嘉．雷耶斯。她在二〇〇九到二〇一三年在這裡就讀。九月過世的。」

女人抬起濃密的眉毛。「妳說哪幾年？」

「二〇〇九到二〇一三年。」我重複。

「嗯。」她又看了螢幕，抿起嘴唇。「妳確定？」

「我確定。怎麼了？日期不對嗎？」

「我不能把妳要的資料給妳。」

「為什麼不行？剛才不是可以嗎？現在為什麼又不行了？」我的耳朵發燙了。

「學生過世一年後，我們才允許公布所有紀錄。屆時，校方將自行判斷在哪種條件下，可將學生的個人資訊交付家屬或第三方。」這女人聽起來就像不斷重複訊息的錄音。我才剛告訴她我姊死了，結果該死的她表現得跟機器人一樣。

「妳就不能破例嗎？她死了。拜託妳。這樣不算侵犯她的隱私，她不會從墳墓回來投訴妳的。我真的非常需要這些資訊。妳不明白這有多重要。我姊姊過世已經讓我心神不寧，真的非常需要妳的協助。拜託，就給我一點資訊就好。」儘管厭惡這女人，但我盡量表現得很有耐心，也非常有禮貌。

「這是學校政策。沒有例外。妳可以滿一年後再回來，看看辦公室會不會公開資訊。在那之前，我無能為力。麻煩妳挪開，後面還有人在等。」女人閉緊她薄薄的嘴唇，揮手要我走開。

我感覺到憤怒肆虐全身，我知道自己脾氣很壞，難以控制，但眼前這個女人真是奇葩。放鬆，我告訴自己，控制自己，胡莉亞。真希望蘿芮娜在這裡。她會知道下一步該怎麼做。

「妳是人嗎？還是妳是可悲的垃圾，根本沒有任何同理心？我想我也會難過吧，如果我長得跟妳一樣。」

「小姐，如果妳再不離開，我就請警衛過來。我不是在開玩笑的。」她的臉脹紅，簡直發光了。

「去死吧。」我轉身，背後的女人驚呼一聲，這大概是她一生中聽過最恐怖的言語吧。

第十二章

成年禮就像斷頭台上方白晃晃的利刃懸在我頭頂，躲也躲不開，這麼形容可能是有點戲劇化啦，但我超擔心的。媽逼我跟舞伴們上華爾滋課，可是我總會走錯舞步。一開始我悍然拒絕，但後來她威脅要是我不聽話，就不讓我離開家門一步。**成年禮當然要跳舞啊，有誰家女兒會拒絕這種傳統**？我厭倦了她的威脅與抱怨，所以自認倒楣，就讓步了。

我參加過很多次成年禮，千篇一律——肉麻噁心的禮服、沒特色的食物、過氣難聽的音樂。我表妹伊薇在她的派對只放雷鬼動音樂，甚至搞了一段編舞，還穿上一件驚世駭俗的絲綢禮服。我差點被她搞到尷尬至死。

我通常會偷帶一本書，藏在桌子底下，假裝沒人看見我在看書，但這次不能這麼做，因為我本人就是這場災難的大明星。我一直在想該如何取消派對，像是將頭髮與眉毛剃光，臉部刺青，摔斷自己的腿，舔公車扶桿，讓自己得流感……事實擺在眼前，就算我快死了，媽也會推輪椅讓我上場。逃不掉了。我知道這不是真的在懲罰我。儘管媽完全不了解我，我知道她這麼做並不是故意找我麻煩。我沒那麼傻。我知道她很內疚，因為家裡當年太窮，沒法替奧嘉辦一場風光的成年禮，但為什麼因此倒楣的人是我呢？

我一直問媽哪來的錢，但她堅持這不關我的事。幾週前，我無意聽見她跟爸在說話，原來奧嘉在診所上班時，曾經保了一筆幾千元的人壽保險，另外她帳戶還有些存款。奧嘉去世幾個月後，他們收到了保險公司寄來的支票。為什麼他們不能把這筆錢當成我的大學基金，或者至少買一台冷氣，讓我們不至於在夏天時融化？不然找個公寓，搬離這蟑螂出沒的垃圾場也好啊。

週日早上，媽逼我陪她準備派對小禮物。我們坐在餐桌旁，桌面擺滿了薄紗、小雕像、絲帶與蜜糖杏仁。我不知道誰會想要這麼花稍的紀念品。而且糖果幾乎難以下肚，這真是超級浪費金錢、時間與資源的活動。

我仔細看了看小瓷像，發現它們全是金髮白皮膚，看起來跟殭屍沒兩樣。

「他們沒做棕色皮膚的嗎？」我拿著其中一個雕像對著光線，「這根本就不像我。」

「他們只有這些了。」媽說。

我想將它們扔到地板上，重重踩碎那些愚蠢的小臉，但我努力克制自己，逼自己保持冷靜，因為我知道這對媽很重要。

「妳在哪裡買的？」

「市集。不要問這麼多問題了，開始工作吧」

我早該知道的，我派對的所有用品全是跳蚤市場買的便宜貨。

度過了好幾小時的黏合、填充和捆綁的工作之後，我們聽見門鈴聲。

「應該是耶和華見證會的人吧。」媽說：「叫他們不要再打擾我們了。我們是天主教徒。我已經告訴他們好幾百次了。」

結果是蘿芮娜，她穿著亮粉紅緊身褲，和一件毛茸茸的白色帽T。

「妳來幹麼？」

「對不起，我是個混蛋。」她低頭看著我的兔子拖鞋。「我受不了了。我不喜歡冷戰。」

我交叉雙臂，「隨便妳。」

「哎，我已經說對不起了。妳還想怎樣？」

「妳為什麼要對我說那些話？妳真的認為我太高傲，因為我不想和學校男生上床嗎？」

「不，當然不是。我只是太笨了，但有時候妳真的很自以為是，讓我覺得很煩。」我甚至不知道自己是否能反駁這一點。我確實看很多人都不爽，也對許多現象忿忿不平，這是蘿芮娜無法理解的。「妳就不用說對不起嗎？妳自己也超機車的。」

「是啊，我也該說抱歉，可是我很討厭璜加，我不想再和他混了。」

「妳是恐同還是怎樣？」

「幹，不會吧？我們參加過多少次同志遊行？誰介紹妳看《洛基恐怖秀》？還有《拉字至上》？妳真是夠了喔。」

「好啦。好啦。璜加有時候真的有點機歪。」

機歪，完全一針見血。通常用來形容總是與你意見相左的混蛋或白痴。我想這也表示某人太白目了。

「一點點而已？」

「好啦好啦，妳已經表明了妳的立場了。璜加說妳老是恐嚇他。拜託對他好一點可以嗎？他過得生不如死。」

「什麼意思？」

「他爸，每天照三餐揍他。妳知道嗎？因為他是同志。」

「什麼？真的嗎？」

「對，他叫他死玻璃，叫他下地獄。他們家信一種奇怪的宗教。我忘了叫什麼……」蘿芮娜用食指摸著下巴思考。「隨便啦，總之，他們甚至找人替他驅魔，或其他狗屎活動之類的。所以他才常逃家。」

「天啊，真的嗎？」現在輪到我有罪惡感了。

「沒關係啦，以後就對他好一點。對了，妳不要再穿這種笨拖鞋了啦，我們去吃披薩，我請妳。」

雖然到處都可找到披薩吃，但我們一路搭火車到北區，因為我們總是想找藉口遠離社區。否則生活太無聊了。

我點了三片，自己吃兩片，一片給蘿芮娜。

「兩片就夠了？不會吧？」蘿芮娜揚起她的眉毛。

「我可以吃三片，但我不想讓妳難堪。」

我們坐在唯一的空桌，隔壁是個完全不吸引人的家庭。三個小朋友在座位上大喊大叫，扭來扭去，他們可悲邋遢的父母全然無視他們的存在。

「我永遠不會結婚。」我告訴蘿芮娜，「看看那傢伙。他穿著腳踝有鬆緊帶的運動褲，我的天啊，我完全沒胃口了。」

「我也不想結婚。我媽和何塞．路易太白痴了。」蘿芮娜放下披薩對我說。我從來沒聽過她這樣批評她媽。

「我要果汁！」我們旁邊的小鬼尖叫，他紅紅的小臉油膩膩的，還沾了番茄醬。

「哦，我的天啊。」我用氣音對蘿芮娜說。她只是搖頭。

吃完兩片披薩我還覺得餓，但我告訴我的胃給我閉嘴。

我們靜靜坐著，我卻感覺悲傷在體內蔓延。每次我不知道該怎麼處理情緒時，都說服自己不會有事，今天卻做不到。我的表情一定透露了線索，因為蘿芮娜問我怎麼回事。

「妳有沒有痛恨過自己的人生？我有，而且無時無刻。我知道人生本來就不簡單，但有時候真的好想死掉。為什麼一定要過得這麼辛苦？為什麼一切都會帶來這麼多痛苦？」我的喉嚨好痛，感覺自己快哭出來了，這些話讓我也嚇到了。我閉上眼睛一秒鐘。

「天啊，胡莉亞。搞屁啊？妳怎麼可以說這種話？」蘿芮娜拍了我手臂一掌。她看起來很火大。

「我不知道。」我揉揉雙眼。「有時候我甚至不知道能不能撐到上大學。我真的快受不了了。並不是說我之前的人生就很美好，但是，奧嘉死了，一切都成了垃圾。為什麼會這樣？我真的不懂。人生再也沒道理了。我永遠得不到自己想要的。」

「妳已經快要抵達目標了，胡莉亞。妳就快可以離開這裡了。妳知道妳很聰明，我們不會永遠是現在這個樣子的。」

「大概吧，我想。」我回答，雖然我並不完全相信她。

「所以拜託不要再對我說那些蠢話了，好嗎？答應我？」

「好啦，我沒事了。」我喝了一口水。我知道我該換話題了。「我前幾天想去拿奧嘉的成績單。」

「去哪裡拿？」

「社區大學。」

「為什麼？」

「因為我一直在想，她連個副學士學位都沒拿到，真的很怪。有些事就是不對勁，只是我說不上來，這種感覺趕都趕不走，讓我快抓狂了。」

「妳每次都這麼偏執。明明只是發現幾件內褲，一點意義都沒有。我早就告訴妳了，女生都會穿丁字褲。好吧，大概只除了妳。」

「對啊，因為穿丁字褲很笨，穿起來又不舒服。」我停頓了一下，「飯店房卡又怎麼解釋？」

「她可能是在醫生診所看見的，就拿來當書籤啊。」

「不太可能，我好幾年沒看見她讀書了。而且房卡是收在信封裡。」

「我認為妳想像力太豐富了。有些人就是過得很普通。我懷疑妳姊也不會有什麼特別有趣的人生。她真的很貼心善良，但並不特別迷人。她幾乎從來不出門。妳也不要再擔心奧嘉了。真的很遺憾，可是她已經死了，再怎麼做也無法挽回了。妳現在真正該做的，是專注於自己的人生。」

儘管蘿芮娜說的都對，但我知道自己不會聽她的話。「妳能請璜加從梅莉貝那裡拿到潔絲敏的電話嗎？妳記得她嗎？就是奧嘉的同學。我一直在想她可能知道一些事。」

蘿芮娜翻了白眼。「她又要如何幫妳解決謎團？」我們旁邊的小鬼又開始尖叫，他父母根本懶得叫他閉嘴。

「我不知道。也許奧嘉曾經對她說了些什麼。也有可能她啥都不知道，但我至少要試試看。答應我妳會替我問？」

「好吧。」蘿芮娜嘆氣，「但我真的不知道有什麼意義。」

我從蘿芮娜家走路回家時，注意到她家街區盡頭的房子有紅黑色的塗鴉，看起來雜亂無序，油漆都掉得差不多了，我看了滿生氣的，如果想亂搞別人的房子，至少得努力畫得漂亮一點。他們用什麼畫的——屁股嗎？

我過馬路走到下一條街時，一輛車停在我旁邊。駕駛放下車窗。

「嘿，妹子。」

有時男人搭訕我時，我會對他們怒吼，但現在最好閉嘴，萬一他們跳下車修理我怎麼辦？

「我打招呼，妳沒聽見嗎？」駕駛鬼叫起來：「我有好東西要給妳看喔。妳知道的嘛，因為妳的奶子很漂亮。」

我甚至不知道自己明明穿大衣圍圍巾，他怎麼可能看得出來。

「就是在說妳，沒聽見嗎？婊子？」隔壁乘客現在也加入了。讚喔。

天氣雖冷，但我仍然緊張得冒汗，連自己吐出的霧氣都看得見。理論上春天應該已經到了，但冬天仍然緊緊不放。芝加哥就是這樣。我腋下的冰冷濕氣讓我想起健教課曾經上過，壓力大時，汗水的氣味比運動時的汗水難聞得多。好像是因為某種荷爾蒙吧。我能想像懸掛在自己頭頂的臭氣。我環顧四周，想看看附近有沒有人，但只有幾個小孩在街上玩接球。我一面走路，車子也一路跟著。

走到一半，一位老先生從家裡走出來。我停在他面前，不知道該說些什麼，話語全都卡在我嘴裡。這位風燭殘年的老人家又能怎麼幫我呢？

「怎麼了，小女孩？妳沒事吧？妳看起來好像撞鬼了。」他的眼角下垂，看起來很擔心，我突然有一種衝動，想靠著他瘦弱矮小的身體，將臉埋在他的肩膀上。也許是因為我從來都不認識自己的爺爺或外公吧。

我小時候以為鬼是可怕的長毛怪物，面容猙獰扭曲，有著尖利白牙與布滿血絲的雙眼，隨時躲在樓梯底下，長得不像人。我錯了。如果恐懼可以如此單純就好了。

我指著那輛已經停下來的車子。裡面的男子瞪著我們，我注意到駕駛的脖子有刺青，但我看不出圖案。可能是某個女人的名字。真是浪漫。

「你們想欺負這位年輕小姐？」老人揮舞拳頭大喊。他一定至少八十歲了吧。一陣輕風就有可能將他吹倒，讓他粉身碎骨。

「妳找了這個老頭來保護妳嗎？婊子？我徒手就可以把你們幹掉了。」駕駛狂笑。「不擔心，我會再來找妳的。」

汽車加速開走了。

「妳還好嗎？」老人問。我點頭。

「需不需要打電話給妳父母？還是警察？」

「不用了，我很好。我家離這裡只有幾個街區。」

「我不會讓妳一個人離開的。」他搖著頭說。

我希望他不要這樣做，如果媽看到我們，事情就很難解釋了。但我怎能跟他爭論呢？他救了我的命，或者至少可以說，他救了我，讓我不至於得看見那傢伙「那一根」。

我們默默走到我家公寓。「到了。」我說：「願上帝保佑您。」雖然我什麼都不信，但我知道跟老人家交談時，必須聽起來很虔誠。在他保護我不受那些人渣傷害後，至少也得假裝一下。

「願上帝保護妳。」他說，然後做了我們離開墨西哥時，外婆總會對我們做的十字架手勢。她說那是在為我們祈福。

週一，璜加給了我梅莉貝的電話，現在可以再打電話問她潔絲敏的聯絡方式了。我喜歡梅莉貝的一點是，她甚至沒有問為何需要知道對方電話。她還說這不關她的事，真是太完美了，因為我本來就不想多做解釋。我最受不了愛管閒事的人，也希望大家都不要理我。想來諷刺，畢竟現在我正在管奧嘉的閒事，但這應該不算數，反正她已經死了。梅莉貝自信滿滿，非常獨立，彷彿她隨時準備對這世界的人事物比中指。我從來沒見過像她這樣的人。「親愛的，希望妳能找到妳想找的東西。」她用沙啞的聲音說，然後就掛了電話。

我縮進衣櫃打電話給潔絲敏，鈴聲不斷響啊響地，最後轉進語音信箱。我不想騷擾她，但也認為自己真的得和她談談，而且我已經厭倦等待了。我又撥了一遍。或許她以為是電話推銷員吧。就在我準備掛上電話時，她接起來了。

「嗨，潔絲敏，我是，呃，胡莉亞，奧嘉的妹妹。」我不知道自己為什麼這麼緊張。

「喔，嗨……妳怎麼會有我的電話？」她沒有不高興，只是很訝異。我能聽到有一條狗在叫。她叫牠閉嘴。

「是梅莉貝給我的。」

「嗯。好，怎麼了？有什麼事嗎？」

我意識到那天我在舞會看到她時，態度可能不太好，當時我只是不想解釋我姊的事情，因為那不是我想聊的話題，特別是在那種場合。而且我醉得厲害。潔絲敏的個性滿煩人的，我向來不喜歡她，媽也不喜歡。她就是不知道什麼時候該閉嘴，無時無刻在講一些沒意義的事。「對，我想問妳能不能告訴我，上次見到奧嘉時，她說了什麼？妳還記得是哪一年嗎？」

「好久以前了。我不太記得了。妳為什麼想知道？」潔絲敏聽起來不太確定。

「因為……」我該如何對潔絲敏解釋自己的發現？這根本不干她的事。「有些謎團我想搞清楚，我希望奧嘉當初跟妳說的話能有點幫助。」

「我不懂耶。怎麼會呢？」

「妳能不能幫幫我就好？我姊死了。」潔絲敏又一次考驗我的耐心。我聽見媽走過我的房間。真希望她不要進來問我為什麼坐在衣櫃裡。

「我不記得確切的時間，大概，有四年了，我想。」潔絲敏說。

「畢業前還是畢業後？」

「我真的沒印象了。」

「妳也不記得是幾月了嗎？」

潔絲敏嘆氣，「不記得。」

「那時天氣熱或冷？」

「我想是春天吧，也可能是夏天。」

「她穿什麼？」

「我不記得了。」

天啊，潔絲敏一點用也沒有。「她跟妳說她愛上的那個男人？有沒有提到他的名字？」

「也許吧，但是那麼久以前了。我不確定。」狗又叫了起來。有人砰的一聲關門。

「是佩德羅嗎？她高三時有跟他約會。」

「胡莉亞。說真的，我不記得了。我很希望自己能幫妳忙，但大概就是這樣了。」

「她還說了什麼嗎？比如，她在哪裡認識他，或是……什麼都可以。」

「她只說她戀愛了，男朋友很棒，而且她一直說她好快樂。我只記得這些。」

我知道這不是潔絲敏的錯，但仍然很沮喪。

「就這樣？」

「對，就是這樣。等等，她有說他的職業很棒，是很好的工作。但也可能是我記錯了。」

「什麼樣的工作？」佩德羅在小凱撒披薩上班，所以絕對不可能是他。我不認為地球上有人會想烤那些噁心的披薩。

「我不記得了。對不起。我也說了，那是很久以前的事了。」

「妳確定嗎？」

「很確定。真希望我可以多幫妳一點。」

「好吧，總之還是非常謝謝妳。如果妳有想到什麼，麻煩妳再回電，好嗎？這很重要。」

「當然沒問題。妳保重。」

我往後靠在衣服上，用力深呼吸。為什麼我的人生總像是一個永遠解不開的愚蠢難題呢？

第十三章

聽見這些莊嚴高雅的提琴伴奏，你會以為我們是在英國荒原的某座壯麗城堡，而不是在芝加哥一處骯髒破爛的教堂地下室。如果被迫必須跳舞，我只想隨著史密斯樂團或蘇西與冥妖樂團的樂曲搖擺，但媽拒絕了。家人會怎麼想？「為什麼我總要聽那些撒旦音樂？」

我感覺自己就像擠在俗氣緊身禮服的肥膩香腸，這件禮服有數不清的褶邊、流蘇與亮片。馬甲幾乎讓我無法呼吸，我想它已經重新組合我的內臟了。馬甲：真是醜陋的字眼，名不虛傳。媽甚至選了不搭我膚色的桃紅色。她應該是故意的。我是壞女兒，不值得接受成年禮派對，但我爸媽就是想為我死去的姊姊辦一場派對。就算我把頭髮吹成僵硬的鬈髮，穿上這件噁爛洋裝，假裝在家族成員面前開心度過自己的十六歲生日前夕，他們也不會在乎的，這簡直是天大的笑話！

幾張白花花的鈔票就這麼付諸流水，沖進馬桶，我還得在這裡陪我的表兄弟跳可怕的華爾滋舞曲，其中有幾個人我根本不認識，而且大部分的傢伙甚至都很討厭我。我花了好幾個星期才學會跳舞，但現在早就把舞步忘光了。我失去了原本的優雅順暢，舞伴朱尼爾帶著我旋轉時滿臉不爽，因為我完全漏了節拍。巴勃羅嘆了口氣，搖搖頭。我假裝擠出微笑緩解緊張氣氛，但大家看起來都想殺了我。

終於，舞曲結束，大家鼓掌。我打賭他們只是覺得我很可悲，因為我毀了整個場面。

接下來我還得坐在舞池中央的椅子，假裝把我的娃娃送給小表妹，然後當眾換上一雙高跟鞋，這真的很荒謬，因為我從七歲開始就沒玩過洋娃娃，而且這輩子也不願意穿高跟鞋。

父母走近我，手上捧著一個緞面枕頭，上面擺了一雙閃亮的白色高跟鞋。他們替我脫下平底鞋，換上高跟鞋。我超想鑽進地洞死在裡面，但我強迫自己微笑，現場歡聲雷動，大家都在拍手。接下來，表姊皮拉交給我一個娃娃，我走到小表妹嘉菩身邊，她穿著跟我一模一樣的桃紅色洋裝，甚至還在舞池繞圈旋轉。我猜這表示傳承吧，現場傳出更多掌聲！

DJ要求大家為奧嘉默哀片刻，媽緊握雙手，開始哭泣。爸低頭看著地板。我跟人形樹樁一樣，呆站原地。

嘉菩跑到她媽媽身邊，我跌跌撞撞走到爸身旁，準備跳父女之舞。我不知道為什麼我們非得這麼做，假裝我是爸的心肝小女兒，他明明好幾年沒有正眼瞧過我了。他對我一無所知。如果你問他我最喜歡的樂隊或食物，他根本回答不出來，我能聞到他衣服和皮膚飄散出來的啤酒味。離他這麼近讓我不太自在。我不記得他最後一次擁抱我是什麼時候了。他在舞池將我轉來轉去時，人人都像瘋了一樣在微笑，彷彿這是他們見過最寶貴的畫面。我幾位阿姨甚至哭了起來，這應該完全與我無關，她們是為了奧嘉而哭吧。

「妳喜歡這場派對嗎？」

「很喜歡。」我撒謊。

「那就好。」

音樂總算緩緩停下來，表演結束了。按照傳統，我現在算是女人了，可以讓男士們追求，也可以化妝，穿高跟鞋。還可以跳舞！但如果當女人就是這樣，那我寧可不要。

我坐下來，用餐巾紙擦去臉上的汗水。我早已汗流浹背，搞不好還聞得到層層蕾絲下方鼠蹊部的臭味。我敢打賭，我的妝一定早就糊了。

我決定邀請璜加參加我的派對，我不想再當壞人了。他爸媽又把他趕出家門，最近他都睡在表哥家的沙發。我的生活很糟，但至少有個家。我也不禁納悶，萬一我是同性戀，媽的反應會是什麼。搞不好她會大大鬆一口氣，因為她超怕男人的。

璜加穿著一件太大的西裝，搭配一條細瘦的紫色領帶。他跑向我，親吻我的雙頰。他說歐洲人都這麼做。

「哦，天啊，妳這件禮服真的是恐龍級，不過妳穿起來還是很美。」他說：「對不對，蘿芮娜？那張臉，妳看，不得了耶。誰替妳化妝的？」

「我表姊凡妮莎。我媽說我自己化妝不可靠。」

蘿芮娜大笑。「是啊。化妝滿殺的，可是這件禮服喔……」

「我知道啦。」我說：「我根本不敢看鏡子。」

我請蘿芮娜陪我去尿尿，替我抓好禮服。她聞起來是香水與汗水的綜合體。她的眼妝已經花了，而且橘色大鬈的髮型也開始要垮了。

我的裙襬拖在骯髒潮濕的無障礙廁所地板。我請蘿芮娜替我解開拉鍊一秒鐘，因為它整天都壓著我的肚子與胸部，我再也受不了了。媽堅持一定要這樣穿，否則就會「不雅觀」。我還想解開馬甲，但徹底被那一大排鉤子與鈕釦打敗了。這算不算虐待兒童？我們離開廁所時，米拉阿姨走進來。我不知道怎麼有人可以打扮得如此難看，但她成功了。她的綠色裙子很短，徹底暴露雙腿的青筋，我盡量不翻白眼，但我每次看到她時，翻白眼都成了反射動作。

「哎呀，胡莉亞。派對真棒。我敢說奧嘉現在一定也正替妳感到開心呢。」她嘆了一口氣。

「奧嘉死了。」我知道自己應該閉嘴，但我厭倦大家都假裝奧嘉如今成為在天上看望我們的天使。

米拉阿姨對著鏡子欣賞自己，一面搖頭。「妳這樣不好。妳這小孩是怎麼了？妳以前不會這樣氣嘟嘟的，到底……我不知道……」

「怎樣？我到底是什麼？阿姨？」我感覺響亮的音樂如果凍般在我體內振動。

蘿芮娜睜大眼睛，用力吸進一大口空氣。她知道我馬上就要爆炸了。

「我不知道啦，算了。」米拉阿姨搖搖頭，對著鏡子替自己塗了一層淺橘色唇膏。

「妳就直說吧。」我堅持，「我哪裡可怕了？為什麼大家都覺得我沒救了？妳哪有資格批評我？怎樣？告訴我吧。反正妳這麼厲害。妳老公幾年前拍拍屁股走人後，妳也變得很刻薄。妳最好還是盡早接受事實吧。」

米拉阿姨眼神閃爍。她緊閉嘴唇，似乎逼自己不要再開口。

「靠，胡莉亞。」米拉阿姨大步走出廁所時，蘿芮娜小聲說道。

蘿芮娜要我跟她表哥丹尼跳舞，我從來沒見過他，甚至不知道他為什麼會來，因為他沒有被邀請。在我抗議之前，蘿芮娜就把我跟他推進舞池。

丹尼根本不是我喜歡的類型。他頂著光頭，穿著華麗襯衫、蛇皮長靴，脖子上還有一條看起來像念珠的金鏈子。而且，他身上有醋的味道。他和我喜歡的類型完全相反，蘿芮娜明明就很清楚。她總是笑我喜歡電影裡那些傻傻的白人男孩，還老是故意介紹我認識一些就算讓我戴上乳膠手套，也永遠不願意碰的男生。丹尼話很少，我也沒說什麼。我幾乎跟不上快速的昆比亞舞曲，丹尼帶著我轉圈扭動時，我能感覺媽的眼神就釘在我背上。根據這個派對的宗旨，我已經可以和男生跳舞了，但她似乎對眼前的畫面不太開心。

那天晚上我一直在想自己與米拉阿姨的對話。她活該，但我知道我完蛋了。她最喜歡的消遣莫過於嚼舌根聊八卦。假如她有一份個人簡介，上面或許會寫著：「我的愛好：編織、烹飪、用刮髮梳整理瀏海、講垃圾話、以及收集尼龍禮服，讓我穿起來更嚇人。」

當晚派對快結束前，安姬拿著一個巨大的黃色禮物袋進來。她看起來比我上次見到她好多了。她將鬈髮紮成了一個鬆鬆的髮髻，碧綠色眼眸用暗色眼線細心描過。寶藍色的緊身禮服完美襯托她的身形。

我假裝沒看見她，但她還是朝我走過來。

「生日快樂。恭喜妳。」她將禮物遞給我。

「今天不是我的生日，而且我幾乎快十六歲了。」

「喔，對耶，那為什麼……」安姬皺起眉頭。

我不想解釋了。「妳為什麼會來？」我知道自己口氣很差，但我還在生她的氣。

「妳媽邀請我的。」

「是啊，那是當然，我猜這場派對是為奧嘉而辦的，不是為了我。」

「妳是什麼意思？」我的小表妹嘉菩在我們之間跑來跑去。

「沒事啦。」

「嗯，我只是想說恭喜妳。」

「妳人真好！我很開心。」我不太確定安姬是否知道我語帶諷刺。

「不客氣。」安姬看著大門，似乎想離開了。

「奧嘉有男朋友嗎？」我在她走開之前趕緊問：「或是女朋友？」

「什麼？」

「妳聽到我的話了。我最後一次見到妳時，妳為什麼那樣描述她的感情生活？她到底怎麼了？」

「首先，我沒有說什麼感情生活的事，是妳說的。其次，妳是她妹妹。妳不認為如果有的話，妳也應該知道嗎？她怎麼可能不讓妳家人知道？妳真的認為妳媽不會發現她在與別人交往？妳比任何人都清楚，所有事情都躲不過妳媽啊。」

「妳說『祕密交往』是什麼意思？」這真是太讓人起疑了。

安姬嘆氣。

「有些事妳沒告訴我。我知道。所以妳才表現得這麼怪。」

「冷靜點，胡莉亞。」

我這輩子最討厭的就是人們叫我冷靜，彷彿我是什麼失控的瘋子，沒有資格表達感情。

「不要這樣跟我說話。妳給我滾。走開，好嗎？」

安姬走掉了，我緊抓著禮物，直到指節泛白。我提醒自己要記得呼吸。當我轉過身，看見安姬抱著媽。她或許是在告訴媽，她只是來送禮物的，還得去忙其他事情。

音樂停下來後，大家開始收拾剩菜，我看見米拉阿姨在跟我爸媽說話，爸皺眉搖頭。媽用手摀住嘴。我坐在一張空桌旁，把剩下的蛋糕吃完，它跟我的禮服同樣是桃紅色，而且甜到讓我反胃，但我不管了，一直將蛋糕塞到嘴裡。也許我可以用糖把自己毒死。

我們在厚重如濃霧的沉默中搭車回家。公寓中有股惡臭，因為我們出門前忘了把垃圾拿出來。電燈一開，蟑螂朝四面八方逃竄，尋找黑暗角落躲起來。我們跳起不斷踩踏廚房地板的蟑螂舞，因為每當我們不在家，牠們就會舉行聚會。這次我還得拉起裙襬，用我全新的白色高跟鞋把牠們踩死。

大開殺戒後，媽將牠們掃乾淨沖進馬桶，免得有的蟑螂還會在死後生下小寶寶。她通常還會拿漂白水或松香清潔劑再拖一次地板，看來她今晚不會這麼做了。

媽從浴室走出來，兩個人都轉過來對著我。

「妳阿姨告訴我妳在廁所對她說的話。」她走近我，「我們為妳的派對花了這麼多錢，結果妳這樣報答我們，讓我們難堪？」

「明明是她的錯。」我移開目光。「她就是不知道什麼時候該閉嘴。」

「我們是這樣教育妳的嗎？小姐？不尊重長輩？妳以為妳是誰？」爸突然大吼，這麼多年來，這是他第一次對我說這麼多句話。

「胡莉亞，我沒有教你們不尊重他人。妳為什麼會這樣？我做了什麼，是我活該嗎？」媽現在還是說「你們」，但她的孩子只剩下我一個人了。她轉向爸，「拉斐爾，我不知道該怎麼教你女兒了。」每次她生我氣時就會這麼說。好像突然間，我不再屬於她了。

爸沒有說話，似乎也氣到無話可說了。

媽嘆了口氣，扭動雙手。「也許舅舅說得對。這個國家毀了妳。」

「難道住在墨西哥就可以解決一切？」我說：「我過得很糟，但在墨西哥會更慘，妳也知道。」

我不知道媽是想哭，還是想打我，或者兩者兼而有之，因為她看起來彷彿瞬間被我殲滅，這讓我嚇到了。

媽搖搖頭。「妳知道，胡莉亞，或許，如果妳能乖乖聽話，好好閉嘴，姊姊還會活著，妳有沒有想過？」她終於說出心裡的話了。她那雙悲傷的大眼一直在訴說的，終於讓她用言語說出口了。

第十四章

暑假之後

我每週四放學後固定與瑛曼老師見面，請他幫我準備大學入學考試，申請學校。他堅持要這麼做，現在升上高三，他已經不再是我的英文課老師了，我告訴他，學校的升學顧問會幫我，但是他說她連臀部跟手肘的位置都搞不清楚（他真的這樣批評她）。他是我認識最聰明的大人，如果拒絕他，我就是超級大笨蛋了。暑假我都在陪媽打掃房子，所以我很高興回校上課，終於可以用我的大腦而不是用雙手工作了。

去年我的成績還算可以，期末考時我將分數都拉了回來，幾乎每一科都有八十分以上，但我仍然擔心自己不能進我想要的大學。這學期我決心發憤圖強。**老娘回來復仇了！臭婊子們！**我申請三間紐約的大學，兩間波士頓的大學，還有一間芝加哥的大學。瑛曼老師幫我挑出幾間各有特色，英文系表現不差的學校，雖然不想待在家鄉，但他說我至少得選一間本州的大學當作備胎。可是，我知道我必須走得遠遠的。當然我愛我的父母，離開他們也讓我很有罪惡感，可是住在這裡，日子真的太難熬了。我需要成長，需要探索，他們處處擋路，我時時刻刻都覺得自己活在放大鏡下。

瑛曼老師正與我討論申請大學的各項條件，我很感激他，畢竟我根本不知道自己在做什麼。有些學校申請費本來一次就要收九十美元，但因為我是所謂的「低收入戶」，瑛曼老師教我申請減免的作法。

雖然必須把跟媽一起打掃賺到的錢交給她，但我還是設法存了兩百七十四元，如果最後真的選擇了東岸的學校，這筆錢可以拿來負擔機票。我本來急需買一雙新鞋，但這筆錢絕對不能動。

瑛曼老師說，必須強調我父母仍然是無證移民。「入學委員會就是喜歡這種背景。」他堅持。

「但這是祕密。」我說：「我爸媽說不可以告訴任何人。萬一申請函寄出去，結果校方打電話通報移民局，我爸媽被驅逐出境，怎麼辦？」

「沒有人會驅逐他們。不可能。」

「但他們是非法移民。」我低聲說。

「是無證移民。」瑛曼老師糾正我。

「我家人都說自己是非法越境。沒有人說『無證』。他們不懂這些政治正確的說法。」

「這個字聽起來很污名化。我不喜歡。『非法外來居民』也是一樣。而且聽起來更討人厭。」瑛曼老師打了個顫，彷彿這幾個字有毒似的。

「好吧，那就用『無證』。」我終於屈服了。

我從小就學會要害怕移民局，而且一天到晚就聽父母與家人談論文件、證明。有很長一段時間，我不了解這些文件的重要性，但最終還是想通了：我父母隨時都可能被遣送回墨西哥，留我與奧嘉在這裡自生自滅。我們可能得帶著各種文件住進某位阿姨家，有些同學就是這樣，要不就得與父母一起回墨西哥。我記得小時候爸的工廠遇過一次突襲檢查，移民局將非法居民送上巴士，搞得那家人永遠分離。每次移民局大力掃蕩，爸都剛好沒有輪班，這絕對是一大奇蹟。雖然爸大部分的時間都像家具一樣沒什麼存在感，但我實在無法想像沒有他的人生會是什麼模樣。

我跟爸媽一樣不太信任白人，因為通報移民局的總是他們，這些人在商店或餐廳都對我們很不客氣，甚至跟蹤我們，但瑛曼老師不同。其他老師從來沒有這麼關心我。

「那你又怎麼能確定他們不會被驅逐出境呢？」我還是堅持要問。

「拜託，胡莉亞。相信我。我幫過好幾十個像妳這種孩子進了大學。這裡是芝加哥，不是亞利桑納。這裡不會發生那種事。不會有人看了妳的申請函，然後追蹤妳父母的下落。我會對妳胡說八道嗎？」

「我認為不會。」

瑛曼老師點頭。「那就對了。我不會讓妳流離失所的。我一定要讓妳進大學。」

「為什麼？我真的不懂。你為什麼這麼在乎？」

「妳是我教過最優秀的學生之一，我想要妳有更好的未來。妳一定得離開現在這個鬼地方。妳一定要繼續求學。妳可以成就大事。我看得出來。妳是很棒的作家。」

從來沒有人這樣稱讚我。

「好啦，快寫吧。我可不想陪妳一個晚上。」瑛曼老師看看手錶。「妳至少得寫出一些大綱梗要。」

我瞪著那張大地圖，不確定從哪裡開始。怎麼寫才能讓人更想看下去？我又該如何描述自己？我要如何讓世人認識我？

一九九一年，我父母（安珀若・孟特與拉斐爾・雷耶斯）結婚之後，離開家鄉赤瓦瓦省的洛斯奧霍斯小鎮，尋求更美好的人生。我姊姊就在這一年出生。他們只想實現美國大夢，但一切並不如他們所願。媽到了美國後替人打掃房子，爸在糖果工廠上班。我們的日子已經很不好過，而去年我姊姊又被卡車撞死了。

我們今天只上半天課。放學後，我搭上火車到威克公園的二手書店。這幾週我從午餐錢省下了七塊錢，應該夠買兩本書。這段期間，我除了一球馬鈴薯泥之外，什麼也沒吃，我的胃現在什麼都塞得下，但這是值得的。如果（總有這麼一天）我賺了大錢，一定要打造一間大型圖書館，用梯子才能拿到藏書。我也會買下初版品，還有必須戴橡膠手套，用鑷子才能翻閱的珍貴古籍善本。

我先到詩詞區，看有沒有亞卓安・芮曲的書。上週我才在英文課讀到她的一首詩，它就此無法離開我的腦海，不斷重複。有時我只是在洗手或刷牙，那些文字就這麼跳了出來：「我來探索沉船。／文字是我的意圖。／文字是我的地圖。」我因為發現一本她的書雀躍不已，而且只賣六塊錢而已。

我超喜歡舊書店的味道，包括紙張、知識，可能還有霉味。我討厭那些陳詞濫調，說什麼不應該從封面判斷一本書，因為封面透露了太多書的祕密。就拿《大亨小傳》來說好了。城市的萬家燈火襯托女子抑鬱哀愁的臉龐，正完美體現當時那個年代的苦澀悲慘。封面絕對很重要。不以為然的人全在胡說八道。例如，我之所以穿樂團T恤，而蘿芮娜總是一身豹紋，也絕對是有原因的。

我幻想自己未來會寫的書：封面五彩繽紛，就像波洛克或巴斯奇亞的繪畫。或許我還可以用上弗朗西絲卡・伍德曼那張令人難以忘懷的相片：她在一面大鏡子前的地板爬行，如果能這樣，那就太完美了。

我看見一本舊版的《草葉集》，將它湊近我的臉，好聞極了，而且只賣六塊錢。

我走到三樓，在批評理論區找到一張桌子。這裡人很多，但還有一把椅子沒人坐。幾分鐘後，一旁的女人離開了，有個男生走過來問我他能不能坐。他個子很高，一頭毛茸茸的棕髮，身穿法蘭絨襯衫，深色牛仔褲很緊。他滿可愛的。

「當然可以。」我回答，然後將頭埋進書裡。

「這是我的最愛之一。」他說。

我發出介於尖叫與嘶啞之間的聲音，因為嚇了一跳。「什麼？」我終於擠出話，「你在跟我說話嗎？」

「嗯哼，《草葉集》。也許我這麼說也滿多餘的——不喜歡惠特曼的人可能早就是行屍走肉了吧。」

真不敢相信。這傢伙真在跟我討論詩？「真的。他絕對是大師中的大師。」

他點點頭。「那妳最喜歡哪一本書？」

「不知道耶。要怎麼選啊？好多書我都很愛，可能是《覺醒》？《百年孤寂》？《大亨小傳》？《麥田捕手》？《心是孤獨的獵手》？《最藍的眼睛》？現在要選詩還是散文？如果是詩，那麼也許是愛蜜莉・狄金森……要不就，等一下……幹，我真不知道耶。」我不確定為什麼這問題讓我如此慌張。

「我喜歡《麥田捕手》和《大亨小傳》。沒讀過《百年孤寂》。妳不覺得自從看了《大亨小傳》電影後，現代人又開始舉辦一九二〇年代風格的派對，真的超諷刺，對不對？笨死了，自以為風雅浪漫。」

我大笑。「真的嗎？有這種派對？大家都打扮得古典華麗？」

「就是啊，我媽有些朋友就是這樣。超傻眼的，這明明就不是那本書的重點。」

「我懷疑像我這樣的人能不能在二〇年代參加那種派對呢。可能我會在廚房或忙著打掃廁所。」我開玩笑。

他笑了。「沒錯。哪門子神奇年代，當時根本只有少數人能那樣吧？」

「你呢？你最喜歡的書是什麼？」

「《發條橘子》。」

「我看過，但那部根本沒道理。而且電影太暴力了。」我抖了一下。

「也許妳該再給它一次機會。這電影是在批判現實，妳知道吧？」

「是啦，我猜也是，我應該再讀一遍。」老實說，我絕對不會再看一遍，因為這本書讓我焦慮緊張，但我想繼續聊。

「妳叫什麼名字啊？」

「嗯。胡莉亞？」我不知道為什麼我用問問題的口氣說出自己的名字，彷彿連我都不確定。

「我是康納。」他說，與我握手。他的眼睛是棕色的，滿臉認真，似乎隨時想要找答案想辦法。

「很高興認識你。」我說。我太緊張了，幾乎不敢看他一眼。這對我是全新未知的領域。男生從來不找我說話，除非把街上那些變態，還有對我身體評頭論足，講噁心話的傢伙算進來。

我們尷尬地沉默了幾秒。我看看桌上的一疊書，想講一些有趣詼諧的話，但腦子一片空白。

「你聞過書的味道嗎？」我終於開口。

「什麼意思？」

「就是字面上的意思。你不覺得書的味道很棒嗎？每一本都不一樣。我還發現過一本有肉桂香的書。不知道它是不是被收在食物貯藏間裡。我常常會納悶這些事耶。有的書聞起來有濕氣，所以應該是被收在地下室，你知道嗎？」可惡，真不敢相信我嘴裡竟然會冒出這些話。他一定認為我是百分之百的怪胎。

「所以，妳是說，妳很會聞書囉，是這個意思嗎？」康納假裝一臉嚴肅，彷彿我剛告訴他我吸毒成癮。他大聲吐了一口氣。「厲害。」

我發出一聲尖笑，趕緊摀住嘴。桌旁的其他人都瞪著我們。我忍不住笑了。

「也許妳該離開這裡，看起來妳很難控制自己。」他轉向其他人搖搖頭。「對不起了，各位，我想她是發作了。」

這讓我笑得更厲害。我收拾好東西，康納跟著我下樓。

買完書之後，我們一起走到外面。陽光很燦爛，我瞇起雙眼。

「妳恢復了嗎？」康納將手放在我肩膀上。

「都是你啦！是你開始的。」我假裝生氣。

「如果妳想要自己騙自己的話。」他聳聳肩，「不然去喝個咖啡怎麼樣？或喝點熱牛奶，讓妳冷靜下來？」

「我不知道……」我猶豫了，雖然我已經知道我一定會答應。

「走吧，這是我惹了麻煩後，起碼可以為妳做的。」

「好吧。」我說。「我想你的確欠我一次吧。」

康納帶我去了一間咖啡店，這裡全是文青，大家都帶著自己的昂貴電腦以及各種3C產品。我走進去時，想像有一道明亮的光線打在我身上，突顯出舊牛仔褲、破爛的運動鞋以及油膩的頭髮。真希望我能及時回家沖澡，換上比較體面的衣服。但誰能料到會發生這種事呢？我今天本來打算要隱形的。

我們坐進角落一張小桌，附近有一位留著愚蠢大鬍子的傢伙。這個人怎麼可能這樣四處走動，還期待大家把他當一回事呢？那堆雜亂無章的毛髮幾乎長到他的耳朵了。

我一直在想這算不算約會，技術上而言，我從來沒有約會過。最接近約會的一次是與卡洛斯的表弟拉米羅在湖邊那一晚，他把我當成了某種廉價的獎品。假使康納想吻我，那麼，這絕對算是約會。不然，我得問問蘿芮娜。她很了解這種事。

「自我介紹一下吧，胡莉亞。」

「你想知道什麼？」

「妳是哪裡人，妳喜歡什麼，最喜歡什麼顏色。妳知道的，就那些無聊的東西。」

「我是芝加哥人。我喜歡書、披薩和大衛鮑伊。最喜歡紅色。輪到你了。」

「但妳是從哪裡來的？」

「芝加哥啊。我剛才說過了。」

「不，我的意思是……算了。」康納看起來很尷尬。

「你的意思是，你想知道我的種族。我的膚色屬於哪一個人種的棕。」

「對啦，應該是。」康納不好意思地笑了。

「我是墨西哥人。你真的可以直接問，你知道嗎？」我忍不住傻笑。「我比較喜歡直話直說的人。」

「是啊，我懂了。對不起。」

「別擔心。沒事的。那你呢？你是哪裡人？又喜歡什麼呢？」

「嗯……埃文斯頓，漢堡，和打鼓。」

「你又從哪裡來的呢？」

康納大笑道：「我是典型的美國混種，有德國、愛爾蘭、義大利以及……」

「等等！等等！我來猜。你的曾祖母是夏洛基族公主。」

「錯了，我本來要說西班牙。」

「啊，是嘛，我們的征服者。你最喜歡的顏色呢？」

「黃色。」

「黃色？噁心耶，同學。」

「哇。真的直話直說耶。」他笑了。「黃色，因為太陽。妳總不能說妳討厭太陽吧。」

「當然不會，我才不是怪物。」有個脖子長了鬍鬚的傢伙坐在剛才那位大鬍子旁邊。真是完美的一對。

「如果是的話，那妳可是我見過最可愛的怪物。」

我不知道該怎麼回答，於是我喝了一大口咖啡，結果把嘴巴和喉嚨燙傷了。厲害吧。

「你看過《黃壁紙》嗎？聽過黃熱病嗎？黃疸？黃色不太好耶，這是我的重點。」

康納微笑時，眼角會有魚尾紋，我覺得這有點迷人。「再說點別的。妳對顏色還有強烈的立場嗎？形狀？圖案？我感覺妳是很有趣的人。」

「我？」

「不是妳，是那邊那個大鬍子。」他指著對方。

那個人非常不高興，瞪著我們瞧，這讓我笑到東倒西歪，差點把咖啡噴出來。「我覺得變形蟲花紋很討人厭，應該永遠禁用。糖果色系也是。喔，對了，卡其色也滿醜的。」我閉上眼睛，伸出舌頭，表達自己的不屑。

這一刻對我而言非常超現實。我想像自己從另一張桌子看過來。我從來沒有到過這種咖啡廳，也從來沒有人願意認識我。世上唯一關心我的人，除了蘿芮娜，我想就只有瑛曼老師了，他對我的想法與意見感興趣，但畢竟他還有薪水可拿。有時我深信世界只希望我閉嘴，然後把自己折疊一百萬次。

「妳好好玩喔。」康納說，但他沒笑。

「我姊去年死了。」我本來不打算說這個的，結果就這麼脫口而出。

「我的天啊，真是抱歉。」他握著我的手，我差點要將手抽回去。它感覺溫暖潮濕。我不記得自己上次被這樣碰觸是什麼時候了。「妳們很親嗎？」

「嗯……沒有。不太親，我不知道。我認為我不真正了解她。我們很不一樣，現在她死了，我才開始想要多認識她。真的好奇怪，而且太遲了，我想。」

「永遠不會太遲的。不要這麼說。」

我不太確定自己為什麼要跟他說這麼多。他可能甚至不在乎，但是我停不下來，或許是因為喝太多咖啡了，每次喝咖啡我就會變得神經兮兮，然後嘰哩呱啦講個不停。

「我搜過她的房間，結果發現了一些東西。後來我媽將房門鎖上，我再也進不去了。我不知道還能怎麼辦，但我得繼續找，可是，好像也沒什麼意義了。她有一台筆記型電腦，但是我又沒有她的密碼。無論如何，我必須先想辦法回她的房間。」

「其實，我還滿懂電腦的。不要告訴別人，但我和我朋友已經駭進一些系統，欸……其實是很多機構的系統啦。如果妳拿得到電腦，我搞不好可以幫妳破解密碼。」

「你是認真的嗎？」

康納微笑，緊握我的手。「完完全全，絕對百分之百認真。」

康納與我到處亂晃了好幾小時，我們走進幾個我完全沒聽過的社區，我們沒有目標，只是隨意散步。最後，我們甚至繞回一些剛才走過的地方，而且渾然不知。我一直在微笑，臉部肌肉都開始發疼了。走累了之後，康納買了甜甜圈，我們坐上一座大公園裡的鞦韆，天氣很冷，空氣聞起來有木屑與濕樹葉的味道。我們談論彼此的大學計畫、書，以及最喜歡的樂團。終於有人也喜歡大衛鮑伊了！還有人也會看書！

在火車站時，他輕吻我的臉頰，告訴我他想很快再見到我。這絕對是約會。今天真是太美好了，我敢說連鳥兒也都把握機會在「辦事」了。

今天我與康納約在德文大道見面，我成功對媽撒謊，說我有一份作業必須到市區的文化中心才能完成。她一如往常對我的說法高度存疑，但經過一番哄騙抱怨，我還是說服她了。得換兩班公車，再轉一列火車才能抵達那裡，真的很麻煩，因為天氣超冷，而且快下雪了，但我很高興能看到城市的另一面，也對商店陳列的亮眼紗麗敬畏不已。我不知道它們造價多少，但看起來真的很酷。天空很陰沉，看見這些強烈鮮明的色彩及璀璨光芒讓我很開心。

我走向餐館時，覺得自己的雙腿已經快要癱軟，康納雙手插在口袋站在外面。這就是愛嗎？我不知道。

「妳好啊，雷耶斯夫人。」他說，對我揮揮手。

只要我一緊張，就會開始裝傻開玩笑，因為我不知道自己還能做什麼。我行屈膝禮，像個裝模作樣的貴族將手遞給他，他放聲大笑。

「很高興見到妳。」他說。

「我也很高興見到你。」我突然害羞起來，完全不敢看他。

「我認為這間是全芝加哥最好吃的印度餐廳。」我們坐下時，康納說：「而且超便宜。」我希望他會付錢，因為我研究菜單時，發現儘管他說「超便宜」，我還是負擔不起。

「你知道嗎？我從來沒吃過印度菜。」我一面說，一面研究商業午餐。

康納把手放在桌上，直視著我。

「從來沒有？真的嗎？怎麼可能？」

「老實說，我甚至不知道這一區的存在。」

「哇，這真是太悲劇了。」康納假裝自己很震驚。

空氣中有種我無法辨認的香料味。櫃台附近的電視正在播放一齣音樂劇。一位高大男子在山間一面追逐美女，一面悲傷歌唱，本意應該是想要浪漫，但我只覺得有夠恐怖。

食物好吃到讓我無法置信。「我以前竟然都不知道你這麼好吃！」我對著食物說話，然後又挖了一大瓢。眼前佳餚讓人目不暇給：乳酪、香料、豌豆，以及只有上帝才知道的美食。這裡簡直就是異國天堂。

康納調侃我，「看來比起我，妳更喜歡這些食物，我開始嫉妒了。也許我應該離開，讓你們獨處。」

我不知道該怎麼回答，只能報以微笑，用食物塞滿臉頰，直到飽得動彈不得。

康納想回去我們初次見面的二手書店，因為他在找一本我從沒聽過的日本作家小說，於是我們一起搭火車到南區。找到他的書後，我們坐在街邊的公園長凳上，我恍神望著大樹好一會兒，當我回頭看他，他的臉就在我的旁邊。他俯身要親吻我。

我的心跳得好厲害，不確定康納是否感覺得到，他的手指穿過我的頭髮，扶著我的脖子，彷彿把親吻我當成緊急事件處理。這不像與拉米羅在一起的那一次，康納的舌頭很溫柔，他碰我的方式讓我感覺自己被人渴望。

過了一會兒，我們終於停止接吻，尷尬坐在原處，此時一位女士遛著一隻穿著蓬鬆夾克的無毛貓經過。我們看向彼此，然後大笑出聲，我笑得好開心，感覺內臟都要爆裂了。

第十五章

我意識到自己總是跟傻瓜一樣瞪著家門，彷彿奧嘉隨時會回來。人們說，時間會沖淡一切，但這並不盡然正確。有時候，我思念她的程度幾乎相當於她剛過世那段期間。我們明明沒那麼親近，如今她不在了，我卻覺得自己彷彿少了一個器官。我也常常夢到她。有時候內容很普通，例如我們一起坐車，或在餐桌旁吃早餐，但偶爾，她會全身鮮血出現在我夢中，身體扭曲變形，讓我尖叫驚醒。

媽還是會哭。有時會聽見她躲在廁所哭，而且應該是拿了一條毛巾，掩飾自己的啜泣聲。她的雙眼總是紅腫，我好希望自己知道該怎麼幫她，但我就是個無用之人。爸也一貫地保持沉默。他內心可能已經死了，卻沒有人知道。

我回去奧嘉的學校三次，每次都見到那個臭臉的女人，只能再走出來。她或許已經記得我，也打算叫警衛了。我還打電話到洲際飯店五次，希望能找到願意折衷的員工，但是對方總是回答，他們不允許外洩住客資料，就算客人已經過世也不行。如果我能從奧嘉房間拿到筆電讓康納解鎖就好了。

死路。死路。死路。只有死路。這就是我的人生。

我總是記得最愚蠢的細節，全是奧嘉與我曾經做過的小事，之前我從來沒放在心上。就像前幾天，在雜貨店排隊等結帳時，突然想到四歲時，我曾經被一本《芝麻街》小書割到手，我好害怕，不敢再拿起那本書。但奧嘉也知道我有多愛它，於是一遍又一遍把那本書念給我聽，我相信她應該整本都記起來了。還有昨天我放學回家時，想到有天晚上在外婆家，表姊韋莉告訴我們哭泣女鬼的故事，女鬼成天在大街哀號，因為她淹死了自己的孩子。這讓我好幾天都睡不著，深信外面的每一聲尖叫或窸窣聲都是準備來抓我頭髮的女鬼，要把我丟到河裡淹死。後來，奧嘉每晚都陪我睡覺，直到我忘記恐懼。今天早上我刷牙時，想到我們買過一包巧克力，藏在她的房間。我們每天放學後都會偷吃一個，把巧克力當成高風險的違禁品。這也許是奧嘉做過最不乖的事情吧。

每次這些往事掠過心頭，就好像有人將我的靈魂從身體赤裸裸地挖出來，狠狠丟在骯髒的地上踐踏。小時候的一切都單純容易許多。當時我覺得很艱困的事物，如今相較起來，也不過是浮雲流水罷了。

幸福正如蒲公英，在空中飄來蕩去，我怎麼樣也抓不著。無論多麼努力、跑得多快，我就是摸不到。每當我以為自己一把抓住了，張開手心，卻空空如也。

但偶爾，我能品嘗到快樂的滋味，例如與康納見面。他幾乎每晚都打電話給我，一直聊到我耳朵發燙。我最喜歡他的一點是，他比我認識的任何人都更能逗我開心，讓我捧腹大笑。前幾天，他提到他與他最好的兄弟為了某支球隊吵架，讓我笑得東倒西歪，因為他們還氣到對彼此扔熱狗，後來，因為肚子還是太餓，又不想浪費食物，他們將熱狗從草地上撿起來，就在一群虎視眈眈的海鷗面前把熱狗嗑光了。我笑到都發出豬叫聲，這也讓我們笑得更厲害了。

每次打電話，媽都會正好走過我的房間。有人在身邊流連不去時，真的很難講電話。雖然媽聽不太懂英文，但我還是害怕她會聽見什麼。她一定已經知道我在跟男生說話了。

每當我心情低落，想到快上大學就會讓我振奮。謝天謝地我跳過級，否則我還得在這裡待上一年。我只會想念蘿芮娜、瑛曼老師，以及康納。璜加也跟我慢慢有點交情了。我只希望他與蘿芮娜不要一直喝酒抽大麻。有時他們的行為失序到讓我有些害怕，例如上一次，他們深信我們應該闖入一場派對，即使主辦人曾經因為璜加搶走自己的前男友而拿刀恐嚇他。還好我最後說服他們這太可怕了。結果，我們跑去看電影，而蘿芮娜在包包偷放了一瓶傑克丹尼爾威士忌，她和璜加毫不客氣，彷彿人在沙漠，急著要喝水，就這麼把酒當成水一飲而盡。我才喝了幾口，就告訴他們自己嘗到暴力的味道，他們看著我的眼神彷彿我他媽的瘋了。還有大麻，它讓我焦慮，每次抽大麻我都覺得會遇到不好的事情，後來我就拒絕了。真實人生已經夠嚇人，謝了，大麻不用了。

蘿芮娜堅持要玩雪橇，因為，根據她的說法，冬天真的是無聊到瘋掉，如果還得關在家裡，她遲早會發瘋。我也開始焦躁不安，每一年都這樣，在芝加哥住得再久也難以習慣；這裡的冬天總是讓人恨得咬牙切齒。

我從來沒滑過雪。我聽別人提過，也在電視上看過，但爸媽從不曾帶我們去玩。我們沒去過迪士尼世界，也沒看過《真善美》。這大概是白人才會做的事吧。

「我們哪來的錢玩雪橇？」我問蘿芮娜，她在玩梳妝台的化妝品。「而且妳哪來這個念頭啊？」

蘿芮娜聳聳肩。「不知道，在電影裡看到的。我們不用買真正的雪橇啊，傻瓜，只要拿塑膠片滑就好了。」她在手上呵氣，不斷磨蹭。這裡冷得不得了，因為媽為了省錢，冬天都不開暖氣。我通常會裹著毛毯在家裡走動，頭上還戴著帽子，跟白痴一樣。

「要到哪裡找這些東西？」我向來熱愛冒險，而且現在好無聊，但把自己弄得又濕又冷一點也不吸引人。

「不知道耶，不會那麼難吧。」蘿芮娜開始塗起我的唇膏。

一想到得在室內待上一整個週末，突然間，玩雪橇又似乎沒有那麼不方便了。「應該滿好玩的吧。」

造訪五金行後，蘿芮娜、瓉加與我跑到布里奇港帕爾米薩諾公園的山丘頂，每人手上都拿了幾片便宜的塑膠墊。店員對我們買這些東西似乎很困惑，但也沒有特別多問什麼，他只是皺著眉頭，要我們去櫃台結帳。

芝加哥沒有真正的山丘，這座公園曾經是採石場，有一些看起來有模有樣的小坡。圍成一圈，像是半埋在雪裡的白色佛祖頭，爬到山丘頂時，還能看見芝加哥完美的天際風光，我竟然從沒來過這裡。有時我感覺自己彷彿活在漆黑地穴，這個城市有大部分的地區我從來沒見識過。

有幾家人在玩真正的雪橇，跟我們簡陋的塑膠墊不同，兩個小朋友穿著雪衣從山丘滾落，一路開心尖叫。

「看，才不是只有白人可以玩。」蘿芮娜洋洋得意微笑了。

「好啦，我棕色我驕傲！」我很誇張地拿手摸著臉頰，假裝非常訝異。

蘿芮娜大笑，「閉嘴啦。」

「希望這板子行得通。」我對蘿芮娜說：「兩手不知道能抓哪裡。」

「就抓住兩邊就好了啊。妳現在應該要更樂觀耶，因為妳在談戀愛啊。」

我忍不住笑了，「首先，我現在感覺真的很棒。其次，我沒有在談戀愛。」但也許我真的是在談戀愛吧。每次想到親吻康納，就有點喘不過氣，體內覺得熱熱暖暖的。

蘿芮娜聳聳肩，「隨便妳。」

「這絕對是我的第一次。我做過跟運動最有關的就是追公車。」璜加綁鞋帶時說。

「這根本不算運動。」我回道：「我們又不會玩得氣喘吁吁。」

「那這算什麼呢？」

「我真的不知道耶，活動？」白雪反光刺眼，讓我瞇起眼睛。「哎，不重要了啦。」

「好，那就開始吧。」璜加微笑，擺好塑膠墊，坐在上面。他的穿著很不適合今天的天氣：一件舊的皮夾克、薄薄的黑手套、牛仔褲以及破破爛爛的灰色運動鞋。他連帽子或圍巾都沒有，臉凍得發紅。有時他的穿著真讓我納悶他媽究竟在想什麼。

我們三個人排成一列，數到三就出發，一路上跟瘋子一樣尖叫大笑。抵達山丘下方時，我們直接躺在雪上咯咯笑。我抬頭望向一棵瘦巴巴的樹，樹枝上覆滿冰霜，我被它的美震撼了。

「媽啊，蘿芮娜，妳是天才耶。」璜加說：「不到八美元的娛樂活動。我從來沒想過在冰天雪地的戶外也可以這麼好玩。一開始我還在想，這婊子真的瘋了，可是，不會耶，超酷的。」

「我就說吧。」蘿芮娜對我揚起眉毛。

「妳是對的。抱歉我懷疑妳，真的超級好玩。比待在公寓聽我媽抱怨我多懶散有趣多了。」

璜加與蘿芮娜起身，拍掉衣服上的雪花，我仍躺在那裡幾秒鐘，傾聽遠方教堂的鐘聲。

康納要求過來找我時，我捏造了最白痴的理由推辭，也希望他再也不要提出這個要求。他說他對芝加哥南區很好奇，我告訴他這裡沒啥可看的。倒不是因為對自己的出身感到羞愧，而是我們的人生簡直天壤之別，要如何對別人解釋妳家很窮？我想他是知道的，但如果讓他自己過來看個清楚，那可是完全不一樣的情況。我極力避開這種事，於是與他約在某個中途點見面。

放學後，我與康納約在上城，一起去他最喜歡的舊貨店。他的臉凍得紅通通的，今天他穿了一件蓬鬆的大夾克，戴著紫色的毛帽，超帥的。

雖然我喜歡觀賞二手及老舊的物品，但不愛舊貨店，它們總讓我渾身發癢，也會提醒我自己很窮。對康納而言，這裡不過是有趣的冒險地，可能因為他從來沒有在這裡買過東西吧。媽以前會帶我與奧嘉到家附近的舊貨店，每次都選週一，因為所有物品那天都打對折。很悲哀吧。該死的舊貨店竟然還會搞清倉大拍賣。

「喔，天啊，看這個。」康納說，手裡拿起一件繡花毛衣，上面有三隻小貓，老太太們就會選它穿。「這太嚇人了吧，醜到不能再醜。我有點想買耶。」

我笑了。「對啊，滿可怕的，完全不尊重感官享受。可是，你會在哪種場合穿呢？」

「什麼場合都好啊。我可以穿去學校、超市、成年禮，我才不在乎。」

我身上只有六塊錢，他卻準備買一件看起來滑稽可笑的毛衣。我知道這不是他的錯，但壓抑不住自己的惱怒。我盡量不表現出來，因為不想傷害他的感情。「絕對應該買起來。你一定會成為舞會之星，美女中的美女。」我學卡通裡的公主，在走道轉了一圈。

我需要買新褲子，但舊貨店不可能買得到，因為這裡不能試穿。我很難找到合身的褲子，因為我大腿粗，屁股很圓。我還想找舒服又能掩飾身材的上衣，但今天沒有收穫。

我總是很想知道，在這些衣服來到這裡之前，它們的主人是誰，又為什麼丟棄它們？我偶爾會發現污漬，也會猜測它們怎麼出現的。是因為咖啡、芥末、血、紅酒，或是草地？然後我會開始在腦裡創作，有一次，我看見一件舊婚紗的裙襬有泥巴的痕跡，便開始幻想一場舉行一半的戶外婚禮，突然下起傾盆大雨，新郎新娘沒有詛咒天空為自己帶來厄運，反而手牽著手跑到樹下躲雨，參加婚禮的賓客笑他們的衣服濕了，髮型毀了，妝也糊了。

康納每一樣東西都要拿起來仔細端詳，我開始失去耐性了。我的眼睛發癢。感覺臭蟲爬上衣服。我想離開，但康納似乎很喜歡這裡。他微笑朝我走過來，手裡拿著一幅舊畫，上面有一位古時候的小丑，正騎著一輛單輪車。

「天啊，他們這裡的東西都超酷，真的太誇張了。」他笑著對我說。

「我們可以離開這裡嗎？我不太喜歡這樣。」我抓抓脖子。

「什麼不太喜歡這樣？怎麼了嗎？妳說妳想陪我來的。」

「是啊，我知道，但我現在想離開了，可以嗎？對不起。」我突然很難受，卻不知道為了什麼。每次看到康納我都很開心，但我心裡總有一種揮之不去又難以言喻的沉重感。

「究竟怎麼回事？」康納看起來很受傷，眼睛瞪著小丑畫作。

「沒什麼。我發誓。我沒事。我只是累了，真的。」到目前為止，我們之間只有歡樂與親吻，但我毀了一切，真是我的典型作風。

「好，我們走吧。」康納將東西放回架上，朝門口走去。

我追上他，摸摸他的手臂。「等一下。你不是想買貓咪毛衣跟小丑畫嗎？你剛才還說想買，對不起，我怪里怪氣的。」

「嗯，妳沒事吧？」

我害怕對他描述自己真正的感受——前一秒沒事，下一秒卻無來由地悲傷。我不想把他嚇跑。「我只是一直在想臭蟲，我還滿怕牠們的。還有我月經可能快來了。」

「啊，原來如此，那，我們替妳買點巧克力，然後我再來檢查妳身上的害蟲。」康納說，一面假裝從我頭髮挑出一隻蟲子。

「天啊！太噁了！」我將他的手打掉。「你怎麼知道巧克力會讓我開心？」

康納聳肩。「我媽就是這樣。」

「這對我也很管用。好的，我會接受你的提議。」我拉著他的手，把他帶到櫃台。「快點，免得我真的爆炸了。」

我們找不到麵包店，於是走進附近一間超市，那種一袋有機蘋果比我家房租還貴的高級超市。我和康納在走道來回晃了一下。我們都在盡可能地延長相處的時間。

「有一次，在我還小的時候，大約九歲吧，我跟我媽走進一間超市。」我們走過清潔用品區時，我告訴他：「我很無聊，到處亂走，拿了一堆莫名其妙的東西，趁大家不注意時，將東西丟進陌生人的推車。」

「像什麼？」

「瀉藥啦，成人紙尿布，藥膏。我想起來了，一堆與屁股有關的東西。」

康納笑到摀住臉龐。「結果呢？」

「我看著他們走到櫃台排隊結帳。多數人都很困惑。其中一位女士不斷向收銀員解釋，她根本沒有將這些物品放在車上。她很不爽，我倒是笑得超開心的。我很壞嗎？」

康納轉身面對我，牽起我的手。「我不想這麼說，但是，」他嘆一口氣說道：「妳是我這輩子見過最糟糕的人，獨一無二。」

「哇，太好了，我甚至有點為自己感到驕傲呢。」

康納嚴肅點頭。「而且不知道為什麼，我還是很喜歡妳。」

「真希望我也能對你說同樣的話。」我開玩笑回答。

康納笑了。

我們走到糖果區時，他將手放在我肩上，望著我的眼睛。我幾乎被他嚇了一大跳。我不知道他是不是想吻我。我的雙手顫抖。

「好吧，雷耶斯小姐，挑出妳最中意的巧克力吧。」他說。

「就連什麼公平貿易、永續發展、當地栽種的假掰巧克力都好？」我胡言亂語，「因為這才是我唯一能容忍的食物喔。我標準超高的。」

「什麼都好。」康納微笑。「純手工、無農藥，如果符合妳的需求。」

「你真懂得善待淑女。」我說，親吻他的臉頰，「你是真正的紳士。」

康納告訴我，他爸媽本週出差不在家，他的哥哥週末也不會從普渡大學回來，所以希望我週六下午可以到他家。我家社區每個人的爸媽都在工廠工作，所以「出差」二字對我很陌生，但我沒有多問，免得他覺得我很蠢。我很震驚他爸媽竟然信任他一個人在家。爸媽從來沒有讓我們獨自在家過夜或是外宿，永遠不可能，就算去表兄弟姊妹家也不行。除了家裡，我們唯一住過的另一個地方就是墨西哥的哈絲塔外婆家。媽應該是很怕我們遇到性騷擾或跟別人發生性關係。她甚至不喜歡人們在電視上接吻，如果男女主角準備要開始親嘴了，她會立刻關上電視，跑出房間喃喃碎念這些都是色情片。

白人大概不一樣吧。跟我一起上代數課的南西曾經跟一個住在橡樹園鎮的白人男孩約會，對方父母讓她留下來過夜。

我不知道康納是否希望我們做愛。我無時無刻都在想這件事，如今真有可能發生，我卻開始害怕了。到底「準備好」是什麼意思？怎麼確定呢？我喜歡他，我們親熱時，我的身體明顯地也很想要，但這代表什麼？一旦他得到了他想要的，他會以不一樣的眼光看我嗎？當然，我也想要。但假使因為我們想做的完全一樣，而讓他因此論斷我的品行，那就是鬼扯了。我躺在床上胡思亂想，憂心忡忡，直到自己再也受不了了。

我需要蘿芮娜的建議，但得確保媽聽不到。她正在沙發上織毛毯，於是我擠進衣櫃，關上門。裡面放了好多沒有用的垃圾及舊衣服，實在很難屈身其中，但這已經是家裡最隱密的地點了。

蘿芮娜說，行動前，我得好好刮乾淨陰毛。

「可是我不知道怎麼刮啊。為什麼女人總是要做這些讓人不愉快的事？穿高跟鞋、丁字褲、剃毛、拔毛、美白。真的很不公平。」我喜歡化妝與洋裝，我也會刮腿毛及腋毛，但除此之外，其他的一切都很折騰人。

蘿芮娜嘆氣了。「一定要啊，否則他會覺得很噁心。」

「下面幹麼長毛啊？我們又不需要。它的存在難道沒有原因嗎？」

「我的天啊，胡莉亞。妳又不聽我的建議，幹麼還打電話問我？」

我想蘿芮娜說得有道理，於是說：「好吧，告訴我怎麼做。」

「什麼怎麼做？就刮啊。」

「全部刮乾淨嗎？」

「對啦，白痴耶。」

「萬一割到怎麼辦？」

「不會啦，慢慢刮就好。」

「會痛，對不對？不是刮毛，我是說……妳知道的啦。呃。我快嚇瘋了。」

蘿芮娜沉默了幾秒鐘。「一開始會痛，然後一切都會漸入佳境的。」

我告訴媽，我要去市區一間藝廊，觀賞一場展出拉丁美洲女藝術家作品的新展覽。有時我真的很欣賞自己編出來的謊言，但我能看出她眼中的懷疑。

「媽，我太無聊了。拜託了。」

「那妳為什麼不打掃呢？家裡有很多事要做。」她說：「奧嘉向來哪裡都不去。只有上班，學校，回家，就是這樣。」

當我不斷抱怨我需要文化滋養，一直責怪這社區會讓我窒息（無論是情感或知識層面）之後，她終於讓我出門。「妳最好不要說謊。我終究會發現的。」她拿著抹刀對著我，然後又回頭繼續炸薯條。

我先到藥妝店買保險套。我不知道他是不是應該準備這種東西，但我可不想冒險。他會因此認為我是蕩婦嗎？或者，萬一哪位愛管閒事的鄰居看見我在買呢？那又怎樣？我想二者都勝過不小心懷孕或感染致命性病吧。

必須轉三趟火車才能抵達埃文斯頓。這裡的房子很大，街道兩旁高聳樹木林立。灌木叢與樹籬精心修剪到幾乎愚蠢的程度。我已猜到康納家應該有些錢，但沒料到會看到這些。

我一到車站，原本應該朝東走，往湖邊前進，但還是迷路了近二十分鐘，開始原地打轉，甚至走進一處死巷，我方向感不是很好。

終於找到了他所住的街區，我拿出小鏡子，確保自己看起來還好。眼線沒有亂掉，唇膏也完美無瑕，而且謝天謝地，臉上那顆大痘痘消失了。我冰敷好幾天，但它超頑固的，長在皮膚深處，感覺幾乎深入頭骨了，甚至開始覺得我可能到死也得帶它進墳墓。我幾乎要替它命名了；烏蘇拉和布魯米達是我的首選。

康納家有寬敞的環繞式門廊以及漂亮的落地大窗，占地幾乎等同於我家那棟公寓，部分的我不斷在想自己是不是該掉頭回家。我好緊張，開始扯頭髮，大腿也開始發癢。真不應該聽蘿芮娜的話。也許她對性並不是完全了解。

康納開門時，一股焦慮湧上我心頭。他穿著「幽浮一族」樂團的T恤，睡褲，以及一雙鹿皮拖鞋，就是一個住郊區的中產階級白人男孩，但他真的太性感了，就算只套了一個破垃圾袋，我也會喜歡他。

「妳身上有墨西哥菜的味道。」他擁抱我時說道：「像是炸玉米餅之類的，妳讓我餓了。」

我笑了，但其實覺得很丟臉。

康納帶我參觀房子，兩層樓高，還不包括他位於閣樓的寬敞臥室。我盡量表現得很冷靜，一副不怎麼在意的模樣，但我在現實生活中唯一見過的豪宅就是陪媽一起打掃的那些房子。室內具有專業水準的裝飾擺設，彷彿隨時準備上電視。廚房跟我家一樣大，看起來很厲害的黃銅鍋與平底鍋掛在兩個爐子上（兩個！）。他家客廳甚至有壁爐以及一架黑色平台大鋼琴。這些人絕對他媽的有錢得不得了。

壁爐上放著滿滿的相片。我猜其中有一張是康納的媽媽，她在鞦韆上燦爛微笑，母子倆都有同樣的淺棕色頭髮與瞇瞇笑眼。

「你跟你媽長得一模一樣。」我轉向他微笑。

「是啊，大家都這麼說。但我覺得我看起來更像我爸。傑瑞米才是我媽的男性版，根本就是她留了短頭髮的樣子。」

「這是你爸嗎？」我拿起一張一位高大男子戴棒球帽站在球場外的相片。

「不，那是布魯斯，我的繼父。我已經五年沒見過我爸了。他住在德國。」

「哦？都沒聽你說過。」康納從來沒有提過他的家人。「他在那裡做什麼？」

「他是工程師。住在慕尼黑。」

「他們什麼時候離婚的？」

「我六歲的時候，後來布魯斯在我九歲時娶了我媽。」

「他是什麼樣的人？」

「他相當保守，會看福斯新聞之類的。我們有很多事情都意見相左。但他比我親生父親更像我爸，這倒是真的。」

我在壁爐上看見另一張布魯斯的照片，他手裡拿著步槍，站在一隻死去的大型動物前。我看不出來那隻動物是什麼，但絕對非常威風。牠的長角扭曲向上，極為美麗。

「那隻是什麼？我是說動物。」

「彎角劍羚。」

我看得出來康納覺得這張相片很丟臉，於是不再追問。他點的泰國菜應該一小時內就會送來。我們等待外送時，在他筆電上看音樂影片。

「妳真的好美。」他一面說，一面找影片。

「謝謝。」我感覺自己臉紅了。

「沒有，真的，我真的很喜歡妳。」

我不知道該說什麼，只能盯著自己乾澀的雙手，有個指節因為天冷龜裂還流血了。

「我也喜歡你，儘管你穿的是睡褲。」我調侃道。

「我的褲子又怎麼了？」

「我該從哪裡開始解釋呢？」我咯咯笑。

「妳人很差。」康納努力不想笑出來。

「我知道。我們彼此已經有共識了。」我們相視而笑，然後都安靜了下來。

康納放下筆電親吻我，雖然我們以前親吻過很多次了，但今天，我的雙手與雙腳都開始顫抖。真希望他沒有注意到。我們親吻了好久好久，我的下巴都酸了起來。接著他躺在我身上，冰冷的手滑到我的襯衫下面。幾分鐘後，他試圖想拉下我的牛仔褲，可是我得先把鞋脫了。這是我最害怕的。每次在別人家脫鞋，我就想起自己幼稚園時，有一隻蟑螂從我的運動鞋爬出來。雖然只發生過一次，但我每次都憂心忡忡。萬一哪裡跑出來一隻蟑螂，準備毀了我呢？

「等一下。」我說。

「怎麼了？」康納將頭歪到一邊，看起來很關心。

「呃……只是……」我東看西看，我太緊張了，就是不敢看他。

「喔！靠，妳從來沒有做過，對不對？妳確定妳想要嗎？」他捧住我的臉，直視我的雙眼。

「對，我很確定。」我點頭。

康納仍然很懷疑。

「你不覺得自己很特別嗎？因為你是我的第一個？現在你可以戴皇冠昂首闊步，沿路丟五彩紙屑慶祝什麼的。」

「所以，妳真的百分之百，絕對確定了嗎？如果妳還沒準備好，我就不會想繼續了，真的不用急，妳知道的。」

「對，我是認真的。你現在可以閉嘴吻我了。」我笑著將他拉近。

我們接吻一會兒後，康納從沙發墊下拿出一個保險套。我想他的確早就準備好了。他套上保險套時，我移開目光。

我的身體緊繃，做好準備——比我想像中還要痛，但我裝作沒事。

「可以嗎？」他低語。

「還好。」

我不確定該怎麼做。是不是該說些什麼話，還是用某種方式移動？我屏住呼吸許久，嘴唇靠著他的脖子。接著，我將雙腿盤繞在他腰間，抓住他的背，用力吸氣。我不知道如何準確描述他的氣味，是潔淨的氣息，帶點汗味。但我很喜歡。

康納親吻我的臉，然後咬我的嘴唇，我嚇了一跳。我忍不住驚喘出聲。

「抱歉。」他聲音沙啞。

雖然很痛，但親吻與觸摸他的感覺奇妙極了。同時又不斷想著自己正在做骯髒事。各種錯綜複雜的情緒亂成一團。而且我一直有一種奇特的感官感受，覺得自己快要尿急了，我從來沒有這種體驗，還不錯，只是感覺很強烈。

結束後，康納吻了我的額頭，嘆了口氣。我趕緊穿上衣服，突然覺得很害羞，連一眼都不敢看他。我知道性愛並不邪惡，是哺乳動物的正常表現，那為什麼我會覺得自己做錯事了呢？蘿芮娜總是說高潮有多棒多棒，可是我覺得自己應該沒有達到高潮。但至少沒流血。我本來很擔心這一點。

康納對我咧嘴笑了，我更害羞了。

「怎麼了？」我笑著轉過身。

「沒什麼。我只是在看妳而已。可以嗎？」

「絕對不行。」我跟他開玩笑。

「好吧。」康納說，一面用雙手摀住雙眼。「妳現在想做什麼？看電影？」

「除非你換掉那件褲子，我才會留下來。」我裝出不贊同的表情。

康納大笑，對我伸出手，當我靠近他，他將我拉到他腿上。我用雙臂擁住他，把臉埋進他的肩膀。

我回家時爸媽不在，謝天謝地。否則我敢說媽一定能從我臉上看出我剛做了什麼好事。她聲稱自己只要看著女人的眼睛，就能知道對方有沒有懷孕，也許她甚至能看得出來我的處女膜已經沒了。

雖然我已經把泰式河粉吃光，但還是覺得很餓，家裡也沒東西吃。或許性愛也算得上一種運動吧，超累的，彷彿才剛跑完好幾圈操場。我翻遍了貯藏間與冰箱，家裡連玉米餅都沒有，只有一堆調味料、幾顆雞蛋，以及漂在玻璃罐的幾根可悲醃黃瓜。冷凍庫也同樣令人失望，我只找到一袋玉米粒以及一盒過期的冷凍鬆餅，搞不好在奧嘉過世之前就已經擺在那裡了。它們早就凍傷了，得用糖漿將它們淹死才能入口。我打算將盒子扔掉時，注意到裡面還有東西。結果掏出了一個綁起來的小塑膠袋，裡面有兩條金項鍊、三只戒指及一把鑰匙。奧嘉房間的鑰匙。一定是。

我突然想起五歲時，曾經看過媽將珠寶藏在冷凍庫。當時我問她原因，她說是防止被搶。就連當時，我也不確定究竟有誰會想來我家闖空門，因為我家完全沒什麼值錢的東西。

經過好幾個月的祕密搜查，我竟然完全沒想到東西會放在這裡。

我得先確定鑰匙管不管用。沒錯，就是它。

那天晚上，我等爸媽睡著，便趕緊溜進奧嘉的房間。裡面到處都是灰塵，所以我知道媽也沒有進來。我用手指在梳妝台寫下我的名字，然後抹掉。感覺好詭異，彷彿搭了時光機回到過去。我拿走筆電、丁字褲、內衣與飯店房卡，收進自己的房間，免得媽進來時發現。明天放學後，我再把鑰匙拿去備份。

我回家時，媽坐在沙發上啜泣，面前放了三個紙箱。一開始我搞不清楚狀況，問她怎麼回事。我以為與奧嘉有關，但她沒有回答我。接著，我瞄到我的一件舊襯衫從紙箱露出衣角，那是一件在二手店買的褪色紅藍色襯衫，我總是不好意思穿它。

幹。**媽的**。**幹**。**完了**。基本上，我成了行屍走肉了。

「妳做了什麼？這些箱子為什麼在這裡？」我開始有點頭昏。

媽只是不斷搖頭。

「妳為什麼要翻我的東西？妳怎麼可以這樣對我？妳為什麼就是不能不管我？」我雙手扯著頭髮，覺得自己不能呼吸了。

「這是我家，我想做什麼就做什麼。我本來想把這些衣服捐給墨西哥的小朋友，結果妳看我發現了什麼。」她打開其中一個盒子，掏出奧嘉的內衣與丁字褲，房卡，以及那盒我買的保險套。「這是什麼？」

她沒有找到筆記型電腦，因為它還在我的背包。我整天帶著它，以防哪天放學後約了與康納見面。

我又該如何解釋丁字褲、內衣與房卡其實是姊姊的？我要怎麼解釋自己買了那盒保險套，因為我已經跟人做愛、擔心自己會懷孕？我如何告訴媽，她兩個女兒，不管是現在還是過去，都可能已經不純潔了？

「都不是我的。」我整個人緊繃了起來，彷彿身體裡面裝了一根電線。

「妳為什麼要對我撒謊，胡莉亞？我做了什麼，讓妳這樣對待我？我就知道妳會做這種事。從小妳就最愛給我惹麻煩，甚至妳出生前就開始了。」她話還沒結束，聲音就已經碎了。眼淚順著她的臉龐流下，她的雙手發抖，說著生我時出現的併發症，那時我差點夭折，也讓她幾乎送命，她說得彷彿這一切全是我的錯。

我什麼也沒說。只是盯著牆上的Y字大裂縫。

「妳認為妳姊現在會怎麼看妳？真是丟人現眼。」媽厭惡地將目光移開。

「這些都不是我的。」我一次又一次重複，全身顫抖，「都不是我的，都不是我的。」

媽沒收我的手機，因此每天放學後，我都得用全芝加哥僅存的幾座付費公共電話與康納聯絡。得走五個街區，用上很多銅板，但這很值得。有時我會用蘿芮娜的手機打電話給他。我們已經三週不見了，這對我倆來說都很慘。大部分的時間我都在對他傾訴自己的處境，他不斷勸我一切都會沒事，也提出要在放學後來找我，就算只有二十分鐘也好，這真的很貼心，但萬一媽看到我和他在一起，真的就要萬劫不復了。情況越來越讓人沮喪。我早該知道一切就會這樣崩解。大概從出生的那一天開始，就有人下令要我一輩子都不能開心快樂吧。

康納向來是很棒的傾聽者，但今天感覺他很疏離，彷彿在世界的另一端，而我們是用細繩連接的兩個紙杯在說話，就像卡通那樣。

當我對他描述自己又過了可怕的一天後，他停頓許久才開口，我還以為電話斷了。接著，他大嘆一大口氣。

「胡莉亞，我不知道該怎麼幫妳。」

我的心變得很沉重。「什麼意思？」

「我很在乎妳，但這些實在多得讓我有點難應付了，妳不覺得嗎？」

「什麼叫做難應付？」

「我連見妳一面都沒辦法，我們只能講電話，而且每次妳都會哭，我都不知道該怎麼做。每天都是這樣。這對我來說實在太辛苦了。我好喜歡妳，但是……我們能怎麼辦？我想要妳當我的女朋友，但我必須見到妳。妳懂嗎？」

我哭了出來。有位女士路過，問我還好嗎？我點頭向她揮揮手。「我也想見你，但我不行。我不知道該怎麼辦。我覺得我快窒息了。我再受不了這種生活了。幹，為什麼所有狗屁倒灶的事都同時發生呢？」我用力踢了一腳，電話鏘啷作響。

「我真的不知道該怎麼幫妳，特別是我又不能陪在妳身旁。我什麼時候才能再見到妳？妳能不能告訴我？妳不可能永遠被禁足，對嗎？」

我彷彿聽見腳底有冰塊碎裂的聲響，我的牙齒打顫時也會有類似的聲音，好討厭。「我……」我深吸一口氣，想說點別的，但什麼話也說不出來。

「妳對我很重要，我發誓。拜託請妳一定要相信我。」

「我不知道情況何時才能改變。」我終於說：「我感覺糟透了，這世界好像沒有一個人了解我。」

「我了解啊。至少我在努力了。」

「怎麼可能？你哪裡知道我過的是什麼樣的人生？我又有什麼感覺？姊姊死了，住在一個貧困沒前途的社區，還該死的一天到晚被人被審查。」

「我想我是沒辦法理解。」康納平靜回答。

「沒有人懂我！」我的聲音大到連自己都嚇到了。我無法用正常速率呼吸。

「我不知道妳需要我怎麼做。妳有沒有考慮找人談一談，例如心理醫生或諮詢師？妳常常提到那位對妳很好的老師呢？」

「我只會搞砸。沒有人真正關心我到底是誰。」

「夠了，不要這樣，夠了好嗎？根本不是——」

「沒人在乎我，沒人在乎，根本沒人在乎我！」我大吼，然後用力掛斷電話。

第十六章

我又被禁足了，媽決心徹底搜查我房間，確保沒有窩藏其他可恥又不道德的物品。一開始她只發現一支舊的丁香菸及一條她不喜歡的短褲。但後來她試圖看我的日記，雖然她不懂英文。最慘的是，她確實認得一些髒話，因此把所有寫了「他媽的」、「婊子」、「狗屎」，甚至「性」的頁面撕得粉碎，這些話想當然爾本來就是司空見慣的日常用語，我尖叫求她不要碰我的日記，但她不顧我的哀求，仍然徹底翻過一輪，最後只留下十幾頁還給我。我簡直歇斯底里，想撥開她的手，但爸抓住我。我只能癱在地板，蜷縮如胎兒哭了好幾個小時。我找不到爬起來的動力，即使是蟑螂爬到我的頭附近也不在乎。不能寫作的人生對我來說已經不值得苟活了。我不知道自己要如何撐到畢業，這些日子以來，我感覺自己已剩下軀殼。媽撕毀的那幾首詩，有些我已經斷斷續續寫了好幾年了，結果一夕之間，咻——碰！就這麼憑空消失。我再也見不到它們了。生命的至愛已經從眼前活生生被剝奪。我還能做什麼？我每天把奧嘉的筆電背來背去，媽不知道我拿了電腦，但這都已經不重要了。

我不知道自己還會不會見到康納。我們上次通電話已經是三週前，感覺彷彿過了一輩子。我好想他，再也受不了了。有好幾次，我幾乎要打電話給他了，但等到我走到電話旁，卻又緊繃起來，然後轉身離開。我不知道該說些什麼。我很確定自己到頭來又會哭哭啼啼，此刻是我的人生谷底。更何況，顯然他也不想陪我了。誰會想要聽我這些永無止盡的個人問題啊？

耶誕節假期和去年一樣爛。我不知道成天窩在自己的房間，或是得勉強自己上課、被迫與其他人類對話，哪種情形比較令人煩悶。有時我連一天都撐不下去，只能跑到廁所好好大哭一場，給自己一點暫停的時間，這讓我覺得格外可悲。蘿芮娜一直問我還好嗎？或是她能不能幫我做點什麼，我每次都回答我很好，但實際狀況差得可遠了，我不記得自己上一次感覺美好是什麼時候，只覺得自己的心臟插滿了尖銳棍棒。

瑛曼老師也納悶我為何開始缺席課後大學輔導課程。他很高興我的入學測驗拿到二十九分，要不是我自覺像灘爛泥，應該也會很開心。我一直在躲他，就算真的不小心遇到他，也對他撒謊，告訴他每天晚上我都得陪媽去打掃。教歷史的阮老師也經常問我好不好，阮老師也很擔心我，但我又能怎麼說？該如何解釋？我只能一直胡扯可靠的生理期藉口了。

今天上英文時，我們討論了我最喜歡的愛蜜莉．狄金森，當下我只感覺自己體內彷彿有東西一分為二撕裂，討論到蜜蜂時，我的眼睛更因忍住淚水而疼痛不已。

放學後，我沒有走路回家，搭上前往市區的公車。我甚至不確定自己要去哪裡或想做什麼。我沒有錢，也沒有目的地，但我再也無法忍受被鎖在房間。我不在乎後果。我放棄了。

最後我終於決定去千禧公園，在這裡，我最能接觸到大自然，而且進去公園不用錢。天氣還是很冷，周圍沒有人，只有幾個討人厭的觀光客，這些人出於某些愚蠢的原因，竟然認為冬天來芝加哥是個好主意？這裡的寒冷野蠻殘酷又不人道。怎麼會有人想來？

下雪時，景致絕美冷冽，但是已經一週沒下雪了。公園泥濘不堪，放眼望去都是一片灰，偶爾泛黃的雪地則是狗尿的傑作。真希望冬天能收拾行囊，滾得越遠越好。

圓形劇場空無一人，四周幾乎算是祥和靜謐，我覺得那棟銀色的建築物有點荒謬，看起來就像纏了一團蜘蛛網的飛船，可是大家都在拍它，把它當成某種經典看待。我想起那一次我與蘿芮娜到這裡參加夏日音樂會，不禁笑了出來。我們甚至不喜歡表演曲目——那是一個來自塞爾維亞的民謠團體——但能享受月色，觀看三顆悲傷的都市星星，感覺真好。希望康納跟我也可以在夏天到此一遊。

夜色轉為昏暗，我朝溜冰場走去。如果有錢買杯熱巧克力就好了，但這樣一來就會沒錢搭車回家。我討厭貧窮。我討厭讓這世界的人事物決定我能做什麼。我知道自己該回家了，但感到動彈不得。我不能再這樣下去。萬一我永遠得不到自己想要的一切，活下去又有什麼意義？我甚至沒有「活著」的感受，只知道自己不斷接受無邊無際的懲罰。我的身體用力顫抖，思緒成為滾燙混亂的漩渦。似乎連好好呼吸都做不到。

「回家，回家，回家。」我告訴自己，但我只是站在原地，望著一位臉頰紅通通的金髮男孩繞圈溜冰，直到他媽媽大喊該離開了。

第十七章

我在醫院病床醒過來，媽盯著我看。我頭痛得厲害，彷彿有人用槌肉棒狠狠敲了我的大腦。有那麼幾秒鐘，我想不通自己在醫院做什麼，但後來我看看手腕，才回憶起自己昨晚做了什麼。

「寶貝。」媽輕聲喚我，觸摸我的額頭。她的手指又冷又濕。她嚇壞了，爸站在房門邊，瞪著地板。我不知道是因為覺得丟臉，或是難過，還是兩者都有。

我不知道該說什麼。我要如何解釋這一切？我開始啜泣，媽也隨之哭了起來，我對人生很不擅長是沒錯，但是，媽啊，這次我真的太誇張了。

一名二十多歲的矮小男人以及另一位較為年長，有著淺棕色頭髮及綠色眼眸的女士走進來站在床腳。即使她拿著寫字夾，一襲白色長袍，看起來仍然像是剛從《時尚》雜誌走出來的模特兒。

「嗨，胡莉亞。我是庫克醫生，這位是翻譯湯瑪斯。他會負責告訴妳爸媽我們在說什麼。妳記得昨天晚上嗎？」

我點頭。

「現在感覺怎麼樣？」

「我很好。頭很痛，如此而已。」我用長袍擦擦眼睛，「我現在能離開了嗎？拜託？」

「不，還不行喔，抱歉。我們得再讓妳多待一會兒，確定妳沒事。也許得住到明天早上吧。」

一旁的翻譯讓我有點昏頭轉向、頭痛難耐，因為大家同時在說話。我想他們不信任由我翻譯給爸媽聽。這不能怪他們。

「我向上帝發誓，我很好。我不會再這麼做了。我了解我的行為實在太蠢。我甚至不知道自己為什麼要這樣。」我當然知道自己為何那麼做，但這麼說對眼前的問題沒有幫助。

她的微笑帶著歉意。「這真的很嚴重，胡莉亞。我們必須想辦法幫妳。」

「不會像《飛越杜鵑窩》那樣吧？萬一如此，我絕對會拚死命逃走，就像酋長那樣。我可不是在開玩笑。我會赤手空拳舉起飲水機或水槽，打破窗戶跑到田裡之類的，不讓任何人找到我。」我用手指揉揉太陽穴，「為什麼我的頭這麼痛？你們把我腦葉切除了嗎？」

湯瑪斯不知道該如何翻譯我說的話，滿臉困惑。

庫克醫生微笑說：「妳還很有幽默感嘛，這樣不錯。」

「我知道我做的事很誇張。我不會再這樣了，我發誓。」

庫克醫生轉向我爸媽。「我們會進行更多評估，確保她沒問題。然後我們會擬定治療計畫，再看看她明天能不能出院。」

媽點頭說：「謝謝妳。」爸呼出一口氣。沒有說話。

「護士會告訴妳什麼時候到樓下辦公室找我，應該不用等一個小時。」庫克醫生對我說完，與湯瑪斯一起離開病房。

辦公室全是盆栽，感覺彷彿走進了一座小叢林，隱約還聞得到香水味，像是剛洗完的衣物加上梨子香及春雨的綜合體。不過，我對庫克醫生的畫更是驚訝。她看起來那麼高雅大方，我還以為她的藝術品味會更好才對。或許其中一些作品是拿來安撫發瘋的病人吧，特別是那張站在池塘邊喝水的長頸鹿。

「妳現在感覺怎麼樣？」她對我微笑，那笑容並不特別在憐憫我，反而充滿了真誠與溫柔。

「我很好。」

「那妳為什麼會在這裡？究竟發生什麼事？」

「我只是有點不知所措，如此而已。」我盯著桌上一張小女孩的相片。不知道是不是她女兒。

「妳憂鬱多久了？」庫克醫生交疊雙腿。今天她穿了一件緊身鮮紅色連衣裙，以及一雙看起來像是美麗刑具的黑色長靴。她的頭髮紮成完美的髮髻，優雅的耳環閃閃發亮。我想她應該是那種會定期在市區購物的有錢人，下班後習慣喝杯紅酒，也定期做美甲護理。

「天啊……我真的不知道耶。很久了。很難說出確切的時間，但是我知道奧嘉過世後，情況越來越糟。」

「妳想自殘多久了？」

「呃……我事先沒想過啦，昨晚真的是有點失控了。」我記得爸不斷拍打我的門，真的很丟臉。「我不是真的想死。」

「妳確定？」庫克醫生揚起她的右眉毛。

我嘆了口氣。「大部分的時間，是吧，我想。」我腦子一閃，想起我的血濺上褪色的綠床單。

「妳認為這種絕望感從何而來？導火線又是什麼？是不是發生了什麼事？」

「我不知道該怎麼解釋。昨天，只是一切慢慢累積起來，讓我再也無法承受。我昨晚回家時渾身發抖，又餓又悶，只想吃個簡單的花生醬果醬三明治，打開冰箱一看，家裡只剩一個裝滿豆子的罐子以及半加侖牛奶。當時我告訴自己：『去死吧，這些全是垃圾。』我知道聽起來很笨，但是當下我真的很火，妳懂嗎？然後我就開始哭，而且停不下來。」

「聽起來不笨。」庫克醫生看起來很重視這些，寫下筆記。「為什麼要覺得笨？」

「我不知道啦。」我回答：「大概是疑惑，為什麼所有的事情都同時發生，讓人心痛？就連最蠢的事也一股腦兒全都冒出來了。這樣想正常嗎？」

「有時候，一丁點小事就足以觸發我們人生的大問題，也可以看作某種徵兆。妳可以想想，為什麼那個特定時刻讓妳這麼困擾鬱悶。」

我低頭盯著地板，不知道該如何回答。辦公室地毯的角落有個像爪印的黑色污漬。這裡太安靜，讓我快受不了了。她或許還能聽見我的胃在咆哮。

「慢慢來。」她最後說：「不急。重要的是，妳能用對妳有意義的方式回憶反思。」

我點點頭望著窗外許久。戶外景色超級可悲，令人沮喪——積雪的停車場、完全擋住陽光的厚實烏雲，還有個女人差點在冰上滑倒。

我深吸一口氣。「就像是，嗯，怎麼說呢？首先，姊姊死了，讓我生不如死。還有……我想做的事情太多了，但又無法達成。我無法過自己想要的人生，所以，挫折感越來越深。」

「妳有什麼願望？」

我嘆了口氣。「好幾百萬個願望。」

「全告訴我吧。」庫克醫生拉拉裙襬。她每天都得打扮得如此完美動人，不知道日子會不會過得很累？

我頓了頓，整理自己的思緒。她的話讓我一時愣住了，不知道為什麼。

「我想當作家。」我最後說：「我想獨立。我想擁有自己的生活。我想和我的朋友一起玩，不用被我媽事後審問。我想要隱私。我只想呼吸，妳懂嗎？」

庫克醫生點頭，「我懂。那妳打算如何達成？究竟有什麼障礙？」她的語氣不是在批判，而是真正想理解我。從來沒有人這樣跟我說話。

「我想搬走，想上大學。我不想住在芝加哥。我不認為自己在這裡能長大茁壯。我爸媽希望我當一個我不想變成的人。我愛我媽，但她快把我逼瘋了。我知道她為了我姊的事情很難過，我們全家人都是如此。可是我也因此快窒息了。我不像奧嘉，永遠也當不了她。這是我無法改變的。」我瞪著天花板，不確定自己出院後，會過什麼樣的人生。

「妳認為妳會再傷害自己嗎？」

「不會，絕對不會。」我說，其實，這不盡然是真話。我怎麼可能確定呢？但還是說了她想聽到的答案。「我們可以再談一下我媽嗎？可以回到剛才的話題嗎？」

庫克醫生點頭。「請繼續。」

「她好像一點也不信任我。例如，每次她都沒敲門或問我，就直接打開我房門，我告訴她我需要隱私時，她竟然笑我。怎麼可以對這種問題一笑置之？這只是其中一個例子而已，還有很多，講也講不完。」

「妳爸爸呢？他是什麼樣的人？」

我嘆氣說道：「我爸……他就是那樣。」

「什麼意思？」庫克醫生沒聽懂。

「他雖然都在家，可是，話說得不多。他幾乎從來沒跟我說話，彷彿我根本不存在，有時候，我甚至認為他也希望自己不存在。真的好奇怪，他不是一直都這樣的。小時候，他會抱著我，告訴我墨西哥的故事。雖然他本來就有點疏離，但到我十二、三歲時，他便開始不把我當一回事了，完全忽略我。」大聲說出口之後，才訝異發現原來我真的很介意。

「那段時間有沒有發生什麼重大事件呢？」

我聳肩。「沒有。」

庫克醫生在筆記本寫字。「妳想他會這樣，是不是遭遇了什麼事情？」

「我真的不知道。他從來不多說什麼。」

「告訴我他的日常生活。」

「他在糖果工廠，下班後回家，坐在客廳看電視，時間到了就上床睡覺。我是覺得很悲哀啦。」

「為什麼？」庫克醫生挪動雙腿，朝我靠近。她看起來非常嚴肅。

「因為，人生應該不只如此。生命就當著他面前緩緩流逝，但他卻渾然未覺，或者一點也不在乎。我不知道哪一種比較糟耶。」我眨眨眼睛，不想讓淚水流下。

「他與你媽是移民，對嗎？哪個國家？什麼時候？」

「墨西哥。一九九一年，我姊是那年年底出生的。」

「妳曾經設身處地想過他的感受嗎？他離鄉背井到美國討生活。我想這對他絕對是很大的創傷與衝擊。嗯，大概對他們夫妻倆都是。」

「我以前從來沒認真思考過。」我用手背抹去眼淚，但是淚水完全不聽使喚。「好丟臉。」

「哭嗎？」

我點頭。

「妳有權表達妳的情緒。這沒什麼好可恥的。」庫克醫生遞給我一盒面紙。「到我這裡就是要讓妳發洩的。」

「我只會覺得更蠢。」我說：「而且很軟弱。」

她搖頭說：「但妳不蠢也不懦弱。」

庫克醫生說我明天就可以出院，但我父母得先同意讓我參加一個短期門診計畫，專門治療像我這種狀況百出的小孩。我跟學校請假一週，因為這個治療計畫時間為早上九點到下午四點，但我可以在那裡盡量跟上課業。這絕對比關在醫院好多了。也因為我的保險由州政府負擔，所以不用花太多錢。庫克醫生表示，這是專門給窮人家用的。其實，她並沒有用「窮」這個字，她說「低收入」，其實還不是一樣的意思。她會這麼說，只因為她人很客氣。

她還想要每週與我心理諮商一次，也說我需要吃藥，讓我的腦子均衡一點。結果我原來得了嚴重的憂鬱與躁鬱症，必須即刻處理，否則我會再被送進來。我應該有這個毛病很久了，但奧嘉過世讓病情加重。我腦子有某個地方的線路沒接好，我並不驚訝。我一直知道自己不對勁，只是不確定是什麼毛病，原來它也有正式的學名。

我瞪著病房窗戶，望著城市燈火，有護士進來拍拍我的肩膀。該吃藥了，我必須在她面前吞下去，然後張開嘴，讓她看見我確實乖乖把藥吞下肚。庫克醫生說，藥效好幾週才能發揮。如今我的情緒如洪水四處竄流，這一分鐘我覺得自己想吃玉米餅，下一分鐘我又會開始哭到不能自已。

當我準備將視線從窗戶挪開，回頭睡覺，突然瞥見蘿芮娜與璜加就站在街角。一開始我不敢相信那是他們，但當我定睛一望，認出了蘿芮娜誇張的髮色及細瘦的雙腿。他們不斷用力對我揮手大吼，但我聽不見他們在說什麼。我不知道他們怎麼知道我在住院。蘿芮娜穿了一件粉紅色的寬鬆大衣，對著手心吹氣。璜加則跳起荒謬可笑的舞步，像隻公雞一樣扭屁股，拍動自己的手臂。

我盡可能模仿他的舞步，惹得他們大笑。我揮手微笑持續好幾分鐘，直到寒冷驅趕他們離去。

我家氣氛緊張，一片死寂，家裡的一切似乎也都不敢呼吸了。有時我確信自己聽見蟑螂在亂跑。我想，爸媽是被我嚇到了。爸保持一貫沉默，媽看著我，似乎想不通我怎麼可能曾經住在她的子宮，為此我很內疚，我不是故意要傷害他們的。

那天晚上與蘿芮娜講了快兩小時的電話後，我打開奧嘉房門，爬上她的床。這是唯一能讓我感覺心安的地方。如今連美食也安慰不了我，這是警訊之一，此外，我幾乎不看書也不寫字了，我的大腦好像已經清空了。

我很想念康納，但不敢打電話給他。我撥了幾次號碼，但電話還沒響就連忙掛斷。反正也不可能馬上看到他，這就是問題所在。就算過了一百萬年，我也不可能邀他到我家（而且理由很充分），我還知道我不會去埃文斯頓，因為爸媽可能會抓狂。但或許，我該冒著這個風險，將奧嘉的筆電拿給他。假使他是我唯一解鎖電腦的希望呢？但別開玩笑了，如果我離家，爸媽很可能會立刻報警。而且我又能對康納說什麼？如果我告訴他自己做出什麼事，他絕對會把我視為怪胎。就算想對這件事閉口不談，也可能不小心說出來，因為我什麼話都藏不住。我不想讓他認定我瘋了，那樣肯定會把他嚇跑，而且不能怪他。

有那麼一秒鐘，我以為自己聞到了奧嘉的味道，可能是大腦在作祟吧。

第十八章

進行律動治療時，年輕短髮的治療師艾許莉要我們說出自己的心情，然後隨意拋出面前的大韻律球。「這顆球讓我們表達情緒。」她說。

我是第一個，「我滿腦子零食。」然後輕輕丟出球。

「謝謝妳，胡莉亞，但這不算是真正的感覺。」艾許莉盡可能地溫柔解釋。

「對我來說是啊。我現在非常渴望零食出現。」

「好吧，那就零食。」

下一位是依琳。依琳曾被她爸爸性騷擾，說話慢條斯理。她說的每一句話都像是拖了很久才想出來的問題。

「妳今天感覺怎麼樣，依琳？」艾許莉用上自己最優秀的治療師語氣。有時她聽起來像在跟瀕臨死亡的嬰兒或小狗說話。依琳看看四周，然後看向那顆球，彷彿過了一輩子。

我想對她尖叫「快點！」不過只是看向窗外。

「我感覺……很困惑？」她終於說出口，然後把球朝窗戶扔過去。

塔莎從地上撿起球說道：「我覺得自己的血管塞滿了沙子。」

這句話讓我瑟縮了。塔莎總是能夠說出漂亮可怕的句子，讓我想一一抄下來。塔莎得了厭食症，體重可能不超過九十磅。她的手腕纖瘦，好像隨時會折斷。她又長又細的辮子以她的瘦小身體比例看來，顯得太笨重了。雖然瘦得不成人形，但我仍然看得出來她很正，睫毛超長，嘴唇非常適合鮮紅色的唇膏。

下一位是路易。他來到這裡，是因為他繼父小時候曾經拿電線與衣架修理他。他說有一次，繼父甚至將槍塞進他嘴裡。路易會自殘，粉紅色傷疤縱橫交錯地覆滿了他的手臂與手掌。我從來沒見過變成這個樣子的皮膚，看起來像是密密麻麻寫滿了某種自己發明的文字。我為他感到難過，但也很怕他。我總是能從運動褲看見他那一根的輪廓，這讓我非常不安。真的有人得跟他討論一下這件事——每天都得面對這低俗的展示品，大家怎麼可能恢復正常呢？

我很怕聽見路易開口說話，因為他的眼神總帶著一種顛狂。幾秒鐘後，他說他覺得自己「性感」，然後笑得跟瘋子一樣。他用力一丟，球幾乎撞到天花板了。

下一個輪到喬希，他吃了他媽的藥企圖自殺，但他的粉紅色頭髮女友（他提到她的髮色已經三次了）發現了，打電話給一一九。喬希的臉長了一堆痘痘，時時泛紅、散發油光。那皮膚爛到每次我看著他時，都感覺自己的臉也痛了起來。真不知道粉紅色頭髮的女友如何忍受與他接吻。喬希看起來就像有人放火燒了他的臉，滿臉水泡充滿膿液。不過，他的眼神很善良，有時候，特別是在陽光下，那雙眼睛能穿透你的心，讓你幾乎忘記了他紅通通的爛臉。或許在他女友眼中，他就是這副模樣吧。

喬希應該是被路易傳染了，因為他說自己「被搞到硬了」。他笑得很開心，連臉上一顆白頭痘痘都裂開流血了，但沒有人告訴他。喬希和路易咧嘴笑得像小丑，接著，艾許莉宣布休息時間到了。

喬希、路易和我站在窗邊，望著一位身穿亮綠洋裝，腳踩尖頭黑色高跟鞋的金髮女子匆匆過街。

喬希說她是要去工作的妓女。

「為什麼她一定會是妓女？」我問。

「看她走路的樣子。她想被人搞到爽。」路易說。

「你真的很噁爛。你為什麼要這樣形容女人？」

路易假裝沒聽見我說話。

接下來，一位穿著皮夾克，戴棒球帽的黑人走進一家餐館。

「他在販毒。」路易說：「肯定是快克。」

我轉向塔莎，看看她有沒有在聽，但她坐在房間對面，腿上放了一本雜誌，茫然瞪視前方。有時我很想跟她說說話。但她就像一罐密封空氣，安靜無言。

「所以你們兩個不只看不起女性，而且還有種族歧視？真是太帥了。」我怒視他們。

依琳走過來，順順她的黑色短髮。「怎麼了？你們在說什麼？」

「胡莉亞在這裡扼殺我們的活力。」路易拿拇指對著我。

「給我閉嘴啦，路易。你不要再這麼混蛋了。」

「媽的，老姊。不要這麼正經好嗎？我們只是在開玩笑啊。拜託喔。」路易戳戳我的肩膀，我還來不及反擊他就走開了。

我走到飲水機旁時，新來的爆炸頭小男孩安特走到我面前，要我當他的女朋友。他一小時前才剛到這裡，就已經想在這個業餘的瘋人院找人約會。我差點笑出聲。「你是認真的嗎？」我問他：「真的假的啦？」我東張西望，假裝詢問一群不在場的觀眾。

「來嘛，妹子，我們離開這裡之後，讓我帶妳去看電影。」他拿了一把大梳子梳頭。

「首先，你幾歲？十三嗎？其次，我不想要男朋友。你難道不知道，我之前還想自殺嗎？」我給他看我的手腕。

「可是我會照顧妳。」他拍拍我的手，「我會借我奶奶的車去妳家接妳，然後帶妳去看電影。」

「安特，你還是小朋友，你根本沒有駕照，也不能開車。我也不用別人照顧。我可以照顧好自己。」

安特搖搖頭。我在他還來不及說話前，就自顧自地回去上課了。

每天周而復始：律動治療、寫作業、吃午餐、團體治療、藝術治療、個人治療，然後是

「總結討論」。我們在休息時間可以閱讀、玩電動或聽音樂。大家總會為聽什麼音樂吵架。前幾天路易和喬希想聽重金屬，我說比起聽那種東西，我寧願吃老鼠肉三明治。我喜歡激烈的音樂，但重金屬讓人感覺自己被鎖在一個掛滿鐵鍊的箱子。太糟。

有時我會失神地望著窗外，等待課程開始。今天塔莎走過來站在我旁邊。

「嘿。」她低聲打招呼。我從來沒見過她在治療課程之外的時間與任何人交談。她總是那麼沉默，彷彿努力想從這世界抹去自己存在的痕跡。她只有在必要時才會說話。團體治療時，塔莎告訴我們，她曾經連續一週都只吃葡萄柚。如果我撐那麼久不吃真正的食物，可能會拿刀子殺人吧。她說話聲音如此輕柔，我得伸長脖子才聽得見。真不知道望著一盤食物，把它當成敵人，變得如此纖瘦脆弱會是什麼感覺。

「嗨。」我微笑，「妳好嗎？」

「我已經厭倦這裡了。」

「沒錯，我也是。」我將自己的名字用指關節寫在窗戶上。「妳還要在這裡待多久？」

「我不知道。他們不肯告訴我。要看我有沒有進步。」她用手指繞著一條髮辮。「那妳呢？」

「總共五天，如果一切順利的話。我想只需要避免再次崩潰就好了。不然就得接受治療，其實也還好啦。」

塔莎頓住，看看我的手腕。「妳真的想死嗎？」

我不太確定該怎麼說。要如何回答這個問題？我很高興我沒有死，但是繼續活著……感覺實在糟透了。

「……之前可能會想，但現在……沒有，並不真的想死。」我說話時沒有看她，只是瞪著開始滑落窗戶玻璃的點點雨滴。

晚餐後，媽看著爸，然後兩人都轉頭看向我。「寶貝，我們認為妳應該回去墨西哥，跟哈絲塔外婆住一段時間。」

「什麼？你們瘋了嗎？我的治療怎麼辦？」

「等妳這段治療結束後再去。」

「庫克醫生那裡呢？我什麼時候才能再見到她？」

「這一週妳跟她有約，然後就等妳從墨西哥回來再見她就可以。」爸說。

這對我一點屁意義都沒有。有人認為孩子失控時，將他們送回祖國就能解決一切問題。我有些同學就是這樣——他們有人已經加入幫派，還有一些女孩隨時都能跟人上床。但這些人回來後，情況不會有所改變，甚至有可能表現得更差。也許家長認為孩子失去應有的價值觀，變得過於美國化，但是難道墨西哥就能教我不要做愛？還是會教我不要自殺？

「萬一因為請假太多，不能準時畢業怎麼辦？」

媽嘆氣。「不會讓妳去那麼久的。」

「我不去。」我說：「絕對不去。我需要待在家裡更久，好好復原。」我最後補充那幾個字，故意加重他們的罪惡感。

爸媽交換眼神。我打賭他們不知道該拿我怎麼辦。他們看起來很絕望。

「這就是重點啊。會對妳有好處的。去墨西哥妳會更開心。」媽不斷反覆折疊自己的餐巾。

「為什麼？」

「外婆會教妳很多東西。妳可以放鬆過日子。」媽勉強擠出微笑。

「像什麼？烹飪嗎？妳覺得這樣我就會好一點？」

「妳小時候好喜歡去墨西哥。每天玩得很痛快，完全不想回美國。妳不記得了嗎？」

沒錯，但我不願意承認。我喜歡跟表兄弟姊妹熬夜到天亮。我喜歡雨後泥巴路的味道，還有轉角雜貨店賣的辣羅望子糖。但我都是青少年了，去那裡能幹麼？成天做玉米餅嗎？

「妳可以呼吸新鮮空氣，還能騎馬。外婆說妳很喜歡。這樣不是很好嗎？」媽已經好久沒有對我這麼友善了。

「我才不想騎馬。」我能聽見樓下鄰居對彼此尖叫。

媽嘆氣，抬頭看天花板。「老天爺啊，拜託賜給我多一點耐性。」

「那大學呢？如果我錯過太多課，暑假還得補修呢？萬一我申請的學校因為我這學期缺了太多課，全都拒絕我呢？」

「妳可以像姊姊一樣上社區大學。」

「她根本沒畢業。上學對她哪有什麼意義？她後來還不是只當了櫃台小姐。」

「當櫃台小姐有什麼不好？總比彎腰駝背打掃好得多。至少還有冷氣吹。至少還能坐下來。有這樣的工作還有什麼好要求的？」媽開始不悅了。

我將雙臂交叉胸前。「好吧，原來當櫃台小姐就等於我的夢想。全世界我最想做的莫過於替醫生接聽電話了。」

療程最後一天的上午，我走向在角落玩接龍的塔莎。

「我可以坐在這裡嗎？」我拉過一張椅子，一面問道。

她聳聳肩。「當然可以。」

「妳感覺好多了嗎？」

「偶爾吧。每天回答同樣的問題真的很煩。我受不了談論我的表妹，我吃的東西，還有我媽。」塔莎今天的聲音幾乎超越耳語程度了。

「沒錯，我完全了解妳的意思。他們到底要我解釋多少次我為何自殘？我一直對他們確認自己不會再這麼做了，但他們不相信。」

塔莎點頭。

「妳知道嗎？我不太確定這種團體治療究竟有什麼用處。聽別人的問題並不完全能讓我感覺良好。」

「偶爾知道自己並不孤單其實還不錯啦。」塔莎放下了方塊Q。「就不會認為自己是全世界唯一徹頭徹尾的垃圾。」

「妳想這種感覺會消失嗎？妳認為我們還有機會恢復成無時無刻都能感受快樂的正常人嗎？」

塔莎停了很長一段時間。「我不知道自己是否能恢復正常。我根本不確定那是什麼感覺。有時我覺得很高興，但只持續一秒，然後馬上消失了。」

「我應該也是這樣吧。我就是不能說服自己慢慢享受美好，好像我的身體自動排斥快樂，而且反而對我比中指。」

「我們可能缺了血清素。」塔莎拔掉手臂的一處結痂。「大腦忘記如何製造，因此妳得再教它一次。我在一篇文章看到的。」

「我爸媽在療程結束後，打算把我送到墨西哥。」我嘆氣。

「墨西哥？妳真好命，我連伊利諾州都沒踏出過一步。」

「我不想去。我不知道去那裡能對我有什麼幫助。我想他們只是怕面對我。」

「妳如果不去，就永遠不會知道效果如何了。要是我，我會非常樂意離開這個鬼地方的。」

我站在門邊等爸媽來接我時，依琳緊緊擁住我，告訴我她會想念我。塔莎用嘴唇說出「再見」兩個字，從遠處對我揮手道別。喬希跟我擊掌，還說總有一天我會成為名作家。路易尖叫，「一切順利！」笑著跑開了。安特不願意看我，就算我喊了他名字好幾次，他也只是瞪著地板。

我走到外面，寒天凍地卻晴空萬里。微風吹拂我的臉，感覺舒服極了。整天困在悶熱的醫院，如今一切都很美好，就連泥濘的灰色停車場也猶如天堂。雪開始融化，幾乎能聞到春天的味道了。

這漫長的五天，我與別人討論心情，用拙劣手作品表達感受，還用身體展現節奏發洩情緒，如今，我終於要回學校了。同學一直緊盯著我，彷彿我是四肢癱瘓的身障者，只要有人問我這幾天去了哪裡，我就回答，「歐洲」。當然謠言傳播得很快，大家多半也看見我是如何堅持用衣袖和手鐲遮住手腕。不過，有些傻瓜還是很相信我，我會對這些人堅持原有說法，直到編不出任何故事為止：我跟住在巴賽隆納的有錢姑姑一起自助旅行，去了法國、德國與西班牙。接著我們跳上一艘駛往斯堪地那維亞半島的渡輪，參加峽灣之旅。後來，我們被人搶劫，護照都不見了，我們陷入一起國際劫案，我甚至差點死在警方的圍捕行動中。幸運的是，我活了下來，告訴你們我的精采經歷！

璜加在走廊看到我時，用力抱住我。「真是沒想到，妳都還好嗎？」他臉上有個淡淡的黑眼圈，聞起來有大麻、古龍水與髒衣服的臭味。我想問他出了什麼事，卻不敢開口。

「我很好。快樂丸應該很快就會起作用了。」

「妳喜歡我的舞步嗎？」璜加微笑問我。

「超可愛的。讓我感動到哭了。」我將手放在胸前，做了個鬼臉。

「拜託，妳一定不要再做這種事了。妳知道妳隨時都能找我跟蘿芮娜聊，對不對？」

「是啊，我知道。謝了。」

「不要再想把自己弄死了，可以嗎？」他開玩笑地推了我一把，將手放在臀部。

不知怎麼的，他這些動作讓我忍不住大笑。「我太不擅長自殺了。」我一面狂笑，一面告訴他。「我是最糟糕自殺法的冠軍，我成了美國英雄。美國萬歲！美國萬歲！美國萬歲！」

璜加也興奮起來，「妳真瘋了，妹子。」我們笑到不行，路過者全都目瞪口呆，但我們沒理他們。璜加靠著置物櫃，用手拍打它，動作非常誇大。我們本來想停住，結果看對方一眼後，又開始逗彼此開心，直到上課鈴響。

我在午餐時間看見蘿芮娜，她的雙眼立刻湧上淚水。雖然我們已經講過電話，但我感覺已經好幾個世紀沒見到她了。

「停。不要這樣。我很好。」我低語，小聲說：「我們不是已經聊過了。」

蘿芮娜深吸一口氣，用褪色的紫色毛衣領擦擦眼睛。「妳為什麼都不告訴我？妳怎麼能做這種事？」

我只能閉上眼睛搖搖頭，我知道開口解釋的後果，也已經非常厭倦有觀眾盯著我看了。

庫克醫生今天穿了赭紅色的毛衣裙，脖子掛一條笨重的橘色項鍊，腳上則套了一雙咖啡色的牛仔靴。我打賭她全身行頭的價值絕對超過我家車子，但我不認為她是愛炫耀財富的人，也絕對不願意讓別人因為貧窮而自卑。我當然不嫉妒她，對她只有滿心敬畏。

我最想抱怨必須去墨西哥的事情，但庫克醫生想再跟我談談約會與性。

「其實沒什麼好說的。嚴格來說，我從來沒交過男朋友。我還以為會跟康納在一起，但也沒有成功。」

「為什麼沒成功？」

「他說他受不了無法見我一面，他想要我當他的女朋友，但我們必須見到彼此才行。可是，我基本上已經被軟禁在家，又怎麼可能見到他？」我們已經討論過這問題，就是那通電話。但我認為她還想追究別的。

「妳認為這合理嗎？」庫克醫生問：「他說他需要從妳這裡得到更多？」

我聳聳肩，「大概吧。」

「妳為什麼不讓他把電話說完？妳假定他會跟妳分手，卻沒有給他機會表達他的心情。有沒有可能，妳將自己的許多挫折感投射到他身上？」

「但我知道我們遲早會分手。他為什麼會想跟我在一起？我太多毛病，他根本無力處理，這就是我愚蠢的人生故事。」

庫克醫生先將這個話題擱置，但我已經知道她的風格了。她等會一定會重啟討論的。「好吧，我們再談談妳傷害自己的那一天，還有這件事的導火線。」

「我媽發現保險套與內褲後，我的人生瞬間崩潰了。現在想想，當時的我已經憂鬱到不行，結果，她還無來由地生我的氣，我大概覺得天塌下來了吧。她幾乎不跟我說話，好幾週不讓我出門。她已經為了奧嘉的死責怪我，又發生這麼多事情，我覺得她真的真的非常恨我。我也永遠不可能成為她希望我變成的那種女兒。同時，我也為了康納的事情在難過，跟他在一起讓我覺得自己很棒。他能讓我笑，我第一次覺得有人能看到真正的我，妳懂嗎？」

庫克醫生點頭，撥去臉上幾根髮絲。「聽起來的確很難熬。但妳為什麼不向她解釋，內褲不是妳的，是妳姊姊的？」

「她可能不會相信我，如果她真的相信了，就某種程度上，她也承受不住。重點在於，奧嘉在她眼中完美無瑕，我又怎麼能告訴她，奧嘉根本不是那種人？」

「妳與妳媽有沒有討論過性？」

「沒有，呃……不算直接討論。有時她會發表評論。基本上，她將婚前性行為描述成世上最邪惡骯髒的事情。」

「那妳又怎麼看呢?」

「我不認為有什麼大不了的,但確實會有罪惡感。我心中同時有兩種感覺在交戰,妳懂嗎?就邏輯上而言,我認為這還好,但又覺得自己彷彿觸犯了什麼法律,萬一外人知道了,肯定會被丟石塊之類的。」

「性是很正常的人類經驗,可惜的是,許多人一提到總是充滿羞愧。」庫克醫生交疊雙腿。也許我也該買雙牛仔靴。那種鞋跟真的可以好好修理壞人呢。

「是啊,我媽認為性是魔鬼的傑作。我只是……我只是覺得一切都很不公平,這輩子都是如此:我似乎出生在錯誤的家庭與地點,完全沒有歸屬感,我爸媽一點也不了解我。如今,我姊也不在了。我看過一些滿笨的電視節目,妳看過嗎?母女會討論心事,爸爸帶小孩去打棒球或吃冰淇淋,雖然很垃圾,但我好希望自己也可以這樣。真的很笨,期待自己的人生能跟電視演得一模一樣。」我又哭了。

「我不這麼覺得。妳值得擁有一切。」

爸媽睡著後,我又跑到奧嘉房間,看能不能找到其他線索。就算我現在真的打電話給康納,也不可能請他替我解鎖筆電,因為明天我就要去墨西哥了。我開始猜測,奧嘉是不是把密碼寫在哪裡。就像我,一天到晚忘記郵件密碼,所以會寫在筆記本上。搞不好奧嘉的記憶力也很差。我在她的雜物抽屜翻遍了所有筆記本與小紙條，內容都很普通。假使我看錯了姊姊呢？或許她本來就是我認識的那位無趣又貼心的奧嘉啊。我從頭到尾是否都在一廂情願，認定平靜表面下絕對有暗潮洶湧？是不是因為我自己過得亂七八糟，所以私心希望她不要那麼完美，就不會顯得我更加混蛋？終於，第二次翻閱她的舊行事曆時，我發現一張折疊的收據，上面圈了幾個數字與字母。出於直覺，這讓我的大腦蠢蠢欲動。我將它們輸入筆電，什麼也沒發生，再輸入一次，也沒動靜，第三次，成功了。真是太意外了。

奧嘉的硬碟沒有存太多東西，只有她與安姬一些無聊的相片，還有她之前商務入門課的報告，所幸我可以連到鄰居家的無線網路，而且奧嘉電子郵件的密碼跟她的筆電密碼一樣。郵件信箱有好幾百封從許多不同公司寄來的垃圾郵件。我猜垃圾郵件機器人不會知道誰死了吧。對死者推銷東西真的很不敬。**全館五折清倉！買一雙送一雙！完美的比基尼身材，就要吃維他命**！我不斷往下拉頁面，想找不是廣告的郵件。

終於，找到了。我一直在尋找的線索：

Chicago65870@bmail.com 7:32 (2013/9/6)

妳為什麼要這樣？我想盡辦法，把什麼都給了妳，妳難道不懂嗎？妳知道我愛妳，為什麼還要讓我這麼有罪惡感？

靠，我姊究竟在做什麼？看來她確實有男朋友，但他是誰？我找到最早的日期，依序閱讀，這花了好長一段時間，因為有好幾百封信。我的心臟狂跳。

Chicago65870@bmail.com 1:03 a.m.（2009/9/21）

我忍不住不斷思念妳。

losojos@bmail.com 1:45 a.m.（2009/9/21）

我也是。我們什麼時候才能再見面？你知道每天上班都能看到你有多麼難捱嗎？我不知道該怎麼假裝。每次你靠近我，我的心跳得好快。

Chicago65870@bmail.com 10:00 p.m.（2009/11/14）

明天到餐廳與我共進午餐，坐到最後面，不要讓別人看見妳。穿那件我喜歡的紅襯衫。

losojos@bmail.com 8:52 p.m.（2010/1/14）

你到底什麼時候才要告訴她？我等得不耐煩了。你答應過我的，我不能再這樣繼續下去。我愛你，但是你快把我撕成碎片了。你快殺死我了。

Chicago65870@bmail.com 12:21 a.m.（2010/1/28）

就快了。我已經告訴過妳了。妳不懂這有多複雜。我得替我的孩子著想。我不想傷害他們。妳知道我很愛妳，難道妳看不出來嗎？妳都不懂嗎？請不要這麼自私。明天下午6點約在C。

losojos@bmail.com 8:52 p.m.（2010/1/29）

你說自私是什麼意思？我每天就只是不斷等著你。我不知道我還能這樣多久。我快不行了。我吃不下、睡不著。我只能想像我們終於能在一起的那一天。你難道不在乎嗎？

然後網路就斷了。我感覺像是看到一本書的結尾，結果發現最後一頁被人撕破了。

無趣、認份的奧嘉跟已婚男子搞在一起。一切都說得通了——她疏離的神情、飯店房卡、內衣，以及她從未從社區大學畢業。她本應在學校，但事實上都跟那男人在一起。這傢伙纏了她好幾年。她怎麼會這麼笨，相信他真會為了她離開妻子？我看的書與電影夠多，深知這絕對不可能會發生的。他是誰？他年紀多大？我要怎樣才能更了解他的背景？這些郵件內容如此隱密，他們也似乎害怕被人抓到。從我目前掌握的蛛絲馬跡看來，他也在她上班的診所工作，已婚，有小孩，但可能還得再讀好幾十封電子郵件才能知道更多。

我怎麼會如此遲鈍，什麼都沒注意到？但話說回來，又有誰會知道？奧嘉深深保守這大祕密，將一切密封收藏，猶如古墓寶物。我這輩子都被當成壞女兒，結果我姊卻擁有自己的第二人生，而且是足以將把媽炸成碎片的震撼彈。我不想對奧嘉生氣，因為她已經死了，但這真的很讓人不爽。

「去你的，奧嘉。」我喃喃低語。

外婆家不可能有網路，所以我也沒必要把筆電偷帶到洛斯奧霍斯。最安全的藏匿點仍然是奧嘉房間，我幾乎可以確定媽絕對不會進來。如果她真的找到電腦，也不會知道該怎麼處理。我記得表哥皮拉爾說，鎮上有新的網咖。那裡的電腦絕對是古董級的，但也許我還是可以到那裡查其他電子郵件。我將收據放進日記本中。

第十九章

我降落在墨西哥時，全身已經散發惡臭，而且是臭氣沖天。多虧沿途的強烈雷電暴風雨，我從頭到尾都緊緊抓住座位，深怕自己會就這樣摔死。我原先想死，但現在又不想了。人生就是這麼矛盾。我看看早就濕透的腋窩。這真不算是「嶄新」的開始啊。我在背包翻找水瓶，發現水灑得到處都是。大概蓋子本來就沒有轉緊吧，不知道為什麼，我經常漫不經心、粗心大意。整理背包時，我想起奧嘉的收據，趕緊打開日記確認，它還在那裡，上面的字早就暈開了，只看得出一些號碼與字母，最讓人擔心的是，我到底有沒有取消她的密碼登入？真的不記得了。我老是讓事情變得更複雜。這就是我注定要過的厄運人生。幹，接下來又該怎麼辦啊？

楚喬舅舅到機場接我，他還在開那輛我小時候就坐過的小卡車，它當年就滿身鏽斑破敗不堪。他的頭髮又灰又亂，但鬍子仍是黑色的，而且修得很整齊。舅舅鑲了幾顆窮人嘴裡才看得見的銀牙，比我上次見到時又蒼老許多。當他擁抱我，能聞到他衣服上汗水與泥巴的味道。媽說，自從妻子去世後，舅舅就不一樣了。當時我還小，也不太記得發生了什麼事，但我能感覺到他整個人崩潰，似乎一輩子都無法釋懷。大概這就是他至今未再婚的原因。他和舅媽只有一個小孩，也就是我表哥安德列，他現在大約二十歲了。

要到洛斯奧霍斯還有近四小時的車程，它位處深山，荒無人煙。我們一上路，楚喬舅舅就問我學校如何，因為他聽說我過得不太順利。我不確定他知道多少。他似乎認為媽把我送到這裡是因為我的成績越來越差。我也不打算糾正他。

「還好啦。我只是很想上大學。」

「很好！這就是我想聽到的，寶貝。不要做得跟驢子一樣辛苦，家族其他人就是這樣。」他給我看他長了繭的雙手，然後看看我的，「妳看！妳有貴婦手。」

為什麼家裡每個人都會提到驢子？我低頭，發現他是對的。我的手光滑柔軟，而我爸媽的雙手卻龜裂粗糙，彷彿我從未認真工作過，我想，就繼續讓這雙手保持這種狀態吧。

「我想當作家。」我告訴楚喬舅舅。

「作家？為什麼？作家又賺不了什麼錢，不是嗎？難道妳想要一輩子當窮光蛋？」

我翻翻白眼。「不會啦。」

「只要確保妳可以在體面的辦公室工作。記住，不要——」

「變得跟驢子一樣。」我搶著替他說完。

楚喬舅舅大笑。「當然當然。妳懂了吧？」

我點頭。大家都叫我在辦公室工作，他們根本不了解我，所以我才從來不願意跟家人討論自己未來的志向。

「奧嘉的事情，我很難過。」舅舅最後說：「好可惜。她真是個好孩子。我們都非常愛她。哎，我可憐的妹妹啊。」

我瑟縮了。他不了解奧嘉。沒有人了解她的真面目。

幾朵厚厚的白雲錯落天邊，陽光燦爛。馬德雷山脈險峻嚴苛，高不可攀，我心裡突然充滿莫名的恐慌，研究山巒幾秒鐘後，不得不將目光移開。

「我很想她，但現在已經好多了。」我終於開口告訴楚喬舅舅，「大概時間可以療癒一切吧。」這話不是真的，舅舅應該比任何人都清楚，但我只能這麼回答，好讓其他家人放心。

舅舅嘆了口氣。「妳知道我們沒法參加葬禮，因為拿不到簽證，當然還有錢的問題。真的好抱歉，大家都很傷心。我們很想陪自己的親人。」

「我了解的。」我說，但不想再談論我姊，於是假裝打瞌睡，結果真的睡著了。

醒來時，我的口水已經滴到下巴，我一定是睡了快四小時，因為我們已經停在哈絲塔外婆家門口。土地乾燥，塵土飛揚，我嘴巴也乾得發酸。

外婆衝到卡車前，伸出雙臂，眼裡含著淚水。她緊緊擁抱我，用力親吻我的臉。她跟我記憶中同樣溫暖柔軟，但她的短髮全變得灰白了。

「寶貝，寶貝，妳變得好漂亮喔。」她一遍又一遍地說。我也哭了。

她身後站了一群人，有阿姨、舅舅、表兄弟姊妹，還有我不認識或者不記得的人。我表姊韋莉才比我大幾歲，已經是三個孩子的媽媽，小朋友們看起來就像小老鷹。費爾娜阿姨與艾絲拉阿姨跟我上次離開時比起來完全沒變。孟特家族的女人好像都會凍齡，她們的先生分別是勞爾姨丈與萊昂姨丈，就站在她們旁邊，頭上都戴了牛仔帽。

費爾娜阿姨與艾絲拉阿姨抱住我許久不放，不斷叫我親愛的，小寶貝，小東西。讓我感覺自己才兩歲，但我不得不承認自己很喜歡她們這樣叫我。

外婆告訴我，在場眾人都是我親戚。於是我盡責地與大家點頭微笑打招呼，親吻每一個人的臉頰。

房子的色調比我上次來時更加明亮，全部漆成粉紅色，土牆有一些地方已經剝落，以混凝土增建的新房間在原本柔和的房子色彩襯托下顯得格格不入，但洛斯奧霍斯大多數屋舍都是這樣，屋齡新舊交雜，手法拙劣草率。

鵝卵石街道已經鋪上柏油，這讓我很失望，因為我最懷念的就是下雨時泥巴路的氣息，對街的麵包店也燒毀了，我再也不會被清晨烤麵包的香氣喚醒。過去幾年這裡變化很大。

跟大家打完招呼後，就被趕進廚房吃晚餐了。無論你喜不喜歡，墨西哥婦女總是想把大家塞得飽飽的。儘管我厭倦每天都得吃墨西哥料理，但如果真有天堂，我確定聞起來絕對有炸玉米餅的香味。外婆遞給我一個大餐盤，上面有淋了酸奶油、萵苣與碎番茄的豆子、米飯及牛肉絲。「妳太瘦了。」她說：「等妳離開時，妳媽絕對不會認出妳來，等著瞧。」

從來沒有人說我瘦。我是瘦了幾磅，因為近來吃藥讓我的食慾很不穩。前一天我可能想吃下全世界，第二天卻看什麼都想吐……但說我瘦也太言過其實了。

我把盤子裡的食物吃光光，然後又要了第二盤。外婆很高興，我還喝了一整瓶平常我根本不愛的可口可樂，可是這裡的可樂好喝多了。費爾娜阿姨與艾絲拉阿姨坐在我對面，一直告訴我她們有多想念我，其他家人也擠在我身邊問東問西：**妳媽還好嗎**？**妳爸最近如何**？**芝加哥的天氣有多冷**？**妳為什麼好久沒回來了**？**下一次會什麼時候回來**？**妳最喜歡什麼顏色**？**妳能教我英文嗎**？我覺得自己像個名人。我的家人從來沒有這樣對我，大概因為我根本就是個棄兒吧。在這裡，人們甚至會對我所有的愚蠢笑話捧腹大笑，每一個笑話他們都覺得有趣。或許媽這次說對了。或許這就是我需要的。

哈絲塔外婆教我做他們在鎮廣場附近賣的牛肚湯。與其他城市或州的食譜不同，她的版本用上了肉、腿骨以及玉米。如此而已。她不用紅辣椒的辛味掩蓋牛肚的腥臭味。首先，必須先找到剛被屠宰的牛，接著，外婆與楚喬舅舅會提著又髒又臭的牛肚桶，交給一位他們雇來清洗牛肚的女人。外婆說這個可憐的女人過得比她更慘，我相信，假使我得每天清洗牛肚裡的大便，也會覺得自己很倒楣。外婆說以前她會在河裡洗牛肚與牛肉，但現在河水污染很嚴重，只好改在戶外水槽洗肉。謝天謝地，因為昨天我還看到流浪狗在淺淺的河水中洗澡。

一切洗淨後，會在牛肚上抹上氧化鈣，靜置一段時間。等到氧化鈣讓牛肚內層變得軟嫩，再仔細剝除外層薄膜，接下來又是一連串的清洗沖刷，直到牛肚被洗得潔白如雪。

從牛臀取出的牛肚呈美麗的蜂窩狀，也就是所謂的蜂窩牛肚。有橫紋凹槽的薄牛肚稱作百葉。她們將牛肚切絲，再細切成丁。神經組織又硬又滑，不容易下刀。生肉向來有濃烈的羶臭味，因此切絲時，某些細碎的牛肚組織必然會鑽進指甲下方，那味道會就這麼留在手上好幾小時。

腿骨、牛肚與白玉米放進大型燉鍋後，用小火慢燉一整晚，一般美國人大概很不習慣那口感，但我很喜歡。肉丁柔軟卻又帶著嚼勁，高湯表面閃耀金黃色光芒，那是美味脂肪的結晶體。再滴上一點萊姆汁，丟進白洋蔥與奧勒岡葉提味。

切完牛肚後，外婆端給我一碗昨天就做好的牛肚湯與一杯菊花茶。她說茶可以安定神經。

「妳為什麼覺得我神經緊張？」

「沒有嗎？」

「情況有點複雜。」

「妳可以告訴我啊。」

「謝謝，但我現在真的不想提。」我低頭看著空碗。有隻蒼蠅在一塊肉上休息。我揮手把牠趕走。

「妳怕我會告訴妳媽？」

「呃……對。」

「無論妳說了什麼，都不會從這裡傳出去。我知道妳跟妳媽處不來，但妳們母女比妳想像中更相似。」她攪拌蜂蜜。

「我強烈懷疑這一點。」

「妳知道嗎？她是家裡最叛逆反骨的小孩。也是全家第一個搬到國外的人。這妳都知道，對不對？我告訴她不要去，但她說想住到芝加哥，她要在那裡工作，有自己的房子。」

「叛逆？我媽？」我的大腦無法處理這幾個字眼。我媽是我知道最嚴謹的人類了。

「她從來就不聽我的話，想做什麼就做什麼。妳不應該對她這麼嚴厲，親愛的。她經歷了很多事。」

「像什麼？」我知道我姊死了，對任何人而言，這都是活生生的噩夢，但還有什麼我不知道的嗎？外面傳來動物的咆哮聲。「我的媽啊，那是什麼聲音？」

「哦。是貓咪啦。牠們最近很……熱情。白天也是。」外婆微笑了。

「噁心耶。」

「而且是兩隻男生喔，妳相信嗎？」

「同志貓？」我驚喘一聲，用力拍了桌子一下。我從沒聽過這種事。

外婆咯咯笑了。

「好啦，回到剛才的話題，外婆。我媽還遇上了什麼事？還有別的嗎？」

嚨。

她搖了搖頭，蒼白的臉龐上突然眉頭深鎖。牛肚湯在我肚子翻滾，動物的野味爬上了喉

「他們越過邊境時被搶了。」她說，在圍裙擦擦手，望著大門。「是啊，那時他們一毛錢也不剩。妳媽沒告訴過妳嗎？」

「有啊，她說那是她一生中最糟糕的日子，在奧嘉去世之前。」

外婆揉揉太陽穴，似乎繼續說下去她就要頭痛了。「哎，我可憐的小東西。她這輩子運氣好差。真希望上帝能從現在開始憐憫她。她受太多苦了。」

我不知道該回答什麼，於是將剩下的熱茶喝完，望著一隻貓咪在外面來回走動。

第二十章

我看著外婆家褪色的鏡子，有時我覺得自己跟姊姊長得一模一樣，這表示我也長得像媽媽，特別是拿下眼鏡的時候。如今我瘦了一些，甚至能隱約看見自己的顴骨。我們的鼻樑也很像，都圓圓塌塌的，鼻頭稍微翹起。過去我還以為我與奧嘉看起來不像姊妹，我錯了。

屋內許多房間都掛了曾祖父母的黑白相片。他們表情很嚴肅，彷彿隨時準備殺死攝影師。也許當年照相不流行對鏡頭微笑吧？早年人們認定攝影師會偷走他們的靈魂，我認為這還滿有道理的。

小時候我從未仔細觀察我媽的房間，她與艾絲拉阿姨一起睡在屋後一間滿布灰塵的小房間。她們甚至同睡一張床，床墊到現在都沒換過。我無法想像一輩子與姊姊共用一張床的畫面。我家很窮，也沒什麼隱私可言，但至少我有自己的房間。外公還在時，只要一有孩子出生，他就會趕緊多蓋一間房間，但總是趕不上孩子出生的速度。他與外婆一共生了八個小孩。

我最恨媽翻我的東西，結果我現在竟然也在翻她的私人物品。其實我什麼也沒找到，只發現一個放了幾件碎花洋裝與生鏽手鍊的舊木櫃。房間角落有一張我沒注意過的畫作，掛在很高的地方，超過我眼睛的高度，我拿下來仔細端詳。畫中媽穿了一件長裙，站在廣場噴泉前。她與奧嘉長得一模一樣，或我該說奧嘉長得跟她一模一樣？不知道是誰畫的。

外婆在擦廚房桌子。「外婆，這張畫像是誰畫的？」

「妳爸。」

「什麼？我爸？我爸才不會畫畫。」

「誰說他不會？」

「我從來沒聽說過。」不知道為什麼，我突然有些惱怒。我竟然如此不了解我爸嗎？

「妳不知道拉斐爾會畫畫？他是我們鎮上有名的畫家呢。他曾為每個人作畫，就連鎮長也請他畫。妳沒注意費爾娜阿姨掛在她家客廳的那幅畫？那就是他的作品。」

我這輩子從來沒見過我爸畫畫。我心目中的爸爸就只會坐在電視機前。「但他怎麼停筆了？如果他熱愛繪畫，為什麼不繼續？」

「可能養家的責任太重吧。妳也知道的，他工作很辛苦。」外婆脫下圍裙，掛在冰箱旁生鏽的掛勾。

「可以找時間啊。如果我不能寫作，就覺得自己生不如死。他怎麼可以就這樣封筆？」

「我不知道，不過，真是很可惜，他在我們這裡本來很有名的。」

我不知道媽打算把我丟在這裡多久。有時候我會清醒地躺在床上，思考回家後該做些什麼。要如何找到奧嘉的男友？或者，我該叫他「情人」？這兩個字聽起來的確滿荒謬的。我可以去她從前工作的診所看看，但又不知道他是誰。有兩件事很明確：一，他想確保沒人知道他們在交往，二，他很有錢，畢竟他幾乎每週都付得起高檔飯店的住宿，絕對是醫生無誤。

這裡的夜晚通常很安靜，只偶爾傳來貓咪叫聲，還有隔壁鄰居那隻搞不清楚時間的公雞。我很喜歡雨天，雨滴打在錫片屋頂的滴答聲很療癒，但每次都下不到幾分鐘，雨就停了。

我在令人渾身發癢的毯子下扭來扭去，想念奧嘉，擔心自己，要是我曠課太多該怎麼辦？我記下自己回去後要做的事情：一、看完奧嘉的電子郵件；二、跟瑛曼老師討論我缺課該如何處理；三、找暑假打工機會，才能付上大學的機票錢。今天運氣好，我在太陽出來前就睡著了。

我表姊貝蓮是費爾娜阿姨最小的女兒，也是小鎮辣妹。她皮膚黝黑，有一雙藍色大眼，比我高上一呎。她的腰細到不能再細，喜歡穿著半截襯衫與貼身短裙炫耀身材。無論我們走到哪裡，路上所有生物都會上下打量她。我向上帝發誓，我甚至看見一隻流浪狗也盯著她看。我們走在大街上時，有好多人向她求婚，她只是大笑，然後撥弄頭髮。站在她旁邊，我總覺得自己是醜八怪。

貝蓮決定要帶我出門走走，向所有人介紹我。放學後，她到外婆家把我拖出門。我真的寧可坐在院子看書。表姊不懂，我可能會表現得很笨拙，而且也不喜歡跟陌生人說話。今天我們跟超市前一對雙胞胎打招呼，他們的綽號是「肥油」與「豬油」。墨西哥人替別人取的綽號向來殘酷卻也搞笑。

我們通常會在廣場吃冰淇淋，再來一趟洛斯奧霍斯「小旅行」，我明明對這裡已經熟門熟路了。我們在高低起伏的道路亂走時，我會研究眼前五彩繽紛的屋舍，同時偷看屋內，因為鎮民白天都不關門的。通常不會發現什麼有趣的東西，但昨天我看到一個女人披著大毛巾，在自家客廳跟著歌手璜加的歌曲翩翩起舞。我喜歡在晚餐時散步，因為食物的香氣會從屋內飄出來，例如烤辣椒、燉肉、水煮豆子等等。

貝蓮對鎮上每一位居民都有八卦可聊，就算我不見得每個人都認識，她也不在乎。最新的醜聞是，鎮上最夯的漢堡店老闆娘跟她的遠房表哥搞在一起。她還告訴我，有個叫桑托斯的傢伙，多年前離開這裡想到洛杉磯當舞者。他幾次試圖越過邊境都沒成功，最後只能放棄夢想，待在蒂華納。謠傳他開始打扮成女人，而且成了妓女。幾年後當他回到洛斯奧霍斯，簡直成了行屍走肉，一具活生生的骷髏。後來他臉上與嘴巴的壞疽引來蒼蠅產卵，他媽媽必須守著他，拿抹布驅趕飛蟲。有些鎮民說桑托斯是自找的，因為他是同性戀，睡遍整個蒂華納。我一直想打斷貝蓮，向她解釋，愛滋病並非同志專屬，人人都可能感染，但她聽不進去。她從來就沒認真聽我說話。

行經爸的廢棄老家時，我胸口湧上一股孺慕之情。每次回到鎮上，只要經過這裡，外婆就會指給我看。這裡很久沒人住，房子也快倒了。我爸的兄弟姊妹分散在美國各地——德州、洛杉磯、北卡羅來納州與芝加哥；至於他父母在他與媽離開後不久就去世了。我爺爺肺部長了腫瘤，幾個月後我奶奶也隨他離世。人們說她是因為悲痛欲絕才去世的。人有可能懷念自己從未謀面的人嗎？我想是肯定的。

貝蓮一直想介紹我認識她學校的男生，但我對他們完全不感興趣。也許是因為吃藥的緣故，此時此刻，性，或任何與之相關的人事物，我並不真正在乎。

「毒販就在這裡砍了鎮長的頭。」我們走過她一群朋友後，貝蓮隨意談到，一面對著某座看來可怕的公園點點頭。

「什麼？」我不確定自己聽清楚她說的話。

「妳不知道嗎？他們會在街頭對彼此開槍，要不就把房子炸毀。已經沉寂一陣子了啦。妳看到沒？」她指著遠處的焦黑廢墟，「汽油彈喔。」

想到鎮長的頭滾落水泥地，就讓我不寒而慄。媽為什麼要把我送來這裡啊？

「我們安全嗎？會不會連我們也被殺了？」我覺得又熱又冷，聽見一隻鳥大叫時，甚至跳起來。

貝蓮大笑。「不會啦，幹麼在乎妳這種小人物？除非妳運毒沒讓我知道。」我聳肩，覺得自己很蠢。

「喔，不過不要在外面待到太晚喔，特別是自己一個人。現在大家都不夜遊了。」

第二十一章

我的小表妹保琳滿三歲了，雖然無法想像她會熱愛屠殺或油炸動物，但墨西哥的派對就是這樣。所有人生成就或里程碑都必須以酒精或讓人充滿罪惡感的大份量炸肉盛大慶祝。

那天下午，貝蓮、哈絲塔外婆跟我走到派對地點，其他家人已經忙著張羅整個早上了。我們穿越鎮廣場時，幾位黑色髮辮厚實如草繩的印第安婦女想要賣仙人掌給我們。她們的頭髮讓我想起媽。她曾經在路上遇過想用金錢換取她閃亮髮辮的陌生人。

那些婦女坐在地上，旁邊一只大藤籃都是以塑膠袋分裝、去皮切條的仙人掌葉。得多麼貧窮才會動腦筋販賣完全不用成本的物品？在這個鎮上，明明可以隨處找到一株仙人掌，砍下一片仙人掌葉。外婆就常常這麼做。最困難的不是去皮；沾手的黏液才是最麻煩的。

我總是納悶樹幹底部為什麼被塗了白漆，但從來沒多問。我瞪著可悲生鏽的飲水器，心想它到底何時才能重新給水。此時，有位用橘色刺繡背布背著小寶寶的女孩站起來，將手心伸向我。「請施捨一點。」她求我，「一點點小錢就好。」她看起來不過十三歲，又瘦又小，很難想像那嬰兒是她體內冒出來的。我衷心祈禱那不是她的孩子。

「不要聽她們的。」貝蓮說：「她們每天都在這裡要錢。她應該跟大家一樣去找工作。印第安人就是這麼懶。」最後幾個字貝蓮幾乎是咬牙切齒。我無法理解她何以認為自己比別人優越？她跟她們一般黑，每隔幾天就穿自己那件破爛的紅色洋裝。

「妳要不要先去照鏡子？」我小聲回嘴。

「妳說什麼？」

「沒什麼？」

我轉頭看著小嬰兒，他哭了起來，臉上都是泥巴與鼻涕。我將口袋僅剩的銅板都給了那位女孩。貝蓮雙手交叉胸前，不斷搖頭。

派對場地是洛卡薩家族持有，這是當地最有錢有勢的家族。聽貝蓮說，他們家的財富都是靠賣毒品賺來的。我問她是哪種毒品，她說：「最糟糕的那一種。」

我們走近時，聽見一陣尖銳可怕的慘叫聲，我看向外婆，感覺自己胃部下沉。「現在才殺？我還以為牠早就死了。」

「抱歉，寶貝。如果妳不想看，我們可以先去走一走再回來。」

「不要那麼沒用好不好。」貝蓮說：「妳不是也吃肉嗎？」

「是啦，可是我從來沒見過塔可餅在我面前被謀殺啊。」

「唉呦我的天啊，你們這些美國人太弱了。」貝蓮說。

「走吧，我們去散步。」外婆的手好溫暖，她抓住我的手臂。

「沒關係，我們過去吧。」

楚喬舅舅與表哥安德列正用一條紅色長繩拉扯掙扎中的豬。牠絕望野蠻的哭叫聲讓我渾身起雞皮疙瘩。等到他們將那隻可憐蟲安頓在水泥地後，安德列一刀刺中牠心臟。

「幹得好，兒子。」舅舅說。

豬痛苦扭動，尖叫越見激烈。鮮血從牠胸口噴出。我覺得有點頭昏了。

「有沒有很期待美味豬肉啊？妹子？」安德列對我大喊。

「喔，是啊。一定會很好吃，等不及了。」我吼回去。

確定豬斷氣後，安德列與楚喬舅舅將牠倒掛，放掉牠體內的血水。結束之後，他們開始將牠切片，我不願意目睹，卻又忍不住——鮮血吸引了我的目光。

過了一會兒，便聽見油炸豬肉的爆裂聲。我快吐了，卻又很期待大餐，不斷流口水。人體機制真的很奇怪。豬肉準備好之後，艾絲拉阿姨端給我一個盤子，裡面裝了米飯、豆子與炸豬肉。

「快吃吧，寶貝。」她捏捏我肩膀，「妳需要胖回來。」這真是太耐人尋味了，在美國大家都覺得我肥，結果到了墨西哥，人人又嫌我太瘦。我知道阿姨擔心我。孟特家的女人都很會操心。

我微笑回答：「謝謝。」對墨西哥婦女最殘酷無禮的態度，莫過於拒絕她送上來的美食，這幾乎等同於對著聖母像吐口水或在她們看《週六大綜藝》時突然關上電視。

我拿了幾片豬肉放上玉米餅，再擠上一大堆辣莎莎醬，沒兩、三口就輕鬆解決了，但在我準備要吃第二個塔可餅時，看見豬肉上有幾根豬毛。因為不想讓大家認定我是被寵壞的美國公主，我閉上雙眼，盡可能迅速吃下塔可餅。吃下去之後，我的臉一定呈現慘綠色，但我很得意自己勇氣十足。

大夥酒足飯飽後，慢慢湧入舞池。音樂很微弱（可能因為音響設備很廉價）但我還是很喜歡。手風琴的合奏好歡樂，儘管歌曲內容不知為何與死亡有關。費爾娜阿姨跟她先生貼著臉跳舞。貝蓮也找上外婆隔壁鄰居共舞。我望著大家活潑的舞步，讓陽光烘烤著我，整個人覺得懶洋洋的，當安德列戳戳我肩膀，告訴我要去騎馬，我其實已經開始打瞌睡了。

「走吧，小妹。」他想把我拉起來。

「我好累喔，不要啦。」我想癱回去繼續睡。

「對妳有好處啦。」

「怎麼會？」

「相信我。」

我垂頭喪氣地跟著安德列走到會場旁的田地，有兩隻馬兒拴在籬笆旁。

「這位是依莎貝拉。」他指著體型較小的馬兒。「這一位是賽巴思汀。」安德列撫摩公馬身側，臉上露出微笑。

「幸會幸會。」我假裝跟牠們的馬蹄握手。

「牠們結婚了。」

「結婚？什麼意思？」想到依莎貝拉穿婚紗就讓我誇張地大笑起來。「有辦婚禮嗎？有沒有跳華爾滋？牠最後有沒有丟捧花？」

「是沒辦婚禮啦，不過，牠們可是貨真價實的一對喔。」安德列不太滿意我的態度，還有我竟然對動物的真愛不以為然。

「真的嗎？」

「只要牠們分開，賽巴思汀就會哭，我對天發誓，很大滴的淚珠喔！」安德列很認真，我不再大笑，他甚至在胸前畫十字架，強調自己說的是實話。

安德列到馬棚取馬鞍時，我撫摸依莎貝拉的背，手指穿過牠粗糙的黑色鬃毛。那毛皮色調極深，幾乎泛著藍光。在陽光下，牠的肌肉緊繃閃亮。我不認為自己以前曾見過如此美麗的生物。

我很訝異自己竟然會重新愛上騎馬，感受到牠在我腿下的巨大力量。我與安德列朝河邊騎去。四下安靜，只除了枯黃草地間的馬蹄聲與嗡嗡叫的昆蟲。一大群灰鳥飛越我們頭頂，停在一棵大樹上。「是信鴿。」安德列說。由於乾旱，河流幾乎消失無蹤，只剩下長了青苔的水窪與一堆垃圾，諸如塑膠袋、寶特瓶、包裝紙，甚至還有一隻鞋子。我想起那次夢到奧嘉成了美人魚，不禁顫抖起來；我甚至還能清楚看見她發光的臉龐。

河邊的廢棄火車站已經被封起來了，紅色油漆早已剝落。鐵軌鏽跡斑斑，枕木也破損不堪。安德列說，這裡很久沒有火車經過了，早年它曾經帶來許多人潮，後來鐵道公司貪污，中止營業。記得我與奧嘉小時候，外婆曾經帶我們來這裡玩，她替我們買了用小木盒裝的焦糖牛奶醬，甜甜膩膩，吃下去後，我的牙齒痛了好幾小時。我也知道以前外公都在這裡搭火車，帶著各式鍋子到其他城鎮販售。他在鐵道關閉前就過世了。我想，從某方面而言，他沒有目睹這裡關閉也算是好事吧。他很喜歡這列火車。

我們接近一處空地時，超大隻的蒼蠅開始囓咬依莎貝拉的臉與脖子。牠搖搖頭想擺脫蒼蠅，可是一點用都沒有；即使我將牠們揮走，也會立刻飛回來。我撫摩剛才蒼蠅停過的地方，手上沾了馬兒的血。我趁安德列不注意時，親吻了牠的後腦勺。

我們沿著河岸緩行，直到夕陽落在大樹後方，蟋蟀開始吟唱。遠處一片玉米田看起來乾枯蓬亂，不知道萬一有人在那裡點火柴會發生什麼事。我可以永遠騎著依莎貝拉，但安德列說，我們該回去了，免得外婆擔心。我跟依莎貝拉說再見，將臉緊緊貼著牠，手放在牠背上，感覺自己聽見了牠的心跳聲。突然間，我想起自己與奧嘉第二次到洛斯奧霍斯時，曾經跟她一起騎舅公的大馬出遊。一開始我好怕，但奧嘉告訴我，馬兒絕對不會傷害我，因為牠們是神奇的生物。我相信她。

安德列笑了，「妳在幹麼？」

我微笑。「沒什麼。只是給牠一個擁抱。」

楚喬舅舅拿著啤酒朝我走來。「安德列、寶貝，我們跳舞吧。」他看起來有點搖搖晃晃。

「不，謝了，舅舅。我的舞跳得不好。」

「胡說！」他斥責，然後帶我走上舞池。「孟特家族是洛斯奧霍斯最厲害的舞者！」這首歌是關於三位開車參加狂歡節的女孩，結果卡車翻過懸崖，大家全摔死了。我不知道為什麼有人會想隨著這首歌起舞。楚喬舅舅的汗味有啤酒的味道。他的襯衫很濕，皮膚也很黏，但我沒因此停下來，因為不想傷害他的感情。他玩得很開心，不斷讓我轉圈，還用盡肺活量唱歌。

第三首歌結束後，一群戴著黑色面罩、手持步槍的男子走進會場門口。舅舅放開我的手。他的臉垮了。

「媽的臭鼬一群。」他喃喃說。

「怎麼了？舅舅？發生什麼事？」

「沒什麼，親愛的，我來處理。」舅舅朝他們走去。

大家都很僵硬，滿臉擔憂，但沒人說話。現場突然成了只有雕像參加的聚會。安德列一直眨眼睛，彷彿隨時就要昏倒。

他們是士兵嗎？還是毒販？我不知道。

其中一位蒙面男子一直盯著我瞧，似乎已經用眼睛在我身上打洞了。

楚喬舅舅從口袋掏出一個信封，遞給其中一個人，這傢伙對安德列點點頭。舅舅回到派對，臉色蒼白，顯然嚇壞了。那個盯著我看的男人也終於轉身離開。我注意到他前臂有個褪色的死亡聖神刺青。

「剛才是什麼鬼？」我對貝蓮耳語。

「妳問題實在太多，不要再問了。」她回答，然後轉身走遠。

第二十二章

貝蓮逼我去看足球賽，我曾經告訴她，自己內心深植著對運動的厭惡，但她才不管，她說這不重要，喜不喜歡不是重點。年輕人看球賽是為了鬼混、認識帥哥辣妹。洛斯奧霍斯又沒什麼其他活動。難不成要盯著山瞧？追著雞跑？開槍打酒瓶？

我們跟貝蓮的朋友坐在最上面的座位，這群女孩還算漂亮，但是妝化得太濃了。雖然她們沒有說八卦或講幹話，但我立刻感覺得出來她們很嫉妒我表姊。我不知道為什麼自己總有這類第六感。大概是因為她們的眼神不斷打量她的身材或臉龐吧。那是一種渴望。不是她們想要她喔；她們想要「變成」她。

老虎隊得第一分後，一位戴著牛仔帽的暗色皮膚男人走近我們，他帶了幾瓶可樂以及一些莎莎醬豬皮，然後分給我們零食與飲料，坐到我與貝蓮中間。女孩們爆笑出聲，彷彿這是她們見過最好笑的事情。我能感覺自己上唇開始冒汗。

「妳今天晚上好嗎，雷耶斯小姐？」

一開始，我還不確定他為什麼會知道我的姓氏或認識我，但後來我想起，在洛斯奧霍斯，人人都深知彼此的背景。楚喬舅舅說，就算你偷偷放屁，下一秒整座小鎮都會知道是你放的。

「普普。」我看著球場，這是我這輩子第一次認真想看懂球賽。

他大笑。「妳為什麼不看我？」

我聳肩。一下子不知道如何說話了。

「不要理伊特班。」貝蓮傻笑，「他有時候很煩人。」

我不會說他煩人，但他確實很固執。我的眼神會忍不住飄到他黝黑結實的手臂。不知道觸碰他的感覺是什麼。我交叉雙腿，不想碰到他。

賽後，貝蓮與她那群嘰哩呱啦的朋友在我來不及請她們等我前，就落跑了。

「我想我應該陪妳回家。」伊特班微笑。他的牙齒潔淨完美。

「是啊，好吧。」我說，想起貝蓮警告我晚上不要獨自行走。

天空開始轉為靛紫，能同時看見太陽與月亮。

伊特班讓我感覺胸口填滿了溫暖的糖漿，彷彿全身的骨頭都被人緩緩抽走。有那麼一秒鐘，我想到康納，不確定他是否還會想我，但我提醒自己，我們之間已經結束了。不知道為什麼，儘管我才剛認識伊特班，對他甚至一無所知，但他仍然讓我激昂興奮。

一輛大聲播送毒梟民謠的卡車把我從恍惚中驚醒。

我們走到外婆家的街區角落時，伊特班握住我的手。「從妳到這裡的第一天，我就喜歡妳了。」

「呃……可是我從來沒見過你，這有點奇怪耶。」我太緊張，不敢看他。為什麼每次雖然百般不願意，但一開口就成了我最討厭的混蛋？

「妳不記得那天妳與貝蓮走進水果店時看見我嗎？我在那裡工作。」

我知道那天似乎有人在看我，但我沒費心尋找。有意思的是，我的身體比我更清楚這類事情。

我搖搖頭。「沒，我沒看見。」

伊特班黝黑的皮膚在路燈下發亮，讓我聯想到咖啡。我好想摸他的臉，但沒有動作。

我們坐在費爾娜阿姨家後院，啃著從她家樹上摘下來的無花果。勞爾姨丈與萊昂姨丈在屋內看新聞。繁星滿布，我帶著敬畏之心盯著夜空許久，大家都注意到了，而且全在笑我。

我怎麼能忘記這樣的夜晚？

「可憐的都市小孩。」楚喬舅舅微笑，「她可能從來沒在芝加哥看過星星。」

「哪有，幸運的話，一次可以看到三、四顆星星啦。」我說，然後從毛衣取下一片小葉子。我在想，其實有些星星此時此刻早就不存在了，我們看見的光芒，是過去它們散發的光芒。我的大腦有點難理解這個事實，真是什麼鬼東西啊。

我赤腳踩著地面，感覺真好。艾絲拉阿姨坐在我後面替我綁頭髮，她的手指冰涼，碰觸我的後頸，感覺好舒服。她很溫柔，不像我小時候，媽每次總是用力拉扯我的頭髮。

「老天爺，親愛的。」艾絲拉阿姨舉起我的髮辮給大家看。「妳頭髮好多喔，妳怎麼可能帶著這頭髮到處走？頭不覺得重嗎？」

「頭髮濕的時候會覺得很重。」我回答，不知道把頭髮剃光會是什麼感覺。我會變成什麼模樣？我這一生都留著長髮。剛出生時，我的頭髮是一大團誇張的黑色毛球。媽說醫生和護士全都嘖嘖稱奇。

我覺得貝蓮正從院子對面瞪我。她大概已經習慣當家中美女，所以不喜歡我受到眾人的關注。我不太自在，卻又沾沾自喜。

「美麗烏黑的頭髮是家族遺傳。」哈絲塔外婆說：「雖然現在我的頭髮已經不是這樣了啦。」她的手穿過自己的灰白短髮，臉上帶著微笑。

楚喬舅舅咧嘴大笑，搖晃頭部，就像洗髮精廣告一樣。「真的耶。我看起來就像電影明星。」

我吃了太多無花果，覺得肚子有點痛。但停不下來。我喜歡果肉的香甜，還有微小種籽咬在齒間的口感。

這裡的夜晚向來完美。不會太冷，空氣中瀰漫著泥土和樹葉的氣息。我覺得自己似乎聞到了一絲河水的味道，後來想起來河流幾乎乾涸得差不多了，所以大概是幻覺吧。沒有什麼比蟋蟀叫與無花果樹的沙沙聲更能讓人心情平靜的了。假如阿姨家有吊床。我會要求每晚都睡在上面。

儘管正逢乾旱，種在舊水桶的白玫瑰和黃玫瑰仍然欣欣向榮，因為費爾娜阿姨把它們當孩子般悉心照料。花朵堅韌讓我充滿希望。

安德列從椅子起身，走近院子角落的仙人掌。我不知道他在做什麼，我也不想問。他將手指按在花蕾上低語，幾秒鐘後，他轉向我們說道：「這個花苞一直沒開，可是季節快結束了。」他皺眉。

「那是什麼花？」我問。

「量天尺……不要管名字啦，我猜這一棵是假貨。」

「我從沒聽說過耶……真的……太不可思議了。」我瞠目結舌。只在晚上開花的植物，聽起來像是童話故事才會出現的東西。

費爾娜阿姨從廚房端出一壺洛神花茶，替我們大家都倒了一杯。「這有利消化，對高膽固醇的人也很有幫助。今天晚上吃了那麼多肉，大家都需要。」費爾娜阿姨是大家長，總是努力照顧每一個人。很難相信她是貝蓮的媽媽，因為貝蓮實在有點自我，成天只關心自己的美貌。我到這裡的第一晚，費爾娜阿姨就交給我一個小布袋，裡面放滿了解憂紙娃娃。她告訴我，每晚睡覺前，將所有的煩惱都告訴它們，再放在枕頭下。到了早上，就會無憂無慮了。我從來都沒有告訴她，這其實對我一點用都沒有。

洛神花茶酸酸甜甜，讓人精神為之一振。我又替自己倒了一杯。如果夜晚可以用飲料來形容，那麼我想絕對就是洛神花茶了。

費爾娜阿姨帶我到三個城鎮以外的德利西亞斯買乳酪。據說這裡有全州最頂級的產品，我舉雙手贊成。這裡的乳酪不但口味獨特、奶油味濃郁，而且可以完全融化，搭配玉米捲餅，風味奇妙無比，與眾不同，這是一趟值回票價的乳酪朝聖之旅。

阿姨從頭到尾都在抱怨乾旱。「農作物全毀了。」她說：「乳牛很瘦，人們都不知道該怎麼辦了。」這片土地的確比我記憶中還要乾瘠，樹枝枯黃乾癟。

沙漠的生物全都垂頭喪氣。山頭點綴的相思樹都不高，樹枝上長了刺。這裡的生物都用尖刺保護自己。偶爾飄來一朵肥肥的雲懸在天邊，下了幾滴雨，像是在捉弄口渴的大地。

費爾娜阿姨比媽大了好幾歲，兩人看起來極為神似。同樣的黑髮、淺色肌膚與鮮紅的嘴唇，但她沒有媽那麼漂亮。這不表示她沒有魅力；阿姨同樣迷人，讓人一眼難忘，這是孟特家族女性的特色，但當然，沒有人比媽更美。我不禁想像她們成長過程。阿姨會一天到晚想跟她比較嗎？她會不會吃醋？她曾經希望自己跟小妹一樣穿越國界嗎？

我們將卡車停在某處山腳，因為它不適合穿梭狹窄的小鎮街道。突然間，我有種似曾相識的感覺——我來過這裡，是外婆帶我來的，但我不記得為了什麼。跟山羊有關？還是我胡思亂想？有時我的記憶彷彿一張被塗黑的照片。

「妳媽好嗎？」當我們喘著氣往上走時，阿姨問道：「妳最近有沒有跟她說話？」

「她昨天有打電話給我。聽起來還不錯。」

「之前呢？妳知道的，就是奧嘉剛走的時候。」

「她完全無法下床，有時候我以為她恢復了，結果又回頭睡了好幾天。當時她幾乎不吃不喝。真把我嚇到了。不過她已經有一段時間沒有這樣了。」

有名男子牽著一頭蒙眼的公牛走在大街。「妳們好。」他說，舉起帽沿致意。墨西哥就是這樣——就連不認識的路人也會跟彼此打招呼。

「我可憐的妹妹。我們都只能待在這裡，派不上用場，也幫不了她。哎，可憐啊。」阿姨嘆了口氣。「每次我打電話給她，她都說她很好，但我知道她一點也不好。當然不好。沒了女兒，怎麼會沒事呢？這是身為人母遇到最糟糕的情況了。我想都不敢想。老天啊。」她在胸前畫了十字架。

「她不是很好，我也不好。」

「哎呀，親愛的寶貝，我無法想像妳姊姊死了，妳會是什麼感覺。」阿姨轉向我，摸摸我的臉。「可憐的孩子。那妳跟妳媽的關係呢？我知道這些年妳們兩個常常吵架。她總是說妳很難搞。」

我這輩子總是離不開這幾個形容詞：難搞、麻煩、固執，差不多都是這些。一陣大風把燒垃圾的臭味吹向我們。

「是啊，我們並不真正了解對方。」

「妳需要更努力一點，特別是妳姊不在，她只剩下妳了，胡莉亞。她非常愛妳，或許妳看不出來吧，我不知道。只是，拜託別讓她的日子過得更苦。我以妳的阿姨、妳媽媽的大姊身分求妳，請對她好一點。」費爾娜阿姨已經有點上氣不接下氣了。她停下腳步，用前臂擦去臉上的汗水。我猜媽沒有告訴阿姨我想自殺。

「妳不明白，阿姨，我真的努力過了，真的。但我們很不一樣。她認為我難搞瘋癲，但我想要的事物，對我而言都很有意義。我想獨立。我想做我自己，擁有自己的人生。我想自己做選擇，承受自己的判斷錯誤的後果。但她每天分分秒秒都想知道我在做什麼，讓我覺得自己快被淹死了。」

「哎，親愛的，有好多事情妳不了解。」

「為什麼每個人都這麼說？我知道我很年輕，但我並不笨。」

「我不是這個意思。是因為妳媽已經過得夠苦了。妳無法想像的。」

「我知道。她無時無刻都在提醒我。她總是告訴我她工作有多辛苦，我又是如何忘恩負義。」

費爾娜阿姨好久都沒開口。

「阿姨？妳還好嗎？」

「我會告訴妳真相，只是為了讓妳能設身處地，讓妳更有同理心。」她看著天空。「上帝，請原諒我這樣做。」

我全身緊繃，突然被渴望壓得喘不過氣。「什麼事？究竟是什麼？告訴我，現在就說。我現在就要知道。」

阿姨終於看我了，「妳知道妳爸媽如何越過邊境的嗎？」故事我聽過好幾次了。媽不顧外婆阻撓，一心跟著爸離開家鄉。他們找了蛇頭幫忙偷渡到美國，在他們抵達德州時，有人偷走了他們所有的錢。他們暫住在爸的遠親位於埃爾帕索的家，在餐館工作，直到存到足夠的錢，坐公車到了芝加哥。當時正值隆冬，他們沒有外套。媽說她這輩子從來沒這麼冷過。她還以為自己的眼珠會就此結凍。我就只知道這些。

「妳媽，那個蛇頭……」阿姨看起來彷彿想解開自己需要說的話。她哭了起來。「他帶她……」

「他把她帶到哪裡？」我尖叫。我不是故意的，聲音卻這樣冒出來。「他把她帶到哪裡？他做了什麼？」我用力捏她的手，覺得自己快折斷她的手指了。

阿姨說不出話來。我的思緒不斷跳躍。一隻毛髮凌亂的灰色貓咪衝過我們腳邊。

「我說不下去了。我不該告訴妳的。上帝，原諒我。」費爾娜阿姨用手摀住嘴。她不需要說完。

「爸呢？他在哪裡？他怎麼辦？」我無法停止尖叫。

「他們用槍制住他。他一點辦法都沒有，無法動彈。」阿姨搖搖頭。

「不。不。這不可能是真的。不。我不能……」我頹坐地面，旁邊就是火蟻丘，但我不在乎。身體彷彿有千斤重。我想像媽媽的臉滿是淚水與污泥，爸爸挫敗地低下頭。「那奧嘉呢？她……她是……」我不敢把話說出口。

阿姨雙手緊靠著胸口，然後點點頭。「所以，我的寶貝，我才想讓妳知道。妳以後跟妳媽吵架時，希望妳體會她的遭遇，理解她為何那麼生氣。她不是故意要傷害妳的。」

那天晚上，我直到清晨才入睡。我只能躺在床上，想著我的父母，原來我對他們了解這麼少。我中午才起床，全身痠痛。

由於沒有其他地方要去，也沒真正的要務得做，白天總是過得迷迷糊糊，後來我甚至不確定哪天是哪天了。我起床，吃早餐，幫外婆煮飯打掃，然後躺著看書寫作。貝蓮放學回家後，她與我會漫無目的地在鎮上亂晃，隨便買垃圾食物吃。有時我們會去找伊特班，等他下班後，我們會坐在長凳發呆，要不就是在廣場逛逛，直到該回家為止。貝蓮總是讓我們獨處一會兒。她假裝自己需要辦點事，但我很清楚她的意圖。

伊特班從未試圖吻過我，但我滿腦子只想跟他接吻。我想像他厚實的嘴唇貼著我的，我想像他的手穿過我的頭髮，滑下我的背，強壯的身軀緊靠著我。但我從沒採取主動，就像一隻被拔光羽毛的鳥兒害怕脆弱。我知道他說他喜歡我，但萬一他不是認真的呢？假使他覺得我是怪咖呢？或是我不夠漂亮？此外，全鎮的人都在看我們，我又能怎麼做？只能跟傻瓜一樣，坐在那裡跟他閒聊，討論流浪狗之類的，暗自希望我蹩腳的西班牙文字彙不會讓自己太難堪。

今天伊特班穿了牛仔褲、褪色的披頭四T恤以及一頂牛仔草帽。我喜歡這個組合。

「這件上衣哪裡來的？」

「我表哥把它忘在我家，我就拿來穿了。」他笑著說。

「你喜歡披頭四？」

「一點也不。」

「你很奇怪耶。」一隻髒兮兮的流浪狗悄悄朝我們走來，開始嗅聞我的味道。

伊特班似乎覺得很有趣。「奇怪嗎？」

「就是啊，大家都喜歡披頭四。」

「顯然這隻狗喜歡的是妳。」他用下巴對著牠。

「牠不是我喜歡的類型。」

伊特班大笑。「妳很好笑。那妳喜歡什麼類型？」

「我喜歡整整齊齊的，不要有太多跳蚤。」

伊特班微笑拍拍我的手。我幾乎因此快喘不過氣來了，也訝異地瞪大了眼睛。我好緊張，完全不敢移動。我們就這樣坐了幾秒鐘，直到貝蓮拿著一袋肉從商店出來，我們要帶回去讓外婆準備晚餐。我跳起來離開，沒有回頭看伊特班，心臟已經跳到我嘴裡了。

黃昏時，貝蓮、阿姨們、外婆跟我在客廳看電視影集，洛斯奧霍斯的女人們在這時候就只能專心做這件事，大家眼睛都黏在電視螢幕上。就算我頭髮著火，在她們面前跑來跑去，也不會有人注意我。《叛逆家族》（擁有可恥過往的有錢家族故事，難看到爆）片頭音樂才剛出來，我們就聽見外面有人大喊。

「幹你媽的臭賭爛！」有個男人吼叫道：「你要付出代價！」

貝蓮把電視關靜音，我們面面相覷。

接下來的騷動我聽不懂，只聽得出來「賤貨」與「人渣」。有人按汽車喇叭。輪胎發出刺耳聲響。有隻狗在吠叫。

幾秒鐘後，騷動停止了，我們以為一切都結束時，槍聲大作。大家立刻趴到地上，就連可憐的外婆也不例外。「又來了？我還以為都結束了，為什麼？上帝？為什麼？」費爾娜阿姨安撫她，摸摸外婆的背，想讓她冷靜，但外婆不斷嗚咽哀號，她心煩意亂，很難平復，艾絲拉阿姨不斷在胸前畫十字架。

我們爬到屋子後面。我是最後一個。我先偷偷從門縫往外看。街上躺了兩個男人的屍體。

費爾娜阿姨說，她需要為我洗滌心靈，替我收驚。她說，經歷那種事後，她們不能這樣直接送我回家。我媽會怎麼說？家人們宣稱恐慌足以致命，我認為那就是心臟病發作啦，但無論如何，只要能讓大家安心，我可以配合。

阿姨帶我到哈絲塔外婆放額外乾糧的儲藏室。這裡有幾袋麵粉，豆子與乾玉米散落滿地。我躺上一張小床，安頓好之後，費爾娜阿姨拿了一顆蛋，在我全身上下作勢畫了許多小十字架。她先從我的頭開始，然後一路到雙腳。冰涼的蛋殼觸碰我的肌膚，感覺很舒適安心。我小時候對這靈魂洗滌的過程一直不清楚，只知道過程與雞蛋有關，我本來以為她們用的是熟雞蛋（可能還是煎蛋）讓接受儀式的人全身油膩，甚至沾滿蛋黃。天啊，我真是超級傻瓜，但後來我表姊凡妮莎差點出車禍，我見到大人這麼做就懂了。人們認為生雞蛋可以吸收所有堵塞在靈魂的污穢惡靈。

費爾娜阿姨低聲祈禱，我聽不懂她在說什麼。她在我全身畫了好幾十個十字架，接著就說，把雞蛋打開，看看一直在我體內作祟的究竟是什麼鬼東西。阿姨將蛋打進一杯水，拿杯子對著光。水已經混濁不清，我們仔細一瞧，蛋黃中央甚至有一點深色血漬。

「我的天啊，寶貝。」阿姨驚呼：「妳到底是怎麼回事啊？」

我得回美國了，外婆很怕毒販會繼續互相殘殺。經過一年半的平靜生活，洛斯奧霍斯又要陷入暴力循環。她要我搭公車去機場，這樣毒販才不太可能半途攔截。由楚喬舅舅開車尤其危險，因為毒梟集團已經追殺安德列好多年了。

「為什麼那天舅舅給那個人信封？」睡前我問外婆，「就是保琳派對那一天。」

她嘆了口氣。「這是賄賂，才能讓他們不要找安德列麻煩。他們希望他為他們工作，所以他們偶爾會來找麻煩。妳能想像為那些禽獸工作嗎？上帝不會允許的。那些人沒有靈魂，逼窮人一定要吐出錢來。你舅舅只是個普通的卡車司機，盡自己最大的努力供養家庭，哪有什麼存款？哎呀，這座小鎮已經成了垃圾。」外婆將手蓋住雙眼。「妳不用再擔心了，休息一下，很快就可以回家了。我不知道會發生這種事，寶貝，對不起。我以為戰爭已經結束了。這種事已經很久沒有發生了。」她做了個十字架的手勢，親吻我，跟我道晚安。

「沒關係，又不是妳的錯。」我說。某一部分的我想告訴她，我知道媽發生了什麼事。這件事在我內心跳動，彷彿有了另一顆心臟，但我不知道自己是否能大聲說出口。

伊特班說他會想我，我說他一定不會的。怎麼可能呢？他幾乎不認識我。不過他只是大笑。我說的每一句話他似乎都覺得好笑，就算我不故意想搞笑也一樣。

「或許我們會在另一邊相見。」他在廣場上告訴我：「我可能很快就會越過邊境了。我不能永遠在水果店工作。這裡沒有適合我的工作。我厭倦這個地方了。」他環顧四周，厭惡地踢著一塊石頭，將它踢到空蕩蕩的噴泉。

「拜託請你萬事小心。邊界。這該死的邊界。」我感覺體內彷彿湧出一股野性。「那是一道巨大傷口，介於兩國之間的一大傷痕。為什麼一定要這樣？我不明白。那不過是一條隨意劃下的愚蠢界線。又有誰能規定人們哪裡可以去，哪裡不能去呢？」

「我也不明白。」伊特班拿下牛仔帽，凝視遠處山脈，「我只知道自己已經受不了這種人生。」

「一切都是狗屎，徹頭徹尾的垃圾。」我握緊拳頭，閉上雙眼。

伊特班用雙手捧住我的臉，將我拉近。或許小鎮再一小時就會知道我們兩人的事，但我懶得在乎了。

與家人道別後，我在公車上默默啜泣，不敢往外看，如果看到外婆還站在原地望著我——而且我相信她一定還在那裡——絕對會痛哭失聲。她祝福我一路順風，將爸的作品交給我，她相信我能好好照顧我媽。「妳是美麗的年輕女孩。妳有本事做出了不起的大事。請確保妳會好好照顧我的女兒。」我從來沒想過我必須保護照顧我媽。我不知道那是我的工作與責任。但我回答：「我一定會的。」我怎麼可能做不到呢？

公車終於開動後，我原本打算睡一覺，但坐前面的傢伙大聲打呼，甚至每隔幾分鐘就吵醒自己。那鼾聲聽起來很深沉，似乎快窒息了。我盯著窗外，端詳乾枯的棕色大地。他們說這是十年來最嚴重的乾旱。每隔幾公里就會在路邊看到亮麗的沙漠小花或掛了塑膠玫瑰花的白色十字架。不知道為什麼這麼多人會橫死路邊。

接近城市時，太陽也緩緩下山了。天邊色彩如此絢麗燦爛，鮮明強烈，我胸口彷彿都能感受到痛楚，此時我想到許久以前讀過的一首詩，描述的正是極致的美也足以令人恐慌。差不多就是這個意思，內容我不太記得了。

遠處田野鐵絲網旁躺了一隻死驢子，牠的四肢僵硬地彎折，嘴巴微開，好像瀕死之前正露出微笑。牠上方盤旋著兩隻禿鷲。

第二十三章

媽在機場接我，之後帶我到中國城一家餐館。真讓人不敢相信，因為我完全記不得我們上次一起到餐廳吃飯是什麼時候了。餐廳桌子很黏，一進去就聞到舊地毯的霉味，但我還是很開心能跟她在一起。而且，她說同事也推薦這間餐廳。或許我也該好好學會，凡事不能只看表面。

我們坐在窗邊，因為我告訴媽我想看外面。芝加哥終於開始融冰了，此時大部分的積雪已經融化，只剩下幾處黑污的堆雪，人們看起來更自在快活了。櫃台的魚缸有一條看起來不懷好意的紅色金魚。我告訴媽我覺得牠在瞪我們時，媽開懷大笑。

「外婆告訴我妳是好幫手。」媽微笑說。

「真的很好玩。我都不知道我這麼想念她。」

「妳看吧？我就說到墨西哥一趟對妳只有好處。」

「是啊，我想是吧。但有人開槍還是很可怕。」我深吸一口氣。

「真是很抱歉，寶貝。她們告訴我那裡現在平靜多了，我才送妳過去。至少已經一年沒發生槍案了。如果我知道，絕對不會送妳去的。」

「沒事啦，沒關係，不是妳的錯。」

「妳的老師上週打電話給我。」媽喝了一口茶。

「哪一位？」

「瑛曼老師。」

「但他現在根本不是我的老師啊。怎麼會打給妳？他說什麼？」

「他聽說妳請假好幾週，很擔心。我告訴他妳去墨西哥，因為家裡有事，他說請妳盡快回來補課，才能及時畢業上大學，這很重要。他一直稱讚妳，說妳是他教過最優秀的學生，而且很會寫作。我都不知道耶。妳怎麼都沒說？」

我總是很難跟媽解釋這麼多。「我有想提。」我說：「真的。」

「妳也知道我幾乎沒上學。我得輟學幫忙家務，那時才十三歲。我很無知的，寶貝。妳難道看不出來嗎？很多事情我都不懂。我希望一切都能跟現在不同。我知道妳恨我，但我全心全意愛妳。從我知道自己懷了妳，就一心愛妳、疼妳。我只是不想要妳發生意外。我無時無刻都在擔心，妳無法想像那種心情，我簡直都快被吞沒了。我唯一做得到的就是想盡辦法保護妳。」媽開始哭了起來，拿餐巾擦擦眼角。

「我不恨妳，媽。我一點也不恨妳，拜託妳不要這樣說。」服務生端上我們點的餐點。我超愛糖醋雞，每次看見都會跟聖伯納犬一樣口水直流。但我突然不餓了。當然，媽也點了清蒸時蔬。我抬頭看天花板，不想讓眼淚掉下來，可是沒有用。如果大家想看，就讓他們看吧。

「有時候，我知道自己不是最棒的媽媽。妳真的跟大家都不一樣，胡莉亞。我向來不知道該怎麼應付妳，後來妳姊死了，我根本不知道自己在幹麼。發現妳跟人發生性關係時，我好怕，就怕妳跟凡妮莎一樣，得自己一個人帶小孩。我不要妳過那種人生。我希望妳找到好工作，找到好人家嫁。」媽深吸一口氣。「最近我跟牧師談過。他分析給我聽，讓我更了解。」她將手蓋在我手上。「對不起。真的。而且……我知道妳姊姊的死不是妳的錯。我不應該那麼說的。我只是想整理自己的心情，但真的好難，寶貝。」

我無法看著媽，努力不去想她在邊境的遭遇。我一直想到她被人壓在地面尖叫，同時有人拿著槍指著爸的腦袋。我不認為應該告訴她，我知道實情，但我們之間有了這些祕密，又該如何相處？我們要如何綁鞋帶、梳頭髮、喝咖啡、洗碗、睡覺，假裝一切沒事？我們又該如何感受歡樂，放聲大笑，心裡卻埋藏這麼多往事？我們該如何好好過每一天？

「我也很對不起。」我終於開口：「對不起我傷害了妳。對不起我想自殺。」

回家後，媽就把手機還我了，我決定打電話給康納。現在的我想念他，也想念伊特班。「愛」，或不知道要如何定義的情緒——真是令人困擾。同時對兩個男生都有感覺，這正常嗎？

我打開手機，看見自己總共有十五封簡訊及十一則語音訊息，全都是康納傳來的。內容大同小異：「希望妳沒事。我想妳，拜託請回電。」

他接起電話前，我幾乎無法呼吸，差點把電話掛了。

「我的天啊，真的是妳。」他說。

我好緊張，聲音也隨之沙啞。「你好嗎？」

「我打給妳有上百萬次吧。妳為什麼連接都沒接？我還在想妳手機是不是被沒收了。」

「我去墨西哥了。」

「什麼？墨西哥？妳去做什麼？」

「說來話長。見面再解釋。電話上講不清楚，太複雜了。」

「我還以為妳討厭我。」

「我才沒有，一點也不。」

「我還是想幫妳解鎖妳姊的電腦，妳知道嗎？」

「謝了，多謝你想幫忙，可是，嗯，我想這個也見面再談好了。」

「妳知道嗎？我很想妳，對不起我之前的行為讓妳不開心了。」

「沒事啦。主要還是我的問題。我應該讓你說完的。我不應該隨便掛你電話。而且我也很想你。我有好多故事想告訴你，包括一對結婚的馬兒。」

康納大笑。「聽起來滿酷的。」

「真的，絕對讓你想不到。明天五點半書店見，可以嗎？我們可以一起聞書。」我甚至不知道媽會不會讓我出門，但我一定得想辦法再見到康納。

掛上電話後，我走到媽身旁，她坐在廚房餐桌瞪著一堆帳單。

「媽。」我小聲說：「明天拜託讓我跟蘿芮娜出去好嗎？」我不可能告訴她康納的事情，因此別無選擇，只能說謊。我屏息以待，等她否決。

媽揉揉太陽穴。「妳們要去哪？」

「我不知道，市區之類的吧。公園，反正不是附近。我好久沒看到她了。」

媽安靜了好一會兒，非常認真思考，然後她用手扶著前額。

「哎，老天。」她終於說。

「拜託啦。」

「好吧，可是天黑前就要到家。」說出這幾個字，似乎讓媽痛苦得不得了。

由於媽努力想當更好的母親，我也決定要當個更乖的女兒，於是我同意當晚陪她參加教會的禱告小組。地點就在我舉辦成年禮派對的地方，下樓時，我回憶起那可怕的夜晚。希望媽不要也在想著那一晚，但我幾乎確定她也想到了。怎麼可能不去回憶呢？

教會活動最令人興奮的就是隨時都有免費咖啡與餅乾，我馬上跑去吃吃喝喝。世界上最美好的事物莫過於泡在牛奶咖啡裡的香草方塊酥了。

小組領導是一位名叫艾莉塔的中年婦女。她穿了一件非常古板的毛絨背心，短髮正是許多婦女到了一定年紀後流行的髮型（不知道這髮型是否為中年婦女之必須）。艾莉塔以「天父啊」作開場，然後接下自己想說的禱詞。「我希望在場每一位今晚都能找到自己尋求的愛與體悟。神活在你們每一個人心中。」她說。

艾莉塔告訴我們，十五年前，她十歲的兒子經過一場與白血病漫長痛苦的奮戰，仍然離開了人世，至今她每一天都無法忘記兒子的死。當她開始描述他截肢的過程，一滴眼淚不聽使喚流下我的臉頰。

「寶貝，妳還好嗎？」媽將手放在我的膝蓋，輕聲問我。

我點頭。

接下來是一位叫做岡扎羅的男子，他穿了一件藍色工作褲，上身是一件大約九〇年代的兔巴哥T恤，這是少數我看了就不爽的卡通角色。他告訴小組，他兒子是同志，他不知道該如何原諒他。

「原諒什麼？」他說完後，我問道。

「胡莉亞，不要說話。」媽阻止我，我跟往昔一樣，又要讓她丟臉了。

「她可以問問題，沒關係。」艾莉塔說。

「我不了解。」我問：「成為同志不是他能選擇的。你難道不懂嗎？」

「妳說我不懂是什麼意思？他犯了原罪！」岡扎羅已經火冒三丈，他握緊拳頭，滿臉通紅。

我對他原有的同情早就煙消雲散。「我確定你兒子絕對甘願做任何事，不想讓自己繼續成為同志，只為了不想跟你打交道。還有，耶穌不是要我們必須愛所有人嗎？基督教的原意不就是如此？還是我忘了什麼環節？」

如果我再繼續，我想岡扎羅就準備揍我了，於是我住了嘴。我能感覺媽滿腹怒火，在我身旁氣得發抖，但她沒有說話。輪到她時，我們已經聽了一堆外遇、死亡、飽受虐待的同志孩童、破產與驅逐出境的人生慘境。我的靈魂已經在我腳邊化成了一灘水。

「大家都知道，兩年前，我失去了奧嘉。我每天都在想她。每一分每一秒，我都能感受她再也不在我身邊的事實。她是我的好朋友，我的好夥伴。我不知道自己何時才能恢復正常，不再感覺自己被劈成了兩半。這位是胡莉亞，我美麗的女兒，我好愛她，但是她非常非常與眾不同。我知道她很特別，我知道她既聰明又堅強，但我們不很了解彼此。例如，奧嘉總是會想待在家裡陪我們，喜歡與家人親近，胡莉亞卻總是坐不住。」媽擤擤鼻涕。「在我的家鄉，女人就應該待在家裡照顧家人。這個國家的婦女隨時隨地都可以認識男人，自給自足，這我完全無法理解。或許我的道德標準跟這裡格格不入吧，我不知道。」媽瞪著手中的衛生紙。她真的不清楚奧嘉的真面目，但我又該如何告訴她？我有權利嗎？

「我也不想這樣過日子，媽。」我不太確定自己這時候能否插嘴，但我忍不住。「對不起，我不是奧嘉，我永遠也不可能成為奧嘉。我愛妳，但我想要為自己爭取不一樣的人生。我不想待在家裡。我甚至不確定自己會不會結婚生子。我想繼續求學。我想看看這個世界。我想要好多事物，有時候甚至連我自己都受不了。我感覺彷彿自己也要爆炸了。」

媽沒有說話。大家全都默默坐著，直到艾莉塔要我們牽手，做最後的祈禱。

爸媽睡著後，我拿了自己打的鑰匙，打開奧嘉房間，看看能不能把那些電子郵件看完。結果我真的沒重新鎖住她的電腦密碼，這讓我大大鬆了一口氣。鄰居家的網路很慢，但至少能用。這一次，我從最近的電子郵件開始看。我沒耐性按時間看完了。內容其實都差不多，諸如計畫見面的時間，奧嘉抱怨對方妻子，奧嘉問對方何時打算離婚，他答應一定會跟妻子談。有時候他懇求原諒，有時他什麼也沒提。郵件內容沒什麼特別變化，而且從未提到名字或地點。我想裡面的C就是洲際飯店。在我看來，他的小孩已經是高中生，幾乎跟奧嘉同年，而且，我很確定他結婚二十年了，因為他一直跟奧嘉強調這一點，彷彿這樣就說得過去。

她怎麼能忍受他這麼久？她究竟認為兩人會有什麼未來？這是我沒見過的奧嘉：絕望、死心眼，而且很會胡思亂想。我還以為她很純潔、被動、逆來順受，無視流行趨勢。結果，她竟然跟一個已婚的老頭糾纏不清，還希望他總有一天會為了自己離開老婆。她在他身上整整浪費了四年——從她開始在醫生診所工作那年，當時她十八歲，到她過世的那一天。她究竟在想什麼？怪不得她沒有衝勁。難怪她從來不願離家或上大學。她在等待，而且原本有可能等上一輩子。然後我突然想到，我應該檢查寄件備份夾。或許她寄了一封他一直沒回的電子郵件。

losojos@bmail.com 5:05 p.m. (2013/9/5)

我昨天照了超音波。你為什麼沒來？我把照片放在你辦公桌的抽屜，如果你還在乎的話。

我死去的姊姊懷孕了。

第二十四章

我打電話到安姬工作的飯店，一聽到她的聲音就掛斷。換了兩列火車後，我已經站在飯店大門。

這是一間豪華飯店，男人們西裝革履，女士們踩著昂貴的高跟鞋，亮麗光鮮。眼前一切都閃亮到有點走火入魔的程度；我甚至可以在大理石地板看見自己的倒影。一位鼻頭尖尖，穿著名牌大衣的中年婦女在我走進大廳時對我怒目而視，彷彿我不屬於這裡，而我的存在打擾了她的感官享受之類的。我對她微笑揮手，希望她能偵測到我這動作的嘲諷之意。

我不知道在這裡住一晚得花多少錢，可能好幾百美金，或甚至上千吧。

安姬如我所希望正在櫃台工作，她一身海軍藍褲裝，看起來比實際年齡還要老十歲。她一頭亂髮已經紮成俐落的馬尾，妝容淡到幾乎讓人看不出來。或許這裡的服儀規定她們要看起來越樸素無趣越好。

安姬當然很驚訝看到我。

「喔，我的天啊，妳在這裡幹麼？」她放下話筒。

「我也很高興看到妳喔，安姬，真的好久不見了。」

安姬嘆了一口氣。「妳好嗎？」

「喔，我太好了。」

「我現在不能說話，妳知道我在上班吧？」她揉揉頸後，緊張地環顧四周。

「妳沒時間討論奧嘉懷孕以及那個已經結婚的男友嗎？」我微笑。

「什麼？」

「妳聽見了吧？」

「我們去喝杯咖啡。」安姬抓了皮夾，轉頭對櫃台盡頭的金髮同事說：「梅莉莎，我休息一下，很快就會回來。」

我們在對街咖啡廳的角落桌子坐定，安姬翻找皮包，替自己塗上淡色唇膏，拿手機當鏡子。她沒有說話，一定是在等我先開始，於是我喝了一口咖啡，等她平靜下來。

「妳為什麼沒告訴我？妳從頭到尾都知情。」我終於開口問：「為什麼要這樣對我？我可是她妹耶，安姬。」

「這對大家有什麼好處？她走了，再也不會回來。說出來又有什麼差別？妳家人會想知道嗎？他們會崩潰的。妳應該是年紀太小所以不懂，胡莉亞，有時候，人們並不盡然需要知道事實真相。」

「為什麼大家都這麼說？我又不是智障。我有腦子，而且還是很聰明的腦子。還有，我爸媽最後也是會知道的。奧嘉到頭來該如何藏起自己生出來的嬰兒？難道要說：『喔，不用管這個寶寶啦，這是純潔受孕的結果。』告訴我對方是誰。我知道是她同事。妳一定要告訴我。他是醫生，對不對？」

安姬搖頭。「真的，我曾經想說服她離開他，而且好幾年了，但是她不肯。怎麼樣都講不聽。妳不知道她有多固執。他只是利用她擺脫自己悲慘的婚姻，但她就是不懂，我解釋多少次都沒有用。」

「我甚至開始懷疑妳們兩個是一對。都不知道自己該相信什麼了。」

「真的假的？我跟妳姊？」

「這又不誇張。我知道妳們兩個有祕密，而且一天到晚黏在一起。」

安姬似乎覺得很噁心。

「妳什麼時候知道小孩的事？」

「等一下，妳怎麼會知道這麼多？」她兩手放在桌上。

「我看了她的電子郵件。」

「真是太瞎了。」

「哪有妳們荒唐？我差點覺得自己是瘋子，以為自己沒來由地捕風捉影。」

「妳又何必知道對方身分？知道後又打算怎麼做？」

「我一定要知道啊。因為我顯然根本不認識奧嘉。我猜我們根本不了解她吧，或許除了妳，跟那個她上過的老男人。她為什麼要過那種人生？為什麼就不能找個正常的男朋友，好好上大學？我真的不懂。」

「妳知道，奧嘉不願意離開妳爸媽。她會替他們做任何事。她向來就是想當個好女兒。」

我不確定安姬還知道什麼，想從她臉上看出端倪，但什麼線索也沒有。

「我爸媽應該也要知道這件事，這對我或他們都不公平，我怎麼可能一輩子守著這個大祕密？」

「對不起，我了解這很讓人難受，相信我，但不只是妳的事情。這是保護我們在乎的人。妳想要讓妳家人更痛苦嗎？」

「我們就是不應該活在謊言裡。」我說：「因為他們必須知道，也因為如果不說出口，我覺得自己就要爆炸了。我成天都在想這件事，受不了總得假裝一無所知，讓這些祕密在我體內膨脹。只能把話藏在心裡讓我真的快掛了。我都不知道該怎麼繼續活下去了。」

「妳這話是什麼意思？」

「算了。」一部分的我也在思考安姬的話——我有什麼資格，決定家人該知道什麼？但我討厭這樣，感覺胸中壓了鉛塊，整個人都快走不動了。

安姬用手心擦去淚水。「有些事就是永遠不需要大肆聲張揭穿，胡莉亞。妳到現在還不懂嗎？」

我搭了另一班車到威克公園的書店與康納見面。他一看到我，就遞給我一本舊的攝影集，問我它是什麼味道，我將它貼住我的臉。「嗯……一位悲傷的男人看著窗外雨景……在車站哀悼逝去的時光。對，沒錯，就是這樣。」

康納大笑了。「哇，真是鉅細靡遺。」他問：「他有戴帽子嗎？」

「嗯哼。紳士帽。」

「好高興看到妳。」他說，然後擁抱了我。

「我也很樂意見到你，這位先生，我發現你換了新髮型喔。」康納之前的邋遢棕髮如今又短又整齊，讓他看起來成熟了幾歲。

他聳肩。「是啊，就有一天突然受不了了。」

「我喜歡這樣。」我說：「你看起來很有身分地位。」

我們在書店走了一遍，一面聊著前幾週發生的事情，滔滔不絕，又笑又鬧，店裡的客人瞪著我們，以為我們瘋了。我告訴他依莎貝拉與賽巴思汀的故事，那對同志貓咪，槍擊案，爸的作品，奧嘉的韻事。我講得上氣不接下氣，很想一次講完。但沒提到住院的事，我還沒準備好。

逛完書店後，我們走到六〇六高地，這是芝加哥市政府最棒的都市計畫之一，將老舊的高架鐵橋改建成步道公園。步道長約三公里，從威克公園延伸到洪堡公園，能一覽壯麗的芝加哥天際線與鄰近社區風光。雖然今天很冷，還是有人在散步慢跑，有年輕父母推著嬰兒車，也有人在遛狗。樹木與灌木叢依舊光禿禿的，但我已經看到一些翠綠新芽。康納與我朝西走了一段時間，兩個人都沒有說話。當我望著一處廢棄工廠的藝術塗鴉，他牽起我的手，然後捏了捏。

「你都在忙什麼？」我問：「有沒有出現什麼新對象？」真不知道我為什麼說這種話。每次我緊張就會講一堆蠢話。

康納搖頭大笑，但他沒有否認。一股嫉妒竄過全身，但我不斷想說服自己，我有伊特班了，如果說我沒有在想他，那就是說謊。

「妳有沒有收到大學通知？」他問。

「沒有，還沒。你呢？」

「我進了康乃爾。」康納微笑。

「幹！真假？恭喜！」我拿拳頭敲他一拳。

「是啊，這是我第一志願。我真的很高興。」

「我有申請一些在紐約市的學校，也許我們會在同一州。」

「我可以去找妳。我們可以去博物館或中央公園，或是在曼哈頓大吃大喝。喔，還可以拜訪《麥田捕手》裡提到的一些景點。一定會他媽超酷的。」

「等我先有學校再說吧。」

夕陽緩緩落下。橙紅光芒照亮了一片巨大雲朵。我喜歡黃昏，向來震撼於每一天竟然都會出現如此壯觀美麗的景致。我們安靜許久。「那麼，現在怎麼辦？」我終於說了。

「什麼意思？」

「我自己也不知道。」我緊張地笑了。

「我只知道我想妳。」康納微笑擁抱我。「而且我很高興見到妳。」

「我也想你。接下來又會如何？」

「我們都要去上大學，對吧？所以就不要想太多，好好享受這一段時間吧。我認為這樣才有意義。」他把我的雙手放進他手心時，一群鴿子從我們上空飛過。

「你說得對。」我說，但那不是我想聽的答案。

第二十五章

蘿芮娜這個月經期沒來，很怕自己懷孕。她在家自己驗孕，但線條模糊，所以她跟診所預約了門診，想要百分百確定。

我才離開兩週，卻發生了那麼多事。蘿芮娜認為自己可能「中了」，璜加找到猛男當男朋友，而瑛曼老師則跟洛佩絲小姐訂婚。我不知道自己為什麼會這麼驚訝，這世界本來就不會因為我離開，就此停止運轉。

去診所的途中，火車上滿滿都是人，有人的屁股差點貼到我臉上。蘿芮娜的膝蓋不停抽搐。她想假裝自己不緊張，但我馬上注意到了。

「如果確定有了的話，妳真的不告訴卡洛斯？」

「為什麼要告訴他？他只會叫我留下小孩。我懂他。他絕對會感情用事，哭哭啼啼的。而且媽的我才不要現在生小孩。我早就想離家，過自己的人生，妳懂嗎？我甚至不喜歡小孩，他們超噁的。」

「也對啦，要我也不會留。我看過我表姊帶小孩，真是糟糕透了。她大概連高中也畢不了業。可是沒有文憑，又能找到什麼好工作？」

「只有爛工作吧。」蘿芮娜搖搖頭。

「好吧，萬一妳懷孕了，哪裡有錢做手術？我知道很貴的。」

「何塞·路易在衣櫃的一隻靴子藏了一疊現金。他還真以為我不知道。超級大白痴。」

「但他總會發現的。妳打算怎麼做？」

「說真的嗎？我才不在乎。」蘿芮娜低頭看著她龜裂的紅色指甲。

我們對面有個傢伙從垃圾袋拿出一把叉子當麥克風。當他突然站起來，尖聲唱起麥可傑克遜的〈驚悚〉，他旁邊的老太太馬上站起來換位子，車上每個人看起來都超級生氣。蘿芮娜與我相視而笑。車廂實在很髒，但至少娛樂性十足。

我們走近診所時，聚集在外面的抗議民眾對我們大叫。他們都拿著一些笨標語，上面寫著「墮胎是謀殺」，還有「媽媽，妳為什麼要殺我？」有些小孩甚至拿著血淋淋的胎兒照片。這些人到底是怎麼了？

「我們會照顧妳的小孩！」一位剪著碗公頭，牙齒亂七八糟的女士大吼道：「不要這麼做！妳會下地獄，被活活燒死！」

「滾啦！我對天發誓，女士，不要惹我們。」我說。

「耶穌愛妳的孩子！」

「妳根本不知道我們來這裡做什麼，最好給我閉嘴。」我的心臟狂跳，雙手癱軟。這些人算哪根蔥，憑什麼亂評價別人？

「冷靜點，胡莉亞。不要理他們。」

二十分鐘後，蘿芮娜面帶大大的微笑走出診間。我站起來，腿上的書掉到地上。

「怎樣？沒有吧？沒懷孕？」我低聲問。

蘿芮娜搖搖頭。她的臉龐發亮。

「哦，謝天謝地。」我鬆了一口氣。

我們走到外面時，蘿芮娜突然跳上跳下，甚至跟我擊掌。我猜她剛才是想在其他沒那麼幸運的女孩面前控制自己。抗議民眾望著她的眼神彷彿把她當成大怪物。我對他們豎起大拇指微笑。

「天啊，我整個人簡直是下了一次地獄了。我覺得我們應該慶祝一下。」蘿芮娜在人行道來回走動，不斷搓揉雙手。

「怎麼慶祝？我們又沒錢。能做什麼？買一根熱狗？」

「這個嘛……」蘿芮娜看起來很內疚。

「怎樣？」

「我已經拿了何塞·路易的錢，以防萬一。」

「什麼？真的嗎？」

「我不想冒險。萬一我需要錢時，沒得花怎麼辦？到哪裡變出五百美元？我想在人生中找一次刺激，才懶得管何塞・路易。他大可以去給狗幹。妳最近想吃什麼？」

「哦，天啊，蘿芮娜。妳真的瘋了。妳確定沒問題嗎？」

「相信我。拜託啦。我就是想這麼做。」蘿芮娜搖搖我的肩膀。「很好玩啦。我們平常哪會有這種機會？」

「靠，我還真的不知道呢。吃海鮮如何？海鮮很貴，對不對？」

「為妳沒有懷孕乾杯。」我舉起一杯水說道：「從今以後請記得用保險套。答應我，好嗎？」

「好啦，好啦。我知道了。我保證。我記取教訓，永遠不會再發生這種事了。」

我們望著帆船沿著芝加哥河航行。今天天氣大好，非常適合坐在水邊，恣意花錢。服務生送來一籃麵包時，我跟蘿芮娜只是困惑地盯著對方，直到我們看到隔壁夫婦將麵包浸入橄欖油。

「真的這樣吃？人們會這樣吃油？」我竊竊私語，用頭指向他們那一桌。

蘿芮娜看起來也很不能理解，然後她聳聳肩。

我將油倒上餐盤。

「所以妳和康納又在一起了，還是怎樣？現在是什麼狀況？」

「應該……不完全是吧。我不知道我們算什麼。我很喜歡他，但他似乎不願意承諾什麼。我不太爽。當然，我也喜歡伊特班，但我跟他永遠不可能，因為我們甚至不生活在同一個國家。天啊，跟人交往真難。」

「那倒是真的。」蘿芮娜喝了一口可樂，盯著河面好幾秒鐘。「我想見見他。發訊息給他。」

「妳確定？」

「為什麼不要？我想我應該可以見妳的男友吧？」

「我就告訴妳他不是我男朋友啊，但我還是可以問他。」我一面發訊息一面說。好一會兒，我們都沒說話。「奧嘉死時已經懷孕了。」我終於說出口。我本來想再找時間宣布，但這件事像氣球般在我體內一直膨脹。

「妳說什麼？」蘿芮娜朝我靠過來。

「我看了她的電腦。破解密碼，然後讀了她與某個老男人之間所有電子郵件。我不知道那男的是誰。他們的郵件內容也很神祕，應該是怕有人會發現。他們甚至不用名字稱呼對方。」

「不可能，奧嘉才不會這樣。不可能。」蘿芮娜睜大眼睛。「妳說謊！」

「就是說啊，對不對？」太荒唐了，我幾乎笑出聲。我天使般的姊姊竟然有過一段火熱戀情。

「妳爸媽不知道？」

我搖搖頭。「很難想像吧？」

「我的天啊。」蘿芮娜摀住嘴，「妳會告訴他們嗎？妳打算怎麼做？」

一艘叫「不乖小姐」的藍色小船緩緩駛過。

「我還沒決定。不知道該怎麼辦。就某方面而言，這根本沒有意義，對不對？只會讓他們傷心。她死了，這事實已經無法改變。但換個角度來看，他們難道不應該認識真正的她嗎？不會想知道嗎？我家裡有太多祕密。不說出口又不對勁。為什麼人總是喜歡撒謊？天啊，我不知道耶。我來來回回想了好多次。雖然剛發現這件事，這件事如今成天狂啃著我的大腦。我遲早會說出口，雖然我真的很努力要把它鎖在心裡。」

「她原本想要生下來嗎？」

「等一下，等一下。服務生一直在看我們。」我向她站的地方做手勢。「她大概怕我們不會付錢。」

蘿芮娜從皮夾拿出一疊鈔票，對她揮舞。「問題解決了。請繼續。」

我笑了。這就是蘿芮娜會做的事。「她做了超音波，我想，應該會生下來吧。奧嘉是超級虔誠的天主教徒。絕對會把小孩生下來。這一點我毫不懷疑。」

服務生突然為我們端來一大盤海鮮拼盤，有大海的味道。沒想到份量這麼多，但我們決定每一樣都要嘗試，直到吐出來為止。

「我想妳應該告訴他們。畢竟，那是他們的孩子，妳懂嗎？」蘿芮娜還很震驚。她用叉子挑螃蟹肉。「究竟要怎麼把肉從這堆殼取出來？」她在白色桌巾上打翻了奶油。

「但妳本來也不打算告訴卡洛斯或妳媽妳懷孕了，這又有什麼不一樣？難道說出一切比較好？是妳告訴我，我必須繼續自己的人生，不要再執著姊姊的事情耶。」

蘿芮娜無言以對。

午餐後，康納在拉薩爾街與瓦克街的轉角等我們。我早就懷疑蘿芮娜八成不會喜歡他，因為他是白人，又住在郊區——她一直斜眼瞪他。

「好了啦。」我趁康納不注意時，低聲問：「妳何必叫我找他過來？」

「怎麼了？我又怎麼了？」蘿芮娜一副自己受到侮辱的模樣。「我真的想見他啊。」

「少來，還問我『怎麼了』？」

我們三個人默默沿著河邊散步，後來找到一家咖啡店。蘿芮娜點了菜單上最甜、最複雜的飲料，我和康納則選了加了奶精的黑咖啡。

「所以，嗯……」我們坐在戶外小桌時，康納說：「胡莉亞告訴我妳自然科很強。」

「大概吧。」蘿芮娜一臉無聊樣。她將飲料用吸管攪拌，瞪著河面。

「她常替我做物理作業。我完全不知道自己在寫什麼。」我對蘿芮娜微笑，試圖緩解緊張氣氛。「我幫她寫英文作業。」

「那妳要上哪間大學？」康納喝了一口咖啡。

「我還沒有決定。應該是我負擔得起的護理學校吧。大學很貴，我們不太可能永遠仰賴父母。」

我丟給蘿芮娜我最致命的敵意眼神。康納點頭站起身。「我等會就回來，我去上廁所。」

「妳為什麼這麼沒禮貌？」一等他離開我便質問蘿芮娜。

「我不知道妳在說什麼。」蘿芮娜聳聳肩。

「妳好像很討厭他。我不懂。他哪裡不好了？」

「我根本不認識他，怎麼可能討厭他？別傻了。我只知道他住埃文斯頓，他爸媽很有錢，他是妳的第一次。就這樣。」

「我真的很喜歡他，妳懂嗎？」

「好啦，我知道了啦。但妳真的覺得他不會看不起我們？難道他看著我們時，一點都不會想到我們是窮人嗎？我只是不想要妳受傷。看一眼就知道他是有錢人的小孩。妳是對的。也許我們不應該請他過來。」

「他不會這樣啦。」我低頭看著咖啡，「他完全不是那種人。」

「唉呦，拜託，別傻了。」蘿芮娜說，然後懶洋洋地喝下最後一口。「妳明知道他們都是一樣的。」

第二十六章

放學後，我搭上奧嘉過世當天的那幾班公車。走到醫生診所時，我還不太確定自己究竟在幹麼。我完全沒有計畫，只想到那裡，找到讓我姊懷孕的男人。

我坐在候診室，研究那一串醫生名單，但看得再久，也不會知道他的身分。櫃台小姐先是望著假裝在等醫生的我，二十分鐘後，終於問我需不需要幫忙。不知道她是否接替了我姊的工作。她讓我聯想到負鼠，可能是因為牙齒的關係吧。不過她看起來很漂亮。

「嗯，我希望可以跟……費南茲醫生約時間。」

「妳之前看過她的診嗎？」

「沒有。」

「有沒有帶保險卡？」

「沒。」

「妳是哪種保險？團保或自付？」

「我不確定。」這答案真笨，我知道。

「我幫不了妳耶，小姐，對不起，還是妳再請爸媽陪妳來？」她對我微笑。

我還在想自己該怎麼辦時，有一位穿著深色西裝的男人走進來。就是他。就是他參加了奧嘉的告別式。他坐在最後面，哭得很傷心。就是那位穿著灰色西裝，戴著昂貴手錶的男人。我就知道他不是我家親戚。

「哈囉，卡思提洛醫生。」櫃台小姐說：「你兒子五分鐘前留話給你。」

「謝了，布蘭達。」

我蹲到地上，假裝在背包翻東西，直到那個人離開。

「我大概搞錯了。」我說，然後衝出大門。

診所五點半關門，我在外面等他出來，到了五點四十五分，我正開始考慮要不要回家，就看見他走出診所。他穿著黑色西裝，提著公事包，看起來好有威嚴。他的確很老，但我看得出來為什麼奧嘉被他吸引；他的步伐有力，足以吸引所有人的目光。

我該說什麼？這麼做有意義嗎？

我深呼吸好幾次，追在他後面，他已經準備坐進自己的ＢＭＷ。

「嘿！嘿！」他關車門前，我大喊。

「有什麼事嗎，這位小姐？」我聽不出來他的口音是哪裡人，但他一定已經知道我是誰，看得出他侷促不安，眼神漂移，彷彿想找出路逃跑。

「我是奧嘉的妹妹。」

「喔，我的天啊。」他說：「沒錯，當然了，對不起，請節哀。奧嘉是很優秀的員工，我們都很想念她。」

「是啊，我確定你一定想念她。畢竟你讓她懷孕，還讓她以為你會跟她結婚。然後……然後她就死了。」

卡思提洛醫生嘆了一口氣，看著地面。

「你他媽的為什麼要這樣？」我被自己的憤怒嚇到了。

「拜託，不要這樣，讓我解釋。我載妳一趟。」他要我坐到前座，手扶著我的肩膀，這動作很讓人安心，雖然我還以為自己很恨他。他身上有古龍水與刮鬍膏的味道，很男性化，就像瑛曼老師。

小餐館幾乎沒人。我們許久都沒開口。我不知道該從何說起。

「真的。」他終於說：「我知道妳很沮喪，但我想要妳知道，我很愛妳姊姊。」

「可是你結婚了，而且奧嘉只有二十二歲，真的很噁心，你到底幾歲了？五十嗎？」

「等到妳年紀大一點，妳就會理解，事情比妳想像中更複雜。原來把人生規畫得好好的，結果事情完全出乎預料。」他彷彿在自言自語。

「告訴我你幾歲。」

「不重要了。」他抓抓脖子，看看自己後面。

「我覺得很重要。」

「四十六歲。」

「你比我爸還老。幹，這真的超怪的。老天。」我完全無法直視他。

「人生複雜，讓人難以置信。總有一天妳會了解。」

「你說謊，還占我姊便宜，這一點也不複雜。你本來就不打算離開你老婆，對不對？」

「我想娶奧嘉，我發誓。特別當她……」他摸摸自己的臉。

「她懷孕了。」

他看起來彷彿我剛狠狠踢他的蛋蛋一腳。「對，就這件事。」

服務生終於來點菜。

「我喝咖啡就好。」醫生說。

「我要烤乳酪三明治跟蘋果汁。」當然要點一頓大餐。

卡思提洛伸手到口袋掏出皮夾，拿出一張折疊的紙，在桌面攤開。

就在我眼前，朦朧的小輪廓，象徵著未來，充滿了可能，就這個一小團，一些細胞的組成。我幾乎看不出是什麼形狀，但我彷彿能摸到那細微的小心跳。

「幾週了？」

「十二週。」

「我該拿這個怎麼辦？」我大聲說：「我要怎麼埋藏這個東西？」

「妳在說什麼？」

「我是說，我怎麼可能保守這個祕密？為什麼是我得活著，看見這些鬼東西？」

「拜託，千萬不要告訴妳爸媽。奧嘉絕對不會想傷害他們。」

「為什麼不要？我又為什麼要聽你的？」

「有時候，真相不說出來最好。」

「你當然會這麼說啦。你對我姊姊，也對自己的妻子說謊。你把她們當傻瓜耍，去你的。」

「我從來沒有對奧嘉說謊。」他搖頭。

「你最後一封簡訊說了什麼？我知道她當時正在發簡訊給你。」我咬一口三明治。

「她告訴我，如果是男孩，她想以妳爸的名字來命名，也叫他拉斐爾。」

我根本不知道該怎麼說，我感覺自己體內所有的器官都被人破壞殆盡了。

「你根本不打算離開你老婆，對不對？」

「我會的。」他點頭。

「是啊。拜託喔，我已經看了所有的電子郵件。每一封都看了。我才不笨也不呆，雖然大家都希望我是個笨蛋。」

卡思提洛醫生嘆了一口氣，沒有說話。

「你一直糾纏她，吊她胃口，讓她痴痴等待，結果，完全浪費自己的人生。」

「她告訴我她懷孕後，一切都變了。」醫生看著窗外。他的眼眶濕了。我好像沒見過成年男人哭，連爸也沒有哭過。「我愛妳姊姊。妳一定要相信我。她的死把我也毀了。妳難以想像。」他將頭埋進手中。

「其實，我可以想像。因為我的人生也毀了。」

「我離婚了。我再也撐不下去了。」他用一條絲質手帕擦乾眼淚。

「是啊，可是，對我姊來說，也太遲了吧？不是嗎？」我將餐巾揉成一團，喝了一口果汁。服務生過來拿走我的餐盤，然後擦擦桌子。抹布很臭。沒什麼好說的了，我背起背包走出大門時，感覺他的視線仍然跟著我。

第二十七章

我還是不知道怎麼跟爸說話。我不想讓他知道我已經知道的事情。想說的話太多了，卻無法說出口。有時候，祕密彷彿就像讓人無法呼吸的藤蔓。如果心裡有事，卻沒有說出來，這也算說謊嗎？假使這些資訊只會給人們帶來痛苦呢？又有誰能從奧嘉戀情與懷孕曝光而受益？我將一切祕密留給自己，這到底是善良或是自私？又如果將一切和盤托出，只因為自己無法獨自承受，世界會不會因此天翻地覆？我真的好累。這一切就像卡在我喉頭的一群飛鳥，迫不及待準備展翅高飛，但如果我真讓爸媽知道，我又算什麼？他們受的折磨還不夠嗎？媽也因為同樣的原因，才從未告訴我們她在邊境的遭遇，不是嗎？我知道她至死都不會吐露，部分是出自羞愧，但最主要的還是想保護我們。而且，奧嘉又何必知道這麼多呢？再怎麼樣，爸就是撫養她長大的父親。

爸在喝咖啡，媽在洗澡。

我也替自己倒了一杯，坐在他對面。陽光從百葉窗滲進來。

「早安。」他頭也沒抬。

「早安。」我擠進椅子，思考該如何開口。「爸。」我終於說。

爸抬起雙眼，沒有說話。

「你為什麼沒告訴過我你會畫畫，而且是很成功的藝術家？」真不知道我跟自己的爸爸說話為什麼會這麼緊張。

爸抓抓鬍子。「誰告訴妳的？」

「哈絲塔外婆。她給我看你替媽畫的畫像。真的很棒。為什麼停筆了？」我的手不斷揉著餐巾。

「因為沒有意義。我又該怎麼辦？賣畫嗎？這是在浪費時間。」爸瞪著桌面的幾道陽光。

「才不是。一點也不會。你怎麼可以這麼說，那是藝術，很美，而且很重要。」我的聲音越來越大，但我不是故意的。

「胡莉亞，有時候，人生不是妳想怎樣就怎樣，無法隨心所欲。有時候，妳就該逆來順受，閉上妳的嘴，認真工作。如此而已。」爸站起身，將杯子放進水槽。

我向來很期待與庫克醫生見面，雖然離開她辦公室後，我經常感覺自己的胸口被人狠狠撕開了。

我這輩子從沒想過自己會喜歡游泳，但庫克醫生堅持游泳會讓我感覺更好，跟多巴胺有關，而且能抒壓。現在我每天幾乎都到ＹＭＣＡ游泳。我原本很討厭游泳，如今卻覺得很療癒。人生很有趣。我再也不會去想水裡的細菌跟黏液，也懂得好好享受。在水底，我覺得自由。我還沒有變瘦，這無所謂，因為我的肌肉變得更緊實健康，我喜歡自己的模樣。我體力也變好了。就算我覺得懶洋洋的，不願意出門，還是會逼自己去游泳，因為結束之後，我反而一點也不後悔。

今天庫克醫生想跟我討論母女關係。這應該算是排行第一名的議題。

「妳媽跟妳這週相處得如何？」她喝了一口水。今天她穿的是亮紅色的貼身長褲，黑色涼鞋，以及一件白襯衫。她的頭髮紮成馬尾。我喜歡庫克醫生的一點是她從來不隨意批判我。在她面前，我不用畏縮害怕，儘管做自己就好。就算說出一些我認為可恥或丟臉的事，她也不會責罵我，或把我當害蟲看。真希望大家都能這樣對待我。我不知道為什麼人們就不能放過彼此，讓大家做好自己就行。

「還算可以吧。我們去逛街，而且沒有吵架，這很新鮮。我知道她應該很害怕，不希望我離開，但是她再也沒有當著我的面直說了。她應該是很努力想支持我，但這樣一來，換我快受不了了，因為她不再直話直說。我可以知道她在想什麼。她怕我要去上大學。我很了解她。我感覺得到。」

「妳為什麼認為她有所保留呢？」

「她不想再把我推開。我想她也害怕，妳知道嗎？**她開始**了解**我永遠不可能**改變，她也得學著接受這一點。這讓我很高興，因為她有在努力，我也是啊。」

「有時候，人們很難適應新的想法，特別是如果這些想法來自一個完全不同的文化。我想也許妳媽並不是故意要如此壓抑自己；對她來說，這是一種保護妳的方式。」

「對吧。可能是。」

「特別是在她經歷了邊境的那場傷痛之後。妳有沒有想過跟妳媽談談她的遭遇？」

「不行，我答應過我阿姨永遠不會提這件事。而且，不管怎麼說，都不可能改變已經發生的事。我不確定這是否重要。」

「也許這樣一來，妳們會更親近，讓她知道，妳了解她的某一段過去，表現出妳的同理心。」

「我不知道耶。雖然那不是她的錯，但我想她覺得很可恥，才一直把它當成祕密。而且，我憑什麼重提往事，二度傷害她？」每次想到發生在媽身上的事，我就非常憤怒，又不知該如何處理這股怨恨，人類為什麼要對彼此做出這麼可怕殘酷的事情？這些人為什麼會認為，侵犯他人肉體是可以被接受的？

「這是需要考慮的問題。也許不是現在，但在未來。奧嘉與她的懷孕也是如此。或許將來有一天，妳可以嘗試談論這件事。當然，一定要等妳準備好。或許能幫助妳們關係癒合。」

「我不相信把祕密藏起來不提就比較好，因為它就像流滿我全身的毒藥，但我也不確定自己是否已經準備好開誠布公了。真的不知道。」我的嘴唇顫抖。

庫克醫生遞給我一盒面紙。

「妳必須審視自己的內心，決定什麼對妳最好。我只能提供選擇，給妳工具，讓妳為自己做出正確的決定。妳是個聰明的孩子，我想妳也知道自己絕對能戰勝一切。儘管有時候妳仍然需要努力奮鬥，但是在這麼短的時間內，妳變化很大。」庫克醫生說：「這已經很值得驕傲了。」

我還不太確定為自己感到驕傲是什麼意思，但已經開始學習。

等待各大學寄來入學通知（或拒絕信）真是度日如年。最近我滿腦子都只有大學，但什麼信也沒收到，然後，當我開始懷疑自己的申請書寫得太糟，連大學都懶得回覆，餐桌上放了一封波士頓大學寄來的信：

親愛的胡莉亞．雷耶斯小姐，

我們很遺憾通知您……

接二連三又寄來了幾封信。

巴納德學院：

親愛的胡莉亞．雷耶斯小姐

本人很遺憾地告知您……

哥倫比亞大學：

親愛的胡莉亞．雷耶斯小姐

本校極為遺憾地告知您……

波士頓學院：

親愛的雷耶斯小姐

我們很抱歉必須通知您……

蘿芮娜和璜加找了一個溫暖明亮的週日下午，帶我去林肯公園動物園，想讓我打起精神，他們才不管我堅持自己有多想待在家裡悶悶不樂——我竟然以為自己可以進那些學校？我為什麼要把目標訂這麼高？我何必認為自己獨一無二，與眾不同？

「不要難過啦，胡莉亞。我們都知道妳和那邊幾位美女一樣兇猛厲害。」璜加看著獅子對我說。

體型最大的那一隻盯著我看，似乎陷入恍惚。

「歡迎妳搬來跟我們一起住啊。」蘿芮娜調整她薄如蟬紗的粉紅色裙裝。「如果最後沒搞頭的話。」

「我知道，我知道。但我真的很想去紐約。我需要改變一下。我要一個新的開始。」

「好啦好啦，我知道了啦。」蘿芮娜聽起來幾乎有點惱怒。

「唉呦，別再難過了，我們去看熊吧。」瓚加推著我們往另一棟建築物走。

有隻北極熊剛生了一對雙胞胎，一大堆人擠在圍欄前希望能看看寶寶。我們鑽到最前面，看見一隻熊寶寶正在喝奶。

「哇。」瓚加抱著我們說：「看看牠的小臉。」

我把頭靠在他肩膀上。「你的新男友如何？」瓚加已經跟住在海德公園的一位帥哥約會大約一個月了。他們在交友軟體上認識，此後便打得火熱，難分難捨。儘管他爸媽依舊很糟，但他最近都很開心。他們似乎每隔一週就會把他趕出家門，還是無法接受他是同性戀，瓚加也拒絕假裝自己不是同志。就算他努力偽裝，同志的氣息還是會自然而然流露。這就是他的本性。

有時瓚加會住在表哥家，有時睡蘿芮娜家。如果可以，我也想提供我家沙發，但媽永遠不會同意的。這一切對她而言大概都是醜聞。

「我的天啊，我那個男友超猛的。」瓚加不斷對自己搧風，彷彿連他都還不敢相信。「只需要滾出我家，我們就可以當真正的情侶了。妳能想像把他介紹給我爸會發生什麼事嗎？同志黑鬼？天地不容啊！他可能會把我們燒死在火刑柱上。」他在胸前畫十字架，自己也笑了起來。他雖在開玩笑，但這不能算是笑話，他爸真有可能會這麼做。

第二天，就在我開始考慮當街頭藝人或以收垃圾為業時，兩個厚厚的信封放進我家信箱：一個來自紐約大學，另一個來自帝博大學。

我在客廳打開它們後，開始尖叫。媽和爸慌亂地從廚房跑出來。

「怎麼回事？」媽害怕極了。「還好嗎？」

「我錄取了！我錄取了！我錄取了！我要去紐約了！我要去上大學了！而且我也進帝博了！謝謝聖母！」我不停尖叫跳躍。兩所學校都進了。紐約大學會提供獎學金，條件是參加新住民大學生的特殊學習專案。

「這真是太好了，寶貝。」但媽看起來心碎了。「我很替妳感到高興。」

爸給我一個擁抱，親吻我的頭頂。「所以妳想去讀紐約那間？芝加哥那間呢，寶貝？那間不錯，對不對？」

「是的，但我想去紐約。這是我一直以來的夢想。那裡是成為作家最適合的地方。對不起，爸。」我說，然後緊握他的手。

爸點頭，沒有說話。他吞了口水，移開目光。有那麼一秒鐘，我以為他要哭了，但他沒有。

媽嘆了口氣，將手臂環住我的肩膀。「哎，妳真是讓我們不知道該怎麼辦，又讓我們難過，又讓我們開心的。」

「妳知道我不是故意的，對不對，我這麼做不是為了要傷害妳。妳一定要知道這一點。」

「是的，我知道，但總有一天妳會知道當媽媽有多痛苦。」

「我才不想生小孩，我一定不會的。」我盡量讓自己不要聽起來很煩躁。媽覺得我說自己不想生小孩子很有意思。她從來就不相信我。她認為一個沒生小孩的女人沒有存在意義。

「妳現在這麼說。到時妳就等著瞧吧。」她說，然後一面整理髮辮，一面朝廚房走去。

隨著學期快要結束，我越來越焦躁不安。一隻腳已經準備踏出大門，很難在課堂上專心。我只想到外面吃霜淇淋，看看天空，傾聽夏天走近的聲音。

大多數週末我都會與康納見面。今天我們到舊城區參加街頭音樂節，我不太喜歡這個社區，太雅痞了，白人也多到讓我不舒服。但音樂節免費，而且又在戶外。

天氣一暖，這座城市就彷彿失去了原有的理智。大家對人生又充滿期盼興奮，躍躍欲試，人人都想走上街頭。可惜的是，夏天也代表人們開始更頻繁地開槍，嗯，這也得看是在哪個社區啦。

我和康納四處亂晃，欣賞工藝品，其中大部分都很糟糕。我不知道為什麼會有人想買芝加哥天際線的水彩畫，或者小熊隊徽的木雕，但這種東西總是有市場。

今天陽光明媚，以五月而言，甚至有點太熱了。我的藍色新洋裝在腋下的部位有點緊，但我喜歡自己的樣子。之前沒試過有花朵圖案的衣服，但我很訝異自己穿上去時，竟然一點也不討厭。很高興我穿了這件衣服，因為康納看到我從火車站走出來後，竟然假裝頭暈了。

我們坐在舞台旁邊的野餐桌，共享一大盤炸物。我不知道人怎麼可能抵抗炸物，每次我聞到那味道就受不了了。突然間，我聽見「流行尖端」樂團的〈享受沉默〉。這是我最喜歡的一首歌。

「天啊。」我對康納說，緊握他的手臂。「這首歌。我受不了了。太讚了。」

他微笑了。「真他媽太好聽了。」

這一刻是完美的。日落、薯條、音樂。我看著康納，一股悲傷的浪潮淹沒了我。我很想念他，儘管他就坐在我面前。這很難解釋，但我想起一首我看過的俳句：「即便在京都／耳聞布穀啼／我仍想望京都。」我很有感觸，明明人還在這裡，就開始念舊了。

康納說我們不應該想太多未來的事，我心裡完全明白。畢竟我們都要去上大學了，最終只會讓彼此受更多傷害，而且，我不斷說服自己，我應該要很興奮可以獨自到紐約探險。這可是這輩子千載難逢的獨立機會。

康納從座位站起來，擠到我身旁。

「我會想你的。」我說，他用手臂抱著我。

「我也會想妳，但我們會再見面。而且，我們還擁有整個夏天呢。我還在這裡啊。」他微笑。

「我知道，但夏天過後呢？」我轉過頭。天空開始變暗了。

「我說我會去紐約看妳的。」康納把我的臉轉向他。

我討厭這種感覺，這種未知感，這種灰色地帶很可怕，但話說回來，我又很清楚，沒有什麼事是永恆不變的。

我哭了。不僅為了他，也因為一切。生活變化得如此迅速，但這又是我想要的；儘管如此，我還是很害怕。

「妳很美，妳知道嗎？」他說，然後輕吻我的臉頰。

我驚訝發現，自己這一次真的相信他了。

第二十八章

暑假之後

我的躁鬱與憂鬱因為服藥已經緩和，情緒偶爾仍然有所起伏，但我終於能感受真正的快樂，而非只是忍受人生，壓抑自己。夏天是我最喜歡的季節，這也很有幫助。有一天我走到一位陌生人面前，問她我能不能抱抱她的狗，她大笑同意了，那隻黃金獵犬用親吻熱情歡迎我。

我想，一切也得歸功於我按時吃藥。庫克醫生也教我一些技巧，讓我學習處理焦慮。我每天都要把她所謂的「認知扭曲」寫在日記裡，然後想辦法用合理正面的思緒來克服。就像前幾天，我無來由地擔心自己在大學裡不會有優異表現，畢竟我只是個來自芝加哥破敗社區的墨西哥女孩，同學一定都比我聰明，因為他們上的是比較好的高中。我就這麼困在這可怕的心理循環，完全無法思考，直到專心控制自己的呼吸節奏，並有覺知地觀察四周，強迫自己寫下一份清單，駁斥上述負面情緒：一、假使學校認為我不夠優秀，就根本不會接受我入學。二、我看過大約一百萬本書。三、我會非常努力。四、瑛曼老師說我是他教過最棒的學生。五、其實多數人都沒有真的那麼聰明啦。

我仍需要大量練習，因為我的頭腦已經習慣得出最糟糕的結論。有些日子我仍然一心認為這世界非常可怕嚇人。儘管如此，還是想邁開大步努力體驗一切。這聽起來似乎沒什麼道理。

庫克醫生說，我已經有很長足的進步，也提醒我每天按時服藥非常重要。我和她談了很多關於寫作的事，也問她能不能聽我讀一首昨晚失眠時寫的詩。

「我很樂意。」她說。

我清清喉嚨，祈禱自己不要哭出來，因為每次跟她見面都會哭。

「好的，我要開始讀了。」我說：「還沒有寫完，不知道我會不會寫完。我一整天都在潤飾，只是想談談自己過去兩年的生活，感覺很棒，題目是〈潘朵拉〉。

她打開金庫，在這個小盒子裡她收藏了自己——生命的片段，真相。殘破的羽毛，散發虛假光芒的碎鏡。她一一拆解，每分每秒，每一個謊言，每一次欺騙。一切靜止凝結：靜謐的瞬間、美好、幸福、表面。她必須在不確定的蛛網中挖掘，身處黑暗，儘管答案就在她嘴邊的潮濕，與她頭髮的氣息中。就在她被揭露的那一天，她被解密的那一天，她仍在那赭紅盒子中不斷挖掘。在真理中，她茁壯成長，像遊牧民族般周遊世界，竊走了紫羅蘭天空的美，釣走了潔白珍珠，精雕細琢的紙天鵝，盡數壓上自己的臉龐，捧在手心，永遠永遠。

庫克醫生微笑。「好美。」她說：「謝謝妳肯與我分享。」

「很高興妳也喜歡。」我抱抱庫克醫生，這讓她很訝異，但她也同樣緊緊擁住我。

離開時，庫克醫生告訴我，她認為我會渡過非常快樂的大學生活，也會表現得很出色。我決定要相信她的話。

晚飯後，媽要我留下來陪她喝茶。一開始我還滿擔心的，但後來轉念一想，任何事都不可能比已經發生的一切更糟了。

「女兒，我想和妳談談男生。」她一面說，一面將水壺放在爐子上。

「哦，我的天啊，媽。拜託，不用了。」我摀住耳朵。真不敢相信我終於跟我媽討論性了。

「我知道妳要上大學，真的非常棒，妳爸和我雖然不明白妳為什麼一定要離家，但我們也因為妳這麼聰明感到很驕傲。我們只是希望妳處處小心，懂得保護自己。男生滿腦子只想著一件事，妳知道嗎？一旦妳把牛奶送出去……」

「牛奶？噁心耶，媽，不用說了啦。我知道我在做什麼。」

「妳大概覺得人生很簡單，對不對？妳認為自己不會遇到倒楣或不好的事情。我告訴妳，誰都不能信任。」媽伸手拿馬克杯，不斷搖頭。

「我不會相信每個人。」我知道她這些理論從何而來，但仍然覺得沮喪。我又不是生活白痴，對人生渾渾噩噩，一無所知。而且，我已經遭遇了不少可怕的事情。她知道我對創傷並不陌生。我已經見識了這世界的另一面。

「妳知道嗎，我看電視新聞說男人會在女人的飲料加藥。」

我竭力抱持耐性。「對，我知道羅眠樂。」

「羅眠樂？那是什麼？」

「隨便啦，總之我知道妳在說什麼。我不是笨蛋，我發誓。」

「我從來沒有說過妳笨。我才說妳很聰明，不是嗎？妳為什麼總是誤解人家？」

「好啦好啦，我會盯著我的飲料，跟男生相處時也會很小心，我發誓。如果妳想要，我還會帶防狼噴霧。」

「妳知道嗎，妳有可能得愛滋或懷孕。到時又該怎麼辦？大學學業要如何繼續？」媽將手放在臀部。

她真的有病，凡事都先想到最壞的下場。現在我知道自己的壞習慣是從何而來了。

「天啊，媽！我不會得愛滋，也不會懷孕啦。我知道怎麼保護自己，我看過很多書。」我沒有告訴她保險套只有百分之九十八有效，還有打死我我都不要生小孩，就算真的懷孕也不會生下來。

「我只是告訴妳要小心。」她將熱水倒進我們的杯子。

「我知道。謝謝。我知道妳只是想幫忙，但我們能不能不要再談論性關係了？妳要不要教我怎麼煮飯？我真的真的很想知道玉米餅該怎麼做。」我開玩笑說。

她忍不住笑了。

第二十九章

出發的前一天早上，我打電話給佛瑞與艾莉西，告訴他們我要去紐約大學。他們說，他們為我感到驕傲。真不知道為什麼，因為我幾乎不認識他們，但我答應他們回家過寒假時會跟他們聯絡。我掛上電話時，蘿芮娜走進房間坐在床上。她已經進了護校，也在市中心一家墨西哥餐廳當服務生打工。她得穿那些花邊很誇張的裙子，但薪水很不錯。璜加在梅西百貨化妝品區當櫃哥，他們打算存夠錢之後，在洛根廣場找公寓住。我想，我們三個人都渴望能好好經營自己的人生吧。

「要我幫妳收拾行李嗎？」蘿芮娜環視我凌亂的房間。她穿著黑色的小短褲與灰色上衣，上面還用銀線繡了金錢標誌。我真的會想念她的時尚品味。她終於把頭髮染回棕色，我已經拜託她染回來好幾年了。我從來沒見過她這麼漂亮。

「不用啦，沒關係。已經收得差不多了。只需要再清理一下。」我說：「我知道聽起來很像老人，但我真的為妳感到驕傲。妳一定可以成為很棒的護士。妳一直都知道怎麼照顧我。」

「喔，我的天啊，閉嘴啦。不要說了。妳會把我的妝毀了。」

「我是認真的。我愛妳，沒有妳，我真的不知道該怎麼辦。我可能會一天打十次電話給妳。」

「妳會忙著過妳了不起的大學生生活，到時連我都不記得了。」蘿芮娜將臉埋進自己的襯衫。我只看過她哭三次：四年級時她跌倒撞到頭；告訴我她爸爸往事的那一天；還有我出院之後。

「胡說。到時妳就知道。」我也開始哭了，但心中有一絲不確定，或許她說的話會成真。

「我該走了。我兩小時後就要輪班。」她說：「如果我遲到一分鐘，老闆就有可能會解雇我。他真是個大混蛋。」

「我愛妳。」我低頭看著骯髒的地板。一隻蟑螂爬到床下，但我懶得殺牠了。

「我也愛妳。」她說：「盡量不要忘記我。」

我最後一次在門口擁抱她，望著她走到令人眼花的午後陽光下。我忍不住笑了，她那雙瘦巴巴的鉛筆腿，還搭配短得誇張的短褲。蘿芮娜從來就不會對自己的身體感到羞恥。現在想想，她從不對任何事感到遺憾或後悔。這就是我愛她的原因之一。

爸穿著他發現我自殺那天的同一件褪色藍襯衫。媽應該是想到去除污漬的好辦法，因為她討厭丟東西。幾個月來，我一直試圖要忘記當天發生的一切，但如今它又如浮出水面，無論我怎麼想淹沒它都辦不到。爸再也沒有提過那件事，但我能從他的眼裡看出真相。有好多事情，我真希望我們都可以從此忘記，再也看不見。

那晚媽在工作，屋內很安靜，只有我的啜泣聲及不斷重複播放的歌曲，摩西狄索莎的〈一切都在改變〉。我第一次聽到就深深著迷。歌詞講的都是真的——無論我們喜不喜歡，一切都變了，無論是好是壞。有時很美，有時讓人恐懼，有時兩者兼而有之。

就算是最燦爛耀眼的事物
在層層傳遞中亦會改變光芒
燕子會遷移窩巢
行人會轉換方向
愛人的感受也總會變動
即使這樣可能會受傷
一切也都會改變
所以我變了也不足為奇

我劃下第一刀那天，聽見爸走到我房門口。「寶貝。」他靜靜呼喚：「寶貝，妳在嗎？」他本來應該要去幫鬍子舅舅修車，想必是提前完成了。他一定覺得事情不對勁，因為，他跟媽不一樣，我一個人在房間時，他從來不會來打擾我。我設法把臉壓在枕頭上，讓自己保持安靜，但我做不到。哭聲背叛了我，我的身體不願意讓我沉默。

「寶貝！開門！妳在做什麼？拜託把門打開。替爸爸開門，拜託妳。」他試圖推開門，但我早就把床推過去擋住房門了。他聲音聽起來很恐慌，我很難過，覺得自己傷害了他，卻又無法強迫自己起身。我從來沒有像當時那樣愛他。

我的人生沒有在眼前一掠而逝，只看見我與奧嘉站在外婆家外的合照，她的手臂摟住我的脖子，甚至能聽見鳥兒啼叫。

歐海爾機場擠滿了疲憊匆忙的人群，我們試圖從洶湧人潮脫身，卻連轉身的空間都沒有。「我快登機了。」我告訴爸媽。等著安檢的隊伍看來沒有盡頭。

爸將手放在我背上，媽開始啜泣。我竟然可以就這麼丟下他們，自顧自地過我的人生？什麼人才會做這種事？我能原諒自己嗎？

「我們愛妳，胡莉亞。我們非常愛妳。」媽說，將一些錢塞進我手中。「這給妳留著用。」媽說，免得我到紐約時肚子餓想買東西吃。「記得了，妳要是想回來，隨時都可以。」

我的眼睛成了水龍頭，沒關係，如果地球上有什麼地方可以讓人們親眼目睹自己人生就要產生變化，那就是機場莫屬了。就某種程度而言，這裡就像煉獄，不是嗎？介於人間與地獄的中間地帶。

「我有東西要給你們。」我蹲了下來翻背包。媽與爸看起來很困惑。

「來。」我將爸那幅媽身穿長裙站在噴泉前的畫像拿給媽。「好棒的一幅畫，這應該交給妳保管。」我告訴他：「我希望你繼續畫畫，爸。也許你可以畫一幅我的畫像？」我微笑，用手背擦去淚水。

爸閉上眼睛，對我點頭。

醒來時，我一眼便看見紐約的天際線。我以為芝加哥很大，但紐約簡直是龐然巨物，獨一無二。我不確定自己未來會在這裡過著什麼人生，成為哪種人。康納說我們會再見，我會想念他的，但我們誰也不知道接下來這一年會是如何。

看著下方的城鎮街區，讓我想起國界邊境，也讓我想起伊特班及他完美潔白的牙齒。我在想他是否真會穿越國界住到這裡。美國是他的夢想，但我幾乎希望他不要過來。即使他活了下來，此處也非人人理想中的應許之地。

我走了很長的一段路才有今天，儘管路途艱困崎嶇，但我認為應當好好獎勵自己。回頭想想，就在幾個月前，我還一心求死，如今，我已經在飛往紐約的飛機上，獨自一人。老實說，我甚至不知道自己是怎麼重新振作的，也不確定自己能堅持多久。就算希望能永遠這麼保持下去，但又如何能確定呢？一切都是未定之天，萬一大腦又一次讓我失望呢？我想，眼前唯一能做的，就是繼續走下去吧。

我還是會做與奧嘉有關的惡夢，有時她又成了美人魚，有時她抱著自己的孩子，但那根本不是嬰兒，通常會是一塊石頭，一條魚，甚至一袋破抹布。儘管次數變少了，但我的罪惡感仍如藤蔓般增長。我不知道自己何時才會不再為完全與我無關的事感到內疚。誰知道？也許永遠不會吧。

就某些方面而言，我認為自己努力想達成的目標（無論媽是否真能理解），就是想為她、爸以及奧嘉而活。倒不是說，我想替他們過完他們的人生，但我擁有許多他們無法擁有的選擇與機會，也因為我有幸得到，更應當付出。假使我甘心過沉悶平庸的人生，那麼他們的人生旅程就是虛擲浪費了。也許有一天，他們也能懂我的心意吧。

當我告訴瑛曼老師，我感覺自己對家人與奧嘉責任重大，他告訴我，我必須將這話一一寫下。事實上，當時他幾乎是強迫我這麼做的。那天我坐在他的教室將近兩小時，邊寫邊哭，頁面上的筆墨都暈開了。從頭到尾，瑛曼老師都沒有說話，只是拍拍我的肩膀，然後回到書桌後面，等著我寫完。雖然我的思緒排山倒海，但要將其付諸文字是最困難的事情。最後，我總共寫了八頁潦草塗鴉，只有我自己才能辨識筆跡。但這一篇，成了我的大學論文。

飛機降落前，我從日記本中拿出奧嘉的超音波照片。它有時看起來像一顆蛋。偶爾又像一隻眼睛。前幾天，我甚至深信自己看到它在跳動。我怎麼能將它交給我的父母，讓他們去愛這個沒了生命的東西？過去兩年間，我爬梳探索姊姊的一生，只想更深入了解她，同時，我也學會找到自己人生的片段，既美麗又醜陋。如今，我能將一小部分的她，緊緊握在手心，這真是太奇妙又不可思議了，不是嗎？

誌謝

在此要大大感謝我了不起的經紀人蜜雪兒．布朗，她從一開始就相信這本書能完成，並樂於提供我機會出版，她是這本作品的最佳代言人。

我必須感謝我最親愛的好友瑞琪．卡漢，多年來，她一直是我最信任的良師益友，提供珍貴的建議與回饋，而且總是歡迎我造訪她家。我們竟然是六年前在網上認識的！天啊！

我的編輯群根本是天下無敵，謝謝妳們，蜜雪兒．弗雷與瑪麗莎．迪諾維斯，感謝兩位無與倫比的洞察力與慷慨支援。妳們的提點讓我得以呈現這本書最好的一面。事實上，克諾普夫出版社的少年讀物部門簡直是不折不扣的夢幻團隊。

我還要感激我的閨密群不離不棄的熱愛，謝謝：亞崔安．迪雅思、普佳．乃克、莎拉．茵奈思克丹、戴蜜．諾瑞家、莎菲亞．辛克萊、莎拉．勃金絲、莎拉．史坦丘、伊莉莎白．舒莫爾、洛芮．派崔傑克森、可麗提娜．迪希爾、米姬．坎特爾、珍恩．費茲潔羅、安迪亞．匹特森等人。

愛德華．多柯拉爾和里戈貝托．岡薩雷斯，感謝你們一路的指導、友情與笑聲。

我在此也特別要向邁克．哈靈頓致謝，他讀了我最早的草稿，為我打氣鼓勵。我更感激家人對我堅定不移的支持，儘管我的人生選擇總是令他們困惑不已。古斯、卡塔、奧馬、諾拉、馬理歐、麥提奧與蘇菲亞——這本書是獻給你們的。

在此，我更要感謝所有冒著生命危險來到這個國家的移民，以及這些移民的子女。唯有你們，讓美國變得更加偉大。

附錄—心理健康資源

遇到困難或是心情沮喪，別害怕求助，試著撥打以下電話吧！

◆1925 安心專線

手機與電話直播，二十四小時免付費心理諮商專線

◆1995（要救救我）

手機與電話直播，生命線專線的協談輔導專線

◆1980（依舊幫你）

有困擾的問題時，需要有人討論的張老師生命專線

◆全國自殺防治中心

http://tspc.tw

有各項自傷防治策略與求助資源

◆珍愛生命數位學習網

https://www.tsos.org.tw/p/elearning

自殺防治相關人力與醫事人員繼續教育的課程資源

Hit

暢／小說

109

不完美女兒

I Am Not Your Perfect Mexican Daughter

•原著書名：I Am Not Your Perfect Mexican Daughter•作者：艾莉卡・桑切斯（Erika L. Sanchez）•翻譯：陳佳琳•校對：聞若婷•封面設計：蕭旭芳•主編：徐凡•責任編輯：李培瑜•國際版權：吳玲緯•行銷：何維民、吳宇軒、陳欣岑、林欣平•業務：李再星、陳紫晴、陳美燕、葉晉源•總編輯：巫維珍•編輯總監：劉麗真•總經理：陳逸瑛•發行人：涂玉雲•出版社：麥田出版／城邦文化事業股份有限公司／104台北市中山區民生東路二段141號5樓／電話：(02) 25007696／傳真：(02) 25001966、發行：英屬蓋曼群島商家庭傳媒股份有限公司城邦分公司／台北市中山區民生東路二段141號11樓／書虫客戶服務專線：(02) 25007718；25007719／24小時傳真服務：(02) 25001990；25001991／讀者服務信箱：service@readingclub.com.tw／劃撥帳號：19863813／戶名：書虫股份有限公司•香港發行所：城邦（香港）出版集團有限公司／香港灣仔駱克道193號東超商業中心1樓／電話：(852) 25086231／傳真：(852) 25789337•馬新發行所／城邦（馬新）出版集團【Cite(M) Sdn. Bhd.】／41-3, Jalan Radin Anum, Bandar Baru Sri Petaling, 57000 Kuala Lumpur, Malaysia.／電話：+603-9056-3833／傳真：+603-9057-6622／讀者服務信箱：services@cite.my•印刷：前進彩藝有限公司•2022年6月初版一刷•定價399元

國家圖書館出版品預行編目資料

不完美女兒／艾莉卡・桑切斯（Erika L. Sanchez）著；陳佳琳譯. -- 初版. -- 臺北市：麥田出版：家庭傳媒城邦分公司發行, 2022.06
面；　公分. -- (Hit暢小說；RQ7109)
譯自：*I Am Not Your Perfect Mexican Daughter*
ISBN 978-626-310-217-0（平裝）
電子書 978-626-310-219-4（EPUB）

874.57　　111003676

城邦讀書花園
www.cite.com.tw